比较文学与世界文学 研究丛书

主编 曹顺庆

三编 第 **6** 册

个案与整体：文学人类学的在地发展（上）

徐艺心 著

花木兰文化事业有限公司

国家图书馆出版品预行编目资料

个案与整体：文学人类学的在地发展（上）／徐艺心 著 —— 初
版 —— 新北市：花木兰文化事业有限公司，2024〔民 113〕
序 4+ 目 4+164 面；19×26 公分
（比较文学与世界文学研究丛书 三编 第 6 册）
ISBN 978-626-344-805-6（精装）
1.CST：文化人类学
810.8 113009366

ISBN-978-626-344-805-6

9 786263 448056

比较文学与世界文学研究丛书
三编 第六册 ISBN：978-626-344-805-6

个案与整体：文学人类学的在地发展（上）

作 者 徐艺心
主 编 曹顺庆
企 划 四川大学双一流学科暨比较文学研究基地
总 编 辑 杜洁祥
副总编辑 杨嘉乐
编辑主任 许郁翎
编 辑 潘玟静、蔡正宣 美术编辑 陈逸婷
出 版 花木兰文化事业有限公司
发 行 人 高小娟
联络地址 台湾 235 新北市中和区中安街七二号十三楼
电话：02-2923-1455 ／ 传真：02-2923-1452
网 址 http://www.huamulan.tw 信箱 service@huamulans.com
印 刷 普罗文化出版广告事业
初 版 2024 年 9 月
定 价 三编 26 册（精装）新台币 70,000 元

个案与整体：文学人类学的在地发展（上）

徐艺心 著

作者简介

徐艺心，女，1989 年 8 月，四川宜宾人。四川大学文学与新闻学院文学人类学专业博士，现就职于成都大学图书馆，从事地方文化、阅读推广研究相关工作。参编专著《成都百年小镇》《图说双流》等，发表学术论文近十篇。

提　　要

　　在中国学术语境中，文学人类学自上个世纪 80 年代初创算起，至今已经走过近 40 年的历史。当下，文学人类学已经从 20 世纪早期初兴时的一个"理念""方法"逐渐演变为具有诸如"学会团体""交叉学科""刊物名称""视野方法""理论体系"于一身的多义复合体。总体而言，这一复合体的特征显示为"多地发展，对话共生"，其宗旨在于"携手共建，不同而和"。

　　本书以"地方"为承载，观学术之变迁。经由微观、中观和宏观共同构成的"在地发展"这一整体，回顾与梳理文学人类学的本土传统及其学理源流、文学与人类学的在地交汇、学科简史与体制演变以及话语创建与理论更新等内容。将四川大学文学人类学作为"地方个案"，以观文学人类学"学术整体"之变迁，其间涵括了语境之变、对象之变、概念之变、学人之变、视野之变、方法之变、理论之变以及观念之变。由此指出文学人类学未来发展之一向度，即走向新文科背景下文理并置的未来场景。

　　以"地方"为个案，观整体之构成。经由"在地"这一微观、中观、宏观构成的开放且具有动态特征的系统，聚焦关于四川大学文学人类学"整体与前沿"、"历史与根基"、"学科与体制"、"科学与文学"、"人类与表述"、"实践与理论"等议题的讨论与研究，指出四川大学文学人类学推进田野实践与理论体系建设的重要路径，即以"地方"为基础的本土文化的不间断挖掘中寻求人类文化的共性和深层结构。"在地"因其开放与动态的内蕴特征成为文学人类学不断探索、更新其学科研究范式、理论体系的驱动力，并助推建立起文学人类学的整体观。在"开放"与"动态"特征方面，"在地"作为学术话语所彰显的特质与作为多义复合体的"文学人类学"具有内在一致性，是在方法论与理论建构层面对"学术整体"的不断超越。

　　基于"当下是历史的未来，历史是未来的当下"这一动态时间观，提出本书对于文学人类学的"理解"以及"再理解"。

比较文学的中国路径

曹顺庆

    自德国作家歌德提出"世界文学"观念以来，比较文学已经走过近二百年。比较文学研究也历经欧洲阶段、美洲阶段而至亚洲阶段，并在每一阶段都形成了独具特色学科理论体系、研究方法、研究范围及研究对象。中国比较文学研究面对东西文明之间不断加深的交流和碰撞现况，立足中国之本，辩证吸纳四方之学，而有了如今欣欣向荣之景象，这套丛书可以说是应运而生。本丛书尝试以开放性、包容性分批出版中国比较文学学者研究成果，以观中国比较文学学术脉络、学术理念、学术话语、学术目标之概貌。

一、百年比较文学争讼之端——比较文学的定义

    什么是比较文学？常识告诉我们：比较文学就是文学比较。然而当今中国比较文学教学实际情况却并非完全如此。长期以来，中国学术界对"什么是比较文学？"却一直说不清，道不明。这一最基本的问题，几乎成为学术界纠缠不清、莫衷一是的陷阱，存在着各种不同的看法。其中一些看法严重误导了广大学生！如果不辨析这些严重误导了广大学生的观点，是不负责任、问心有愧的。恰如《文心雕龙·序志》说"岂好辩哉，不得已也"，因此我不得不辩。

    其中一个极为容易误导学生的说法，就是"比较文学不是文学比较"。目前，一些教科书郑重其事地指出：比较文学不是文学比较。认为把"比较"与"文学"联系在一起，很容易被人们理解为用比较的方法进行文学研究的意思。并进一步强调，比较文学并不等于文学比较，并非任何运用比较方法来进行的比较研究都是比较文学。这种误导学生的说法几乎成为一个定论，

一个基本常识，其实，这个看法是不完全准确的。

让我们来看看一些具体例证，请注意，我列举的例证，对事不对人，因而不提及具体的人名与书名，请大家理解。在 Y 教授主编的教材中，专门设有一节以"比较文学不是文学比较"为题的内容，其中指出"比较文学界面临的最大的困惑就是把'比较文学'误读为'文学比较'"，在高等院校进行比较文学课程教学时需要重点强调"比较文学不是文学比较"。W 教授主编的教材也称"比较文学不是文学的比较"，因为"不是所有用比较的方法来研究文学现象的都是比较文学"。L 教授在其所著教材专门谈到"比较文学不等于文学比较"，因为，"比较"已经远远超出了一般方法论的意义，而具有了跨国家与民族、跨学科的学科性质，认为将比较文学等同于文学比较是以偏概全的。"J 教授在其主编的教材中指出，"比较文学并不等于文学比较"，并以美国学派雷马克的比较文学定义为根据，论证比较文学的"比较"是有前提的，只有在地域观念上跨越打通国家的界限，在学科领域上跨越打通文学与其他学科的界限，进行的比较研究才是比较文学。在 W 教授主编的教材中，作者认为，"若把比较文学精神看作比较精神的话，就是犯了望文生义的错误，一百余年来，比较文学这个名称是名不副实的。"

从列举的以上教材我们可以看出，首先，它们在当下都仍然坚持"比较文学不是文学比较"这一并不完全符合整个比较文学学科发展事实的观点。如果认为一百余年来，比较文学这个名称是名不副实的，所有的比较文学都不是文学比较，那是大错特错！其次，值得注意的是，这些教材在相关叙述中各自的侧重点还并不相同，存在着不同程度、不同方面的分歧。这样一来，错误的观点下多样的谬误解释，加剧了学习者对比较文学学科性质的错误把握，使得学习者对比较文学的理解愈发困惑，十分不利于比较文学方法论的学习、也不利于比较文学学科的传承和发展。当今中国比较文学教材之所以普遍出现以上强作解释，不完全准确的教科书观点，根本原因还是没有仔细研究比较文学学科不同阶段之史实，甚至是根本不清楚比较文学不同阶段的学科史实的体现。

实际上，早期的比较文学"名"与"实"的确不相符合，这主要是指法国学派的学科理论，但是并不包括以后的美国学派及中国学派的学科理论，如果把所有阶段的学科理论一锅煮，是不妥当的。下面，我们就从比较文学学科发展的史实来论证这个问题。"比较文学不是文学比较""comparative literature is not literary comparison"，只是法国学派提出的比较文学口号，只是法国学派一派的主张，而不是整个比较文学学科的基本特征。我们不能够把这个阶段性的比较文学口号扩大化，甚至让其突破时空，用于描述比较文学所有的阶段和学派，更不能够使其"放之四海而皆准"。

法国学派提出"比较文学不是文学比较"，这个"比较"（comparison）是他们坚决反对的！为什么呢，因为他们要的不是文学"比较"（literary comparison），而是文学"关系"（literary relationship），具体而言，他们主张比较文学是实证的国际文学关系，是不同国家文学的影响关系，influences of different literatures，而不是文学比较。

法国学派为什么要反对"比较"（comparison），这与比较文学第一次危机密切相关。比较文学刚刚在欧洲兴起时，难免泥沙俱下，乱比的情形不断出现，暴露了多种隐患和弊端，于是，其合法性遭到了学者们的质疑：究竟比较文学的科学性何在？意大利著名美学大师克罗齐认为，"比较"（comparison）是各个学科都可以应用的方法，所以，"比较"不能成为独立学科的基石。学术界对于比较文学公然的质疑与挑战，引起了欧洲比较文学学者的震撼，到底比较文学如何"比较"才能够避免"乱比"？如何才是科学的比较？

难能可贵的是，法国学者对于比较文学学科的科学性进行了深刻的的反思和探索，并提出了具体的应对的方法：法国学派采取壮士断臂的方式，砍掉"比较"（comparison），提出比较文学不是文学比较（comparative literature is not literary comparison），或者说砍掉了没有影响关系的平行比较，总结出了只注重文学关系（literary relationship）的影响（influences）研究方法论。法国学派的创建者之一基亚指出，比较文学并不是比较。比较不过是一门名字没取好的学科所运用的一种方法……企图对它的性质下一个严格的定义可能是徒劳的。基亚认为：比较文学不是平行比较，而仅仅是文学关系史。以"文学关系"为比较文学研究的正宗。为什么法国学派要反对比较？或者说为什么法国学派要提出"比较文学不是文学比较"，因为法国学派认为"比较"（comparison）实际上是乱比的根源，或者说"比较"是没有可比性的。正如巴登斯佩哲指出："仅仅对两个不同的对象同时看上一眼就作比较，仅仅靠记忆和印象的拼凑，靠一些主观臆想把可能游移不定的东西扯在一起来找点类似点，这样的比较决不可能产生论证的明晰性"。所以必须抛弃"比较"。只承认基于科学的历史实证主义之上的文学影响关系研究（based on scientificity and positivism and literary influences.）。法国学派的代表学者卡雷指出：比较文学是实证性的关系研究："比较文学是文学史的一个分支：它研究拜伦与普希金、歌德与卡莱尔、瓦尔特·司各特与维尼之间，在属于一种以上文学背景的不同作品、不同构思以及不同作家的生平之间所曾存在过的跨国度的精神交往与实际联系。"正因为法国学者善于独辟蹊径，敢于提出"比较文学不是文学比较"，甚至完全抛弃比较（comparison），以防止"乱比"，才形成了一套建立在"科学"实证性为基础的、以影响关系为特征的"不比较"的比较文学学科理论体系，这终于挡住了克罗齐等人对比较文学"乱比"的批判，形成了以"科学"实证为特征的文学影响关系研究，确立了法国学派的学科理论和一整套方法论体系。当然，法国学派悍然砍掉比较研究，又不放弃"比较文学"这个名称，于是不可避免地出现了比较文学名不副实的尴尬现象，出现了打着比较文学名号，而又不比较的法国学派学科理论，这才是问题的关键。

当然，法国学派提出"比较文学不是文学比较"，只注重实证关系而不注重文学比较和文学审美，必然会引起比较文学的危机。这一危机终于由美国著名比较文学家韦勒克（René Wellek）在 1958 年国际比较文学协会第二次大会上明确揭示出来了。在这届年会上，韦勒克作了题为《比较文学的危机》的挑战性发言，对"不比较"的法国学派进行了猛烈批判，宣告了倡导平行比较和注重文学审美的比较文学美国学派的诞生。韦勒克作了题为《比较文学的危机》的挑战性发言，对当时一统天下的法国学派进行了猛烈批判，宣告了比较文学美国学派的诞生。韦勒克说："我认为，内容和方法之间的人为界线，渊源和影响的机械主义概念，以及尽管是十分慷慨的但仍属文化民族主义的动机，是比较文学研究中持久危机的症状。"韦勒克指出："比较也不能仅仅局限在历史上的事实联系中，正如最近语言学家的经验向文学研究者表明的那样，比较的价值既存在于事实联系的影响研究中，也存在于毫无历史关系的语言现象或类型的平等对比中。"很明显，韦勒克提出了比较文学就是要比较（comparison），就是要恢复巴登斯佩哲所讽刺和抛弃的"找点类似点"的平行比较研究。美国著名比较文学家雷马克（Henry Remak）在他的著名论文《比较文学的定义与功用》中深刻地分析了法国学派为什么放弃"比较"（comparison）的原因和本质。他分析说："法国比较文学否定'纯粹'的比较（comparison），它忠实于十九世纪实证主义学术研究的传统，即实证主义所坚持并热切期望的文学研究的'科学性'。按照这种观点，纯粹的类比不会得出任何结论，尤其是不能得出有更大意义的、系统的、概括性的结论。……既然值得尊重的科学必须致力于因果关系的探索，而比较文学必须具有科学性，因此，比较文学应该研究因果关系，即影响、交流、变更等。"雷马克进一步尖锐地指出，"比较文学"不是"影响文学"。只讲影响不要比较的"比较文学"，当然是名不副实的。显然，法国学派抛弃了"比较"（comparison），但是仍然带着一顶"比较文学"的帽子，才造成了比较文学"名"与"实"不相符合，造成比较文学不比较的尴尬，这才是问题的关键。

美国学派最大的贡献，是恢复了被法国学派所抛弃的比较文学应有的本义——"比较"（The American school went back to the original sense of comparative literature ——"comparison"），美国学派提出了标志其学派学科理论体系的平行比较和跨学科比较："比较文学是一国文学与另一国或多国文学的比较，是文学与人类其他表现领域的比较。"显然，自从美国学派倡导比较文学应当比较（comparison）以后，比较文学就不再有名与实不相符合的问题了，我们就不应当再继续笼统地说"比较文学不是文学比较"了，不应当再以"比较文学不是文学比较"来误导学生！更不可以说"一百余年来，比较文学这个名称是名不副实的。"不能够将雷马克的观点也强行解释为"比较文学不是比较"。因为在美国学派看来，比较文学就是要比较（comparison）。比较文学就是要恢复被巴登斯佩哲所讽刺和抛弃的"找点类似点"的平行比较研究。因为平行研究的可比性，正是类同性。正如韦勒克所说，"比较的价值既存在于事实联系的影响研究中，也存在于毫无历史关系的语言现象或类型的平等对比中。"恢复平行比较研究、跨学科研究，形成了以"找点类似点"的平行研究和跨学科研究为特征的比较文学美国学派学科理论和方法论体系。美国学派的学科理论以"类型学"、"比较诗学"、"跨学科比较"为主，并拓展原属于影响研究的"主题学"、"文类学"等领域，大大扩展比较文学研究领域。

二、比较文学的三个阶段

下面，我们从比较文学的三个学科理论阶段，进一步剖析比较文学不同阶段的学科理论特征。现代意义上的比较文学学科发展以"跨越"与"沟通"为目标，形成了类似"层叠"式、"涟漪"式的发展模式，经历了三个重要的学科理论阶段，即：

一、欧洲阶段，比较文学的成形期；二、美洲阶段，比较文学的转型期；三、亚洲阶段，比较文学的拓展期。我们将比较文学三个阶段的发展称之为"涟漪式"结构，实际上是揭示了比较文学学科理论的继承与创新的辩证关系：比较文学学科理论的发展，不是以新的理论否定和取代先前的理论，而是层叠式、累进式地形成"涟漪"式的包容性发展模式，逐步积累推进。比较文学学科理论发展呈现为层叠式、"涟漪"式、包容式的发展模式。我们把这个模式描绘如下：

法国学派主张比较文学是国际文学关系，是不同国家文学的影响关系。形成学科理论第一圈层：比较文学——影响研究；美国学派主张恢复平行比较，形成学科理论第二圈层：比较文学——影响研究＋平行研究＋跨学科研究；中国学派提出跨文明研究和变异研究，形成学科理论第三圈层：比较文学——影响研究＋平行研究＋跨学科研究＋跨文明研究＋变异研究。这三个圈层并不互相排斥和否定，而是继承和包容。我们将比较文学三个阶段的发展称之为层叠式、"涟漪"式、包容式结构，实际上是揭示了比较文学学科理论的继承与创新的辩证关系。

法国学派提出，可比性的第一个立足点是同源性，由关系构成的同源性。同源性主要是针对影响关系研究而言的。法国学派将同源性视作可比性的核心，认为影响研究的可比性是同源性。所谓同源性，指的是通过对不同国家、不同民族和不同语言的文学的文学关系研究，寻求一种有事实联系的同源关系，这种影响的同源关系可以通过直接、具体的材料得以证实。同源性往往建立在一条可追溯关系的三点一线的"影响路线"之上，这条路线由发送者、接受者和传递者三部分构成。如果没有相同的源流，也就不可能有影响关系，也就谈不上可比性，这就是"同源性"。以渊源学、流传学和媒介学作为研究的中心，依靠具体的事实材料在国别文学之间寻求主题、题材、文体、原型、思想渊源等方面的同源影响关系。注重事实性的关联和渊源性的影响，并采用严谨的实证方法，重视对史料的搜集和求证，具有重要的学术价值与学术意义，仍然具有广阔的研究前景。渊源学的例子：杨宪益，《西方十四行诗的渊源》。

比较文学学科理论的第二阶段在美洲，第二阶段是比较文学学科理论的转型期。从20世纪60年代以来，比较文学研究的主要阵地逐渐从法国转向美国，平行研究的可比性是什么？是类同性。类同性是指是没有文学影响关系的不同国家文学所表现出的相似和契合之处。以类同性为基本立足点的平行研究与影响研究一样都是超出国界的文学研究，但它不涉及影响关系研究的放送、流传、媒介等问题。平行研究强调不同国家的作家、作品、文学现象的类同比较，比较结果是总结出于文学作品的美学价值及文学发展具有规律性的东西。其比较必须具有可比性，这个可比性就是类同性。研究文学中类同的：风格、结构、内容、形式、流派、情节、技巧、手法、情调、形象、主题、文类、文学思潮、文学理论、文学规律。例如钱钟书《通感》认为，中国诗文有一种描写手法，古代批评家和修辞学家似乎都没有拈出。宋祁《玉楼春》词有句名句："红杏枝头春意闹。"这与西方的通感描写手法可以比较。

比较文学的又一次危机：比较文学的死亡

九十年代，欧美学者提出，比较文学作为一门学科已经死亡！最早是英国学者苏珊·巴斯奈特 1993 年她在《比较文学》一书中提出了比较文学的死亡论，认为比较文学作为一门学科，在某种意义上已经死亡。尔后，美国学者斯皮瓦克写了一部比较文学专著，书名就叫《一个学科的死亡》。为什么比较文学会死亡，斯皮瓦克的书中并没有明确回答！为什么西方学者会提出比较文学死亡论？全世界比较文学界都十分困惑。我们认为，20 世纪 90 年代以来，欧美比较文学继"理论热"之后，又出现了大规模的"文化转向"。脱离了比较文学的基本立场。首先是不比较，即不讲比较文学的可比性问题。西方比较文学研究充斥大量的 Culture Studies（文化研究），已经不考虑比较的合理性，不考虑比较文学的可比性问题。第二是不文学，即不关心文学问题。西方学者热衷于文化研究，关注的已经不是文学性，而是精神分析、政治、性别、阶级、结构等等。最根本的原因，是比较文学学科长期囿于西方中心论，有意无意地回避东西方不同文明文学的比较问题，基本上忽略了学科理论的新生长点，比较文学学科理论缺乏创新，严重忽略了比较文学的差异性和变异性。

要克服比较文学的又一次危机，就必须打破西方中心论，克服比较文学学科理论一味求同的比较文学学科理论模式，提出适应当今全球化比较文学研究的新话语。中国学派，正是在此次危机中，提出了比较文学变异学研究，总结出了新的学科理论话语和一套新的方法论。

中国大陆第一部比较文学概论性著作是卢康华、孙景尧所著《比较文学导论》，该书指出："什么是比较文学？现在我们可以借用我国学者季羡林先生的解释来回答了：'顾名思义，比较文学就是把不同国家的文学拿出来比较，这可以说是狭义的比较文学。广义的比较文学是把文学同其他学科来比较，包括人文科学和社会科学'。"[1]这个定义可以说是美国雷马克定义的翻版。不过，该书又接着指出："我们认为最精炼易记的还是我国学者钱钟书先生的说法：'比较文学作为一门专门学科，则专指跨越国界和语言界限的文学比较'。更具体地说，就是把不同国家不同语言的文学现象放在一起进行比较，研究他们在文艺理论、文学思潮，具体作家、作品之间的互相影响。"[2]这个定义似乎更接近法国学派的定义，没有强调平行比较与跨学科比较。紧接该书之后的教材是陈挺的《比较文学简编》，该书仍旧以"广义"与"狭义"来解释比较文学的定义，指出："我们认为，通常说的比较文学是狭义的，即指超越国家、民族和语言界限的文学研究……广义的比较文学还可以包括文学与其他艺术（音乐、绘画等）与其他意识形态（历史、哲学、政治、宗教等）之间的相互关系的研究。"[3]中国比较文学早期对于比较文学的定义中凸显了很强的不确定性。

由乐黛云主编，高等教育出版社 1988 年的《中西比较文学教程》，则对比较文学定义有了较为深入的认识，该书在详细考查了中外不同的定义之后，该书指出："比较文学不应受到语言、民族、国家、学科等限制，而要走向一种开放性，力图寻求世界文学发展的共同规律。"[4]"世界文学"概念的纳入极大拓宽了比较文学的内涵，为"跨文化"定义特征的提出做好了铺垫。

随着时间的推移，学界的认识逐步深化。1997 年，陈惇、孙景尧、谢天振主编的《比较文学》提出了自己的定义："把比较文学看作跨民族、跨语言、跨文化、跨学科的文学研究，更符合比较文学的实质，更能反映现阶段人们对于比较文学的认识。"[5]2000 年北京师范大学出版社出版了《比较文学概论》修订本，提出："什么是比较文学呢？比较文学是一种开放式的文学研究，它具有宏观的视野和国际的角度，以跨民族、跨语言、跨文化、跨学科界限的各种文学关系为研究对象，在理论和方法上，具有比较的自觉意识和兼容并包的特色。"[6]这是我们目前所看到的国内较有特色的一个定义。

---

1 卢康华、孙景尧著《比较文学导论》，黑龙江人民出版社 1984，第 15 页。
2 卢康华、孙景尧著《比较文学导论》，黑龙江人民出版社 1984 年版。
3 陈挺《比较文学简编》，华东师范大学出版社 1986 年版。
4 乐黛云主编《中西比较文学教程》，高等教育出版社 1988 年版。
5 陈惇、孙景尧、谢天振主编《比较文学》，高等教育出版社 1997 年版。
6 陈惇、刘象愚《比较文学概论》，北京师范大学出版社 2000 年版。

　　具有代表性的比较文学定义是 2002 年出版的杨乃乔主编的《比较文学概论》一书，该书的定义如下："比较文学是以跨民族、跨语言、跨文化与跨学科为比较视域而展开的研究，在学科的成立上以研究主体的比较视域为安身立命的本体，因此强调研究主体的定位，同时比较文学把学科的研究客体定位于民族文学之间与文学及其他学科之间的三种关系：材料事实关系、美学价值关系与学科交叉关系，并在开放与多元的文学研究中追寻体系化的汇通。"[7]方汉文则认为："比较文学作为文学研究的一个分支学科，它以理解不同文化体系和不同学科间的同一性和差异性的辩证思维为主导，对那些跨越了民族、语言、文化体系和学科界限的文学现象进行比较研究，以寻求人类文学发生和发展的相似性和规律性。"[8]由此而引申出的"跨文化"成为中国比较文学学者对于比较文学定义所做出的历史性贡献。

　　我在《比较文学教程》中对比较文学定义表述如下："比较文学是以世界性眼光和胸怀来从事不同国家、不同文明和不同学科之间的跨越式文学比较研究。它主要研究各种跨越中文学的同源性、变异性、类同性、异质性和互补性，以影响研究、变异研究、平行研究、跨学科研究、总体文学研究为基本方法论，其目的在于以世界性眼光来总结文学规律和文学特性，加强世界文学的相互了解与整合，推动世界文学的发展。"[9]在这一定义中，我再次重申"跨国""跨学科""跨文明"三大特征，以"变异性""异质性"突破东西文明之间的"第三堵墙"。

　　"首在审己，亦必知人"。中国比较文学学者在前人定义的不断论争中反观自身，立足中国经验、学术传统，以中国学者之言为比较文学的危机处境贡献学科转机之道。

三、两岸共建比较文学话语——比较文学中国学派

　　中国学者对于比较文学定义的不断明确也促成了"比较文学中国学派"的生发。得益于两岸几代学者的垦拓耕耘，这一议题成为近五十年来中国比较文学发展中竖起的最鲜明、最具争议性的一杆大旗，同时也是中国比较文学学科理论研究最有创新性，最亮丽的一道风景线。

---

7 杨乃乔主编《比较文学概论》，北京大学出版社 2002 年版。
8 方汉文《比较文学基本原理》，苏州大学出版社 2002 年版。
9 曹顺庆《比较文学教程》，高等教育出版社 2006 年版。

　　比较文学"中国学派"这一概念所蕴含的理论的自觉意识最早出现的时间大约是 20 世纪 70 年代。当时的台湾由于派出学生留洋学习，接触到大量的比较文学学术动态，率先掀起了中外文学比较的热潮。1971 年 7 月在台湾淡江大学召开的第一届"国际比较文学会议"上，朱立元、颜元叔、叶维廉、胡辉恒等学者在会议期间提出了比较文学的"中国学派"这一学术构想。同时，李达三、陈鹏翔（陈慧桦）、古添洪等致力于比较文学中国学派早期的理论催生。如 1976 年，古添洪、陈慧桦出版了台湾比较文学论文集《比较文学的垦拓在台湾》。编者在该书的序言中明确提出："我们不妨大胆宣言说，这援用西方文学理论与方法并加以考验、调整以用之于中国文学的研究，是比较文学中的中国派"[10]。这是关于比较文学中国学派较早的说明性文字，尽管其中提到的研究方法过于强调西方理论的普世性，而遭到美国和中国大陆比较文学学者的批评和否定；但这毕竟是第一次从定义和研究方法上对中国学派的本质进行了系统论述，具有开拓和启明的作用。后来，陈鹏翔又在台湾《中外文学》杂志上连续发表相关文章，对自己提出的观点作了进一步的阐释和补充。

　　在"中国学派"刚刚起步之际，美国学者李达三起到了启蒙、催生的作用。李达三于 60 年代来华在台湾任教，为中国比较文学培养了一批朝气蓬勃的生力军。1977 年 10 月，李达三在《中外文学》6 卷 5 期上发表了一篇宣言式的文章《比较文学中国学派》，宣告了比较文学的中国学派的建立，并认为比较文学中国学派旨在"与比较文学中早已定于一尊的西方思想模式分庭抗礼。由于这些观念是源自对中国文学及比较文学有兴趣的学者，我们就将含有这些观念的学者统称为比较文学的'中国'学派。"并指出中国学派的三个目标：1、在自己本国的文学中，无论是理论方面或实践方面，找出特具"民族性"的东西，加以发扬光大，以充实世界文学；2、推展非西方国家"地区性"的文学运动，同时认为西方文学仅是众多文学表达方式之一而已；3、做一个非西方国家的发言人，同时并不自诩能代表所有其他非西方的国家。李达三后来又撰文对比较文学研究状况进行了分析研究，积极推动中国学派的理论建设。[11]

　　继中国台湾学者垦拓之功，在 20 世纪 70 年代末复苏的大陆比较文学研

---

10 古添洪、陈慧桦《比较文学的垦拓在台湾》，台湾东大图书公司 1976 年版。
11 李达三《比较文学研究之新方向》，台湾联经事业出版公司 1978 年版。

究亦积极参与了"比较文学中国学派"的理论建设和学科建设。

季羡林先生 1982 年在《比较文学译文集》的序言中指出:"以我们东方文学基础之雄厚,历史之悠久,我们中国文学在其中更占有独特的地位,只要我们肯努力学习,认真钻研,比较文学中国学派必然能建立起来,而且日益发扬光大"[12]。1983 年 6 月,在天津召开的新中国第一次比较文学学术会议上,朱维之先生作了题为《比较文学中国学派的回顾与展望》的报告,在报告中他旗帜鲜明地说:"比较文学中国学派的形成(不是建立)已经有了长远的源流,前人已经做出了很多成绩,颇具特色,而且兼有法、美、苏学派的特点。因此,中国学派绝不是欧美学派的尾巴或补充"[13]。1984 年,卢康华、孙景尧在《比较文学导论》中对如何建立比较文学中国学派提出了自己的看法,认为应当以马克思主义作为自己的理论基础,以我国的优秀传统与民族特色为立足点与出发点,汲取古今中外一切有用的营养,去努力发展中国的比较文学研究。同年在《中国比较文学》创刊号上,朱维之、方重、唐弢、杨周翰等人认为中国的比较文学研究应该保持不同于西方的民族特点和独立风貌。1985 年,黄宝生发表《建立比较文学的中国学派:读〈中国比较文学〉创刊号》,认为《中国比较文学》创刊号上多篇讨论比较文学中国学派的论文标志着大陆对比较文学中国学派的探讨进入了实际操作阶段。[14]1988 年,远浩一提出"比较文学是跨文化的文学研究"(载《中国比较文学》1988 年第 3期)。这是对比较文学中国学派在理论特征和方法论体系上的一次前瞻。同年,杨周翰先生发表题为"比较文学:界定'中国学派',危机与前提"(载《中国比较文学通讯》1988 年第 2 期),认为东方文学之间的比较研究应当成为"中国学派"的特色。这不仅打破比较文学中的欧洲中心论,而且也是东方比较学者责无旁贷的任务。此外,国内少数民族文学的比较研究,也应该成为"中国学派"的一个组成部分。所以,杨先生认为比较文学中的大量问题和学派问题并不矛盾,相反有助于理论的讨论。1990 年,远浩一发表"关于'中国学派'"(载《中国比较文学》1990 年第 1 期),进一步推进了"中国学派"的研究。此后直到 20 世纪 90 年代末,中国学者就比较文学中国学派的建立、理论与方法以及相应的学科理论等诸多问题进行了积极而富有成效的探讨。

---

12 张隆溪《比较文学译文集》,北京大学出版社 1984 年版。

13 朱维之《比较文学论文集》,南开大学出版社 1984 年版。

14 参见《世界文学》1985 年第 5 期。

刘介民、远浩一、孙景尧、谢天振、陈淳、刘象愚、杜卫等人都对这些问题付出过不少努力。《暨南学报》1991 年第 3 期发表了一组笔谈，大家就这个问题提出了意见，认为必须打破比较文学研究中长期存在的法美研究模式，建立比较文学中国学派的任务已经迫在眉睫。王富仁在《学术月刊》1991 年第 4期上发表"论比较文学的中国学派问题"，论述中国学派兴起的必然性。而后，以谢天振等学者为代表的比较文学研究界展开了对"X+Y"模式的批判。比较文学在大陆复兴之后，一些研究者采取了"X+Y"式的比附研究的模式，在发现了"惊人的相似"之后便万事大吉，而不注意中西巨大的文化差异性，成为了浅度的比附性研究。这种情况的出现，不仅是中国学者对比较文学的理解上出了问题，也是由于法美学派研究理论中长期存在的研究模式的影响，一些学者并没有深思中国与西方文学背后巨大的文明差异性，因而形成"X+Y"的研究模式，这更促使一些学者思考比较文学中国学派的问题。

经过学者们的共同努力，比较文学中国学派一些初步的特征和方法论体系逐渐凸显出来。1995 年，我在《中国比较文学》第 1 期上发表《比较文学中国学派基本理论特征及其方法论体系初探》一文，对比较文学在中国复兴十余年来的发展成果作了总结，并在此基础上总结出中国学派的理论特征和方法论体系，对比较文学中国学派作了全方位的阐述。继该文之后，我又发表了《跨越第三堵'墙'创建比较文学中国学派理论体系》等系列论文，论述了以跨文化研究为核心的"中国学派"的基本理论特征及其方法论体系。这些学术论文发表之后在国内外比较文学界引起了较大的反响。台湾著名比较文学学者古添洪认为该文"体大思精，可谓已综合了台湾与大陆两地比较文学中国学派的策略与指归，实可作为'中国学派'在大陆再出发与实践的蓝图"[15]。

在我撰文提出比较文学中国学派的基本特征及方法论体系之后，关于中国学派的论争热潮日益高涨。反对者如前国际比较文学学会会长佛克马（Douwe Fokkema）1987 年在中国比较文学学会第二届学术讨论会上就从所谓的国际观点出发对比较文学中国学派的合法性提出了质疑，并坚定地反对建立比较文学中国学派。来自国际的观点并没有让中国学者失去建立比较文学中国学派的热忱。很快中国学者智量先生就在《文艺理论研究》1988 年第

15 古添洪《中国学派与台湾比较文学界的当前走向》，参见黄维梁编《中国比较文学理论的垦拓》167 页，北京大学出版社 1998 年版。

1 期上发表题为《比较文学在中国》一文，文中援引中国比较文学研究取得的成就，为中国学派辩护，认为中国比较文学研究成绩和特色显著，尤其在研究方法上足以与比较文学研究历史上的其他学派相提并论，建立中国学派只会是一个有益的举动。1991 年，孙景尧先生在《文学评论》第 2 期上发表《为"中国学派"一辩》，孙先生认为佛克马所谓的国际主义观点实质上是"欧洲中心主义"的观点，而"中国学派"的提出，正是为了清除东西方文学与比较文学学科史中形成的"欧洲中心主义"。在 1993 年美国印第安纳大学举行的全美比较文学会议上，李达三仍然坚定地认为建立中国学派是有益的。二十年之后，佛克马教授修正了自己的看法，在 2007 年 4 月的"跨文明对话——国际学术研讨会（成都）"上，佛克马教授公开表示欣赏建立比较文学中国学派的想法[16]。即使学派争议一派繁荣景象，但最终仍旧需要落点于学术创见与成果之上。

比较文学变异学便是中国学派的一个重要理论创获。2005 年，我正式在《比较文学学》[17]中提出比较文学变异学，提出比较文学研究应该从"求同"思维中走出来，从"变异"的角度出发，拓宽比较文学的研究。通过前述的法、美学派学科理论的梳理，我们也可以发现前期比较文学学科是缺乏"变异性"研究的。我便从建构中国比较文学学科理论话语体系入手，立足《周易》的"变异"思想，建构起"比较文学变异学"新话语，力图以中国学者的视角为全世界比较文学学科理论提供一个新视角、新方法和新理论。

比较文学变异学的提出根植于中国哲学的深层内涵，如《周易》之"易之三名"所构建的"变易、简易、不易"三位一体的思辨意蕴与意义生成系统。具体而言，"变易"乃四时更替、五行运转、气象畅通、生生不息；"不易"乃天上地下、君南臣北、纲举目张、尊卑有位；"简易"则是乾以易知、坤以简能、易则易知、简则易从。显然，在这个意义结构系统中，变易强调"变"，不易强调"不变"，简易强调变与不变之间的基本关联。万物有所变，有所不变，且变与不变之间存在简单易从之规律，这是一种思辨式的变异模式，这种变异思维的理论特征就是：天人合一、物我不分、对立转化、整体关联。这是中国古代哲学最重要的认识论，也是与西方哲学所不同的"变异"思想。

---

16 见《比较文学报》2007 年 5 月 30 日，总第 43 期。
17 曹顺庆《比较文学学》，四川大学出版社 2005 年版。

由哲学思想衍生于学科理论，比较文学变异学是"指对不同国家、不同文明的文学现象在影响交流中呈现出的变异状态的研究，以及对不同国家、不同文明的文学相互阐发中出现的变异状态的研究。通过研究文学现象在影响交流以及相互阐发中呈现的变异，探究比较文学变异的规律。"[18]变异学理论的重点在求"异"的可比性，研究范围包含跨国变异研究、跨语际变异研究、跨文化变异研究、跨文明变异研究、文学的他国化研究等方面。比较文学变异学所发现的文化创新规律、文学创新路径是基于中国所特有的术语、概念和言说体系之上探索出的"中国话语"，作为比较文学第三阶段中国学派的代表性理论已经受到了国际学界的广泛关注与高度评价，中国学术话语产生了世界性影响。

四、国际视野中的中国比较文学

文明之墙让中国比较文学学者所提出的标识性概念获得国际视野的接纳、理解、认同以及运用，经历了跨语言、跨文化、跨文明的多重关卡，国际视野下的中国比较文学书写亦经历了一个从"遍寻无迹""只言片语"而"专篇专论"，从最初的"话语乌托邦"至"阶段性贡献"的过程。

二十世纪六十年代以来港台学者致力于从课程教学、学术平台、人才培养，国内外学术合作等方面巩固比较文学这一新兴学科的建立基石，如淡江文理学院英文系开设的"比较文学"（1966），香港大学开设的"中西文学关系"（1966）等课程；台湾大学外文系主编出版之《中外文学》月刊、淡江大学出版之《淡江评论》季刊等比较文学研究专刊；后又有台湾比较文学学会（1973 年）、香港比较文学学会（1978）的成立。在这一系列的学术环境构建下，学者前贤以"中国学派"为中国比较文学话语核心在国际比较文学学科理论、方法论中持续探讨，率先启声。例如李达三在 1980 年香港举办的东西方比较文学学术研讨会成果中选取了七篇代表性文章，以 *Chinese-Western Comparative Literature: Theory and Strategy* 为题集结出版，[19]并在其结语中附上那篇"中国学派"宣言文章以申明中国比较文学建立之必要。

学科开山之际，艰难险阻之巨难以想象，但从国际学者相关言论中可见西方对于中国比较文学学科的发展抱有的希望渺小。厄尔·迈纳（Earl Miner）

---

18 曹顺庆主编《比较文学概论》，高等教育出版社 2015 年版。
19 *Chinese-Western Comparative Literature：Theory & Strategy*，Chinese Univ Pr.1980-6

在 1987 年发表的 *Some Theoretical and Methodological Topics for Comparative Literature* 一文中谈到当时西方的比较文学鲜有学者试图将非西方材料纳入西方的比较文学研究中。（until recently there has been little effort to incorporate non-Western evidence into Western com- parative study.）1992 年，斯坦福大学教授 David Palumbo-Liu 直接以《话语的乌托邦：论中国比较文学的不可能性》为题（*The Utopias of Discourse: On the Impossibility of Chinese Comparative Literature*）直言中国比较文学本质上是一项"乌托邦"工程。（My main goal will be to show how and why the task of Chinese comparative literature, particularly of pre-modern literature, is essentially a *utopian* project.）这些对于中国比较文学的诘难与质疑，今美国加州大学圣地亚哥分校文学系主任张英进教授在其 1998 编著的 *China in a polycentric world: essays in Chinese comparative literature* 前言中也不得不承认中国比较文学研究在国际学术界中仍然处于边缘地位（The fact is, however, that Chinese comparative literature remained marginal in academia, even though it has developed closely with the rest of literary studies in the United Stated and even though China has gained increasing importance in the geopolitical world order over the past decades.）。[20]但张英进教授也展望了下一个千年中国比较文学研究的蓝景。

新的千年新的气象，"世界文学""全球化"等概念的冲击下，让西方学者开始注意到东方，注意到中国。如普渡大学教授斯蒂文·托托西（Tötösy de Zepetnek, Steven）1999 年发长文 *From Comparative Literature Today Toward Comparative Cultural Studies* 阐明比较文学研究更应该注重文化的全球性、多元性、平等性而杜绝等级划分的参与。托托西教授注意到了在法德美所谓传统的比较文学研究重镇之外，例如中国、日本、巴西、阿根廷、墨西哥、西班牙、葡萄牙、意大利、希腊等地区，比较文学学科得到了出乎意料的发展（emerging and developing strongly）。在这篇文章中，托托西教授列举了世界各地比较文学研究成果的著作，其中中国地区便是北京大学乐黛云先生出版的代表作品。托托西教授精通多国语言，研究视野也常具跨越性，新世纪以来也致力于以跨越性的视野关注世界各地比较文学研究的动向。[21]

---

20 Moran T . Yingjin Zhang, Ed. China in a Polycentric World: Essays in Chinese Comparative Literature[J].现代中文文学学报,2000,4(1):161-165.

21 Tötösy de Zepetnek, Steven. "From Comparative Literature Today Toward Comparative Cultural Studies." CLCWeb: Comparative Literature and Culture 1.3 (1999):

　　以上这些国际上不同学者的声音一则质疑中国比较文学建设的可能性，一则观望着这一学科在非西方国家的复兴样态。争议的声音不仅在国际学界，国内学界对于这一新兴学科的全局框架中涉及的理论、方法以及学科本身的立足点，例如前文所说的比较文学的定义，中国学派等等都处于持久论辩的漩涡。我们也通晓如果一直处于争议的漩涡中，便会被漩涡所吞噬，只有将论辩化为成果，才能转漩涡为涟漪，一圈一圈向外辐射，国际学人也在等待中国学者自己的声音。

　　上海交通大学王宁教授作为中国比较文学学者的国际发声者自 20 世纪末至今已撰文百余篇，他直言，全球化给西方学者带来了学科死亡论，但是中国比较文学必将在这全球化语境中更为兴盛，中国的比较文学学者一定会对国际文学研究做出更大的贡献。新世纪以来中国学者也不断地将自身的学科思考成果呈现在世界之前。2000 年，北京大学周小仪教授发文（*Comparative Literature in China*）[22]率先从学科史角度构建了中国比较文学在两个时期（20 世纪 20 年代至 50 年代，70 年代至 90 年代）的发展概貌，此文关于中国比较文学的复兴崛起是源自中国文学现代性的产生这一观点对美国芝加哥大学教授苏源熙（Haun Saussy）影响较深。苏源熙在 2006 年的专著 *Comparative Literature in an Age of Globalization* 中对于中国比较文学的讨论篇幅极少，其中心便是重申比较文学与中国文学现代性的联系。这篇文章也被哈佛大学教授大卫·达姆罗什（David Damrosch）收录于《普林斯顿比较文学资料手册》（*The Princeton Sourcebook in Comparative Literature*，2009[23]）。类似的学科史介绍在英语世界与法语世界都接续出现，以上大致反映了中国学者对于中国比较文学研究的大概描述在西学界的接受情况。学科史的构架对于国际学术对中国比较文学发展脉络的把握很有必要，但是在此基础上的学科理论实践才是关系于中国比较文学学科国际性发展的根本方向。

　　我在 20 世纪 80 年代以来 40 余年间便一直思考比较文学研究的理论构建问题，从以西方理论阐释中国文学而造成的中国文艺理论"失语症"思考

22　Zhou, Xiaoyi and Q.S. Tong, "Comparative Literature in China", Comparative Literature and Comparative Cultural Studies, ed., Totosy de Zepetnek, West Lafayette, Indiana: Purdue University Press, 2003, 268-283.

23　Damrosch, David (EDT)***The Princeton Sourcebook in Comparative Literature***: Princeton University Press

属于中国比较文学自身的学科方法论，从跨异质文化中产生的"文学误读""文化过滤""文学他国化"提出"比较文学变异学"理论。历经 10 年的不断思考，2013 年，我的英文著作：*The Variation Theory of Comparative Literature*（《比较文学变异学》），由全球著名的出版社之一斯普林格（Springer）出版社出版，并在美国纽约、英国伦敦、德国海德堡出版同时发行。*The Variation Theory of Comparative Literature*（《比较文学变异学》）系统地梳理了比较文学法国学派与美国学派研究范式的特点及局限，首次以全球通用的英语语言提出了中国比较文学学科理论新话语："比较文学变异学"。这一新概念、新范畴和新表述，引导国际学术界展开了对变异学的专刊研究（如普渡大学创办刊物《比较文学与文化》2017 年 19 期）和讨论。

欧洲科学院院士、西班牙圣地亚哥联合大学让·莫内讲席教授、比较文学系教授塞萨尔·多明戈斯教授（Cesar Dominguez），及美国科学院院士、芝加哥大学比较文学教授苏源熙（Haun Saussy）等学者合著的比较文学专著（Introducing Comparative literature: New Trends and Applications[24]）高度评价了比较文学变异学。苏源熙引用了《比较文学变异学》（英文版）中的部分内容，阐明比较文学变异学是十分重要的成果。与比较文学法国学派和美国学派形成对比，曹顺庆教授倡导第三阶段理论，即，新奇的、科学的中国学派的模式，以及具有中国学派本身的研究方法的理论创新与中国学派"（《比较文学变异学》（英文版）第 43 页）。通过对"中西文化异质性的"跨文明研究"，曹顺庆教授的看法会更进一步的发展与进步（《比较文学变异学》（英文版）第 43 页），这对于中国文学理论的转化和西方文学理论的意义具有十分重要的价值。（"Another important contribution in the direction of an imparative comparative literature-at least as procedure-is Cao Shunqing's 2013 *The Variation Theory of Comparative Literature*. In contrast to the "French School"and"American School"of comparative Literature, Cao advocates a "third-phrase theory", namely, "a novel and scientific mode of the Chinese school," a "theoretical innovation and systematization of the Chinese school by relying on our *own* methods" (*Variation Theory* 43; emphasis added). From this etic beginning, his proposal moves forward emically by developing a "cross-civilizaional study on the heterogeneity between

---

24 Cesar Dominguez,Haun Saussy,Dario Villanueva Introducing Comparative literature: New Trends and Applications，Routledge,2015

Chinese and Western culture" (43), which results in both the foreignization of Chinese literary theories and the Signification of Western literary theories.)

法国索邦大学（Sorbonne University）比较文学系主任伯纳德·弗朗科（Bernard Franco）教授在他出版的专著（《比较文学：历史、范畴与方法》）*La littératurecomparée: Histoire, domaines, méthodes* 中以专节引述变异学理论，他认为曹顺庆教授提出了区别于影响研究与平行研究的"第三条路"，即"变异理论"，这对应于观点的转变，从"跨文化研究"到"跨文明研究"。变异理论基于不同文明的文学体系相互碰撞为形式的交流过程中以产生新的文学元素，曹顺庆将其定义为"研究不同国家的文学现象所经历的变化"。因此曹顺庆教授提出的变异学理论概述了一个新的方向，并展示了比较文学在不同语言和文化领域之间建立多种可能的桥梁。(Il évoque l'hypothèse d'une troisième voie, la « théorie de la variation », qui correspond à un déplacement du point de vue, de celui des « études interculturelles » vers celui des « études transcivilisationnelles . » Cao Shunqing la définit comme « l'étude des variations subies par des phénomènes littéraires issus de différents pays, avec ou sans contact factuel, en même temps que l'étude comparative de l'hétérogénéité et de la variabilité de différentes expressions littéraires dans le même domaine ».Cette hypothèse esquisse une nouvelle orientation et montre la multiplicité des passerelles possibles que la littérature comparée établit entre domaines linguistiques et culturels différents.) [25]。

美国哈佛大学（Harvard University）厄内斯特·伯恩鲍姆讲席教授、比较文学教授大卫·达姆罗什（David Damrosch）对该专著尤为关注。他认为《比较文学变异学》（英文版）以中国视角呈现了比较文学学科话语的全球传播的有益尝试。曹顺庆教授对变异的关注提供了较为适用的视角，一方面超越了亨廷顿式简单的文化冲突模式，另一方面也跨越了同质性的普遍化。[26]国际学界对于变异学理论的关注已经逐渐从其创新性价值探讨延伸至文学研究，例如斯蒂文·托托西近日在 *Cultura* 发表的（Peripheralities: "Minor" Literatures, Women's Literature, and Adrienne Orosz de Csicser's Novels）一文中便成功地将变异学理论运用于阿德里安·奥罗兹的小说研究中。

---

25 Bernard Franco La littératurecomparée: Histoire, domaines, méthodes，Armand Colin 2016.
26 David Damrosch Comparing the Literatures,Literary Studies in a Global Age,Princeton University Press,2020.

国际学界对于比较文学变异学的认可也证实了变异学作为一种普遍性理论提出的初衷，其合法性与适用性将在不同文化的学者实践中巩固、拓展与深化。它不仅仅是跨文明研究的方法，而是一种具有超越影响研究和平行研究，超越西方视角或东方视角的宏大视野、一种建立在文化异质性和变异性基础之上的融汇创生、一种追求世界文学和总体问题最终理想的哲学关怀。

以如此篇幅展现中国比较文学之况，是因为中国比较文学研究本就是在各种危机论、唱衰论的压力下，各种质疑论、概念论中艰难前行，不探源溯流难以体察今日中国比较文学研究成果之不易。文明的多样性发展离不开文明之间的交流互鉴。最具"跨文明"特征的比较文学学科更需要文明之间成果的共享、共识、共析与共赏，这是我们致力于比较文学研究领域的学术理想。

千里之行，不积跬步无以至，江海之阔，不积细流无以成！如此宏大的一套比较文学研究丛书得承花木兰总编辑杜洁祥先生之宏志，以及该公司同仁之辛劳，中国比较文学学者之鼎力相助，才可顺利集结出版，在此我要衷心向诸君表达感谢！中国比较文学研究仍有一条长远之途需跋涉，期以系列丛书一展全貌，愿读者诸君敬赐高见！

曹顺庆

二零二一年十月二十三日于成都锦丽园

序　言

　　在中国学术语境中，文学人类学自上个世纪 80 年代初创算起，至今已经走过近 40 年的历史。当下，文学人类学已经从 20 世纪早期初兴时的一个"理念""方法"逐渐演变为具有诸如"学会团体"、"交叉学科"、"刊物名称"、"视野方法"、"理论体系"于一身的多义复合体。总体而言，这一复合体的特征显示为"多地发展，对话共生"，其宗旨在于"携手共建，不同而和"。

　　本书以"地方"为承载，观学术之变迁。经由微观（四川大学文学人类学、四川大学、四川）、中观（学科点、高校、区域）和宏观（"地方个案"与"整体学术"之关联）共同构成的"在地发展"这一整体，回顾与梳理文学人类学的本土传统及其学理源流、文学与人类学的在地交汇、学科简史与体制演变以及话语创建与理论更新等内容。将四川大学文学人类学作为"地方个案"，以观文学人类学"学术整体"之变迁，其间涵括了语境之变、对象之变、概念之变、学人之变、视野之变、方法之变、理论之变以及观念之变。由此指出文学人类学未来发展之一向度，即走向新文科背景下文理并置的未来场景。

　　以"地方"为个案，观整体之构成。经由"在地"这一微观、中观、宏观构成的开放且具有动态特征的系统，聚焦关于四川大学文学人类学"整体与前沿"、"历史与根基"、"学科与体制"、"科学与文学"、"人类与表述"、"实践与理论"等议题的讨论与研究，指出四川大学文学人类学推进田野实践与理论体系建设的重要路径，即以"地方"为基础的本土文化的不间断挖掘中寻求人类文化的共性和深层结构。"在地"因其开放与动态的内蕴特征成为文学人类学不断探索、更新其学科研究范式、理论体系的驱动力，并助推建立起文学人类学的整体观。在"开放"与"动态"特征方面，"在地"作为学术话语所彰显的特质与作为多义复合体的"文学人类学"具有内在一致性，是在方法论与理论建构层面对"学术整体"的不断超越。

基于"当下是历史的未来，历史是未来的当下"这一动态时间观，提出本书对于文学人类学的"理解"以及"再理解"。

作为世界学术和中国学术之组成，"文学人类学"是对世界范围内学术思潮转型的一种体现：其本质在于"变"，其视野在于"跨"，其方法在于"证"，其核心在于"表述"，其内容在于"文化"，其目标在于"整体"。在学理上既承接古近中外的前人学术之成果，又注重与同时代各领域的跨界对话，并在时代语境的映照之下"反思—重建"、"再反思—再重建"根植于中国本土文化的话语体系与方法、理论。质言之，"文学人类学"成为文学人类学研究者看待与处理问题的一种方式，它虽然在中国当下的高校教育体制中以"学科"的形式出现与发展，但"学科"绝对不是其本质面貌和终极目的。文学人类学研究者们对"交叉学科"的不断强调正是宣告他们对"学科"的认识和态度，"交叉学科"的背后凸显的是文学人类学研究者之努力探索——超越"学科"并把具体的研究对象置于跨越古今、超越时空的整体关联之中。

基于这一"理解"，本书将对文学人类学的"再理解"阐释为"三对应、一整体"，即"课堂与多界"（"人界"、"自然界"、"灵界"、"虚拟界"）；"高校与社会"（生活界、学术界、创作界、政界、商界、媒体界、科技界、游戏界、VR 界）；"一地与宇宙"（连接历史、跨越古今）之对应模式以及一个用"在地"将人类时间、地球时间、宇宙时间以及虚拟时间连为一体的"时空整体"之认识。一言以蔽之，即借"地"言"史"，由"史"及"今"，跨越时空，以观未来。

基于此，本书将篇章结构安排如下，除导论和结语外，本书一共分为五章：

第一章：在地学术及其整体关联。本章围绕"在地学术"和"整体学术"之关联，将讨论"在地学术"的视野置于"整体"之中。具体而言，一方面对作为"整体"的世界文学人类学和中国文学人类学缘起进行一个背景式的概述和介绍，在此基础上，将这个"整体"的特征总结为"多地发展，对话共生"，并主要通过"理论推进"和"年会聚交"两个方面在"中国整体"这一层面展开横向关联。最后，指出在"多地发展，对话共生"这一总体格局中还体现出了"在地研究，同中有异"的差异格局，以此将话题转向本书的个案，在"在地”这一层面展开对“聚焦川大”和“一点多方”的横向关联。

第二章：本土传统及其学理源流。本章通过追溯交叉学科在中国得以形成的本土传统及其学理源流，检视本土传统之变和新学之兴对文学人类学这一交叉学科形成的滋养和孕育。具体而言，在“文学”方面，对“文学”这一传统之学从古义到新义再到广义的概念变迁展开梳理，“文学”这一中国古已有之的概念，在 19 至 20 世纪之交的中国经历了从古义到新义的转变，但其“古义”并未就此消失，而是化作“新义”和“广义”并存的局面得到了学界持续的关注和讨论。在“人类学”方面，具体考察这一西方新学的“在地”兴起和传播过程，20 世纪早期人类学等西方新学的进入，既是对学术研究范式的变革，亦参与到中国传统之变的浪潮中，构成“在地学术”发展的时代特征之一，并对“新时期”以后人类学的“在地”发展形成持续影响。

第三章：文学与人类学的在地交汇。本章是在学界业已提炼出来的中国文学人类学早期实践的方法特征的基础上，结合“在地交汇”的视野，对中国文学人类学“学理史”的继续探索。通过对 20 世纪上半叶中国历史情境的爬梳，那时实践了文学人类学方法的中国学者不止于茅盾、郭沫若、顾颉刚、闻一多、李玄伯、卫聚贤、凌纯声、郑振铎以及钱钟书诸位先生。当时，整个中国社会正处于传统嬗变和新知环涌之时代，这是一场席卷全国的巨变。在学术中心和主流以外，还有大量的时人讨论值得进一步挖掘和梳理。因此，本章将视野聚焦于“文学中的人类学”和“人类学中的文学”两个方面，考察在传统之变和新学之兴的历史进程中文学与人类学在地交汇的学人实践和具体表现。其中，在“文学中的人类学”方面，考察本土作家文学书写中人类学视野以及转向民间与民族的具体情形；在“人类学中的文学”方面，在对人类学方法具体实践和应用的考察中，厘清并阐述人类学，包括人类学研究者们在用人类学方法调查“文学”的同时，又如何被“文学”影响而产生改变。

第四章：学科简史与体制演变。本章聚焦文学人类学的“学科史”，重点考察新中国成立以后尤其是改革开放新时期以来文学人类学学科在四川大学所经历的体制演变和学科建立及其发展的具体情形。首先从历史承传出发，考察从“尊经书院”到“中文系”这一历史进程中学校体制、治学理念、教学场所以及对“文”的认识等多方面的变化；着眼于体制演变，回顾四川大学中文系早期的民间文学与文化研究以及“多”民族田野实践。另外，通过考察川大比较文学学科和中国俗文化研究所共同形成的时代契机，厘清二者在新时代语境中是如何影响文学人类学交叉学科在川大的建立。在此基础上，通过"与"字的由来和取消，厘清从"文学与人类学"到"文学人类学"的经过，并对文学人类学学科确立后在平台建设、田野与理论以及队伍凝聚与域外关联等具体情形展开论述。

第五章：话语创建与理论更新。本章立足四川大学文学人类学的本土话语创建和理论建构，具体涉及到的有表述理论、多民族文学与文化、数智人文与数智时代的文学与人类学等。在表述理论方面，分别从表述问题的提出、表述理论的阐释以及表述议题的延伸三个方面展开讨论；在多民族文学与文化方面，考察作为表述理论实践场域和研究对象之一的多民族文学与文化，其背后蕴含着的"文学观"以及"文学史观"是如何突破原有的认知模式和叙事惯性，而为重述地方乃至重述中国这样的观念重建提供了路径；在数智人文与数智时代的文学与人类学方面，则基于眼下的时代现状，即以互联网及人工智能为标志的科技革命正深刻地改变着人们认知世界的方式，人们在"物理世界"和"虚拟世界"构筑起来的"线下—线上"中穿行，包括"中心—边缘"、"进化论"、"全球化"等一系列代表原有秩序的所有时空认知，都将遭遇新的巨变。四川大学文学人类学团队将视野延伸到当下和未来语境，通过对"人—机"共生的数智时代的对接和阐释，进一步探寻文学人类学学术发展的"近景"和"远景"目标。

目

次

上 册

序 言

导 论 …………………………………………… 1

　第一节　对"在地"的认识：为什么聚焦个案…… 1

　　一、起源与发展：作为学术话语的"在地" …… 3

　　二、话语与反思："在地"的多方映射 ……… 9

　　三、学术与在地：文学人类学的个案与整体·· 13

　第二节　学科发展与高校平台 ……………… 18

　　一、"学科"的意涵 ……………………… 18

　　二、作为地方的四川大学 ……………… 24

　第三节　本书的研究意义 ……………………… 27

第一章　在地学术及其整体关联 ……………… 35

　第一节　背景：文学人类学的缘起 ……………… 35

　　一、文学人类学的西方语境 ……………… 35

　　二、20 世纪前期：文学人类学在中国的孕育·· 41

　　三、20 世纪 80 年代：文学人类学在中国的
　　　　确立 ……………………………… 46

　第二节　整体：多地发展，对话共生 ……… 49

　　一、理论推进 ……………………………… 49

　　二、年会聚交 ……………………………… 56

第三节　个案：在地研究，同中有异 …………… 62
　　一、聚焦四川大学 ………………………… 63
　　二、"一点多方" …………………………… 66
第二章　本土传统及其学理源流 ………………… 69
　第一节　对交叉学科的滋养 ……………………… 69
　　一、"辨章学术，考镜源流" …………… 70
　　二、传统之变与新学之兴 ………………… 72
　第二节　文学：从古义到新义再到广义 ………… 77
　　一、概念之变：以报刊《娱闲录》为例…… 78
　　二、外国人在地书写的影响 ……………… 82
　　三、广义神话论与大文学观 ……………… 88
　第三节　人类学：新学的兴起与传播 ………… 95
　　一、新学体制的建立 ……………………… 97
　　二、华西坝的人类学研究 ……………… 110
　　三、中研院史语所在李庄 ……………… 135
　　四、中国西南民族研究学会 …………… 154

下　册
第三章　文学与人类学的在地交汇 …………… 165
　第一节　文学中的人类学 ……………………… 165
　　一、本土作家的文学书写 ……………… 166
　　二、转向民间与民族 …………………… 177
　第二节　人类学中的文学 ……………………… 182
　　一、人类学方法的实践与应用 ………… 182
　　二、边地行走与川边影像民族志 ……… 205
第四章　学科简史与体制演变 ………………… 211
　第一节　历史承传 ……………………………… 211
　　一、迭换的时代语境 …………………… 212
　　二、从"尊经书院"到"中文系" …… 215
　　三、民间文学与文化的研究 …………… 224
　　四、"多"民族的田野实践 …………… 226
　第二节　时代契机 ……………………………… 231
　　一、"比较"与比较文学 ……………… 231

　　二、四川大学中国俗文化研究所 ……………236

　第三节　学科建设 ……………………………239

　　一、"与"字的由来和取消 …………………239

　　二、多方位的平台建设 ………………………242

　　三、田野与理论的同步展开 …………………261

　第四节　队伍凝聚与域外关联 ………………270

　　一、队伍凝聚：从西南—西部到中国—世界 ‥270

　　二、关于波亚托斯译本的交流互动 …………271

　　三、本土范畴与世界图景 ……………………273

第五章　话语创建与理论更新 ……………………277

　第一节　表述理论 ……………………………278

　　一、表述问题的提出 …………………………278

　　二、表述理论的阐释 …………………………281

　　三、表述议题的延伸 …………………………289

　第二节　多民族文学与文化 …………………300

　　一、表述理论的实践 …………………………300

　　二、重述地方与观念重建 ……………………303

　第三节　数智人文：数智时代的文学与人类学 ……308

　　一、从"中心—边缘"到"线上—线下" ……309

　　二、"人—机"共生：文学人类学的未来

　　　　语境 ……………………………………314

结　语 …………………………………………………325

参考文献 ………………………………………………331

导　论

第一节　对"在地"的认识：为什么聚焦个案

本书讨论的是学术在地发展问题，文学人类学为研究的具体对象。作为"知识全球化"[1]的时代产物，"文学人类学"是对"全球"与"在地"关系的一种反映。就本书着手的"个案"而言，其体现了文学人类学在地发展的学术在地性特征，但就文学人类学"整体"而言，这只是其中一面。因此，笔者希望通过"在地"所涵括的微观、中观与宏观相结合的视野，将本书的"个案"与"整体"互为关联，使文学人类学在地发展的问题不局限于"某地"，而是从"整体"视野出发，着眼于共同的、共通的、共性的问题。一言以蔽之，即取径"在地"、聚焦"个案"、通向"整体"。

展开分析，标题指向了两个问题：第一，为什么聚焦个案；第二，"在地"与之有何关联？

为什么聚焦个案？对此，先从学界对"个案研究"的讨论说起。早在 21 世纪初，已经有学者指出"个案研究"是人文社科领域研究当中一种非常重要的研究取径，并将人类学家马林诺夫斯基《西太平洋的航海者》一书视为个案研究史上具有里程碑意义的代表作。[2]源于人类学、社会学研究方法的"个案

1　叶舒宪：《文学与人类学——知识全球化时代的文学研究》，社会科学文献出版社，2003 年。
2　参见卢晖临，李雪：《如何走出个案——从个案研究到扩展个案研究》，《中国社会科学》2007 年第 1 期，第 118 页。

研究"，长期以来都属于这些研究领域当中的热门议题。虽然学界对其一直存在着不少的争议[3]，但不可否认的是，个案研究对于整体研究所具有的可能和意义。

在这些争议中，问题的焦点在于个案研究的"代表性"[4]问题，另有"超越性"[5]或者"推论性"[6]的说法。为了解决这一难题，学者们分别从不同的角度提出了自己的看法，比如王宁通过对"个案"的属性以及"个案研究"的逻辑基础进行了分析，指出个案研究与代表性之间的关系问题[7]；又如卢晖临和李雪指出个案研究的意义在于"如何走出个案"[8]；再如郑丹丹运用效度指标，将个案研究是否具有"代表性"这一议题进行了视角切换。就内部效度而言，个案研究的效度高低实际上指涉的是研究的质量，不涉及"代表性"问题；就外部效度而言，才涉及到个案研究的"代表性"或"超越性"议题。研究者不

3　比如，学者王宁指出："在国内外社会学界，问卷调查成为主流研究方法；个案研究方法则备受批评……在各种批评意见中，代表性问题成为个案研究方法遭受最多批评的问题……可以说，个案研究的代表性问题是国内外社会学界至今还没有完全解决的问题。"又如，卢晖临和李雪提出："个案研究始终面临着如何处理特殊性与普遍性、微观与宏观之间的关系问题。随着现代社会日趋复杂，对独特个案的描述与分析越来越无法体现整个社会的性质；定量方法的冲击更使个案研究处于风雨飘摇之中。"再如，郑丹丹指出："在社会学研究中，定性与定量之争由来已久。虽然双方各执一词，但总体来说，定性研究尤其是个案研究的科学性遭受的质疑更为严厉。"参见王宁：《代表性还是典型性？——个案的属性与个案研究方法的逻辑基础》，《社会学研究》2002 年第 5 期，第 123 页；卢晖临，李雪：《如何走出个案——从个案研究到扩展个案研究》，《中国社会科学》2007 年第 1 期，第 118页；郑丹丹：《想象力与确定性——个案与定量研究的关系辨析》，《求索》2020 年第 1 期，第 179 页。

4　王宁：《代表性还是典型性？——个案的属性与个案研究方法的逻辑基础》，《社会学研究》2002 年第 5 期，第 123 页。

5　郑丹丹：《想象力与确定性——个案与定量研究的关系辨析》，《求索》2020 年第 1 期，第 180 页。

6　李涵，李超超：《个案研究的延伸价值——布洛维扩展个案法与费孝通社区研究法的比较》，《贵州师范学院学报》2018 年第 5 期，第 42 页。

7　王宁指出，"关于个案研究的代表性问题是'虚假问题'，因为个案研究并不一定要求个案具有代表性"。参见王宁：《代表性还是典型性？——个案的属性与个案研究方法的逻辑基础》，《社会学研究》2002 年第 5 期，第 123 页。

8　他们考察了四种处理"如何走出个案"的方式：第一，超越个案的概括——类型学的研究范式；第二，个案中的概括——人类学的解决方式；第三，分析性概括；第四，扩展个案。参见卢晖临，李雪：《如何走出个案——从个案研究到扩展个案研究》，《中国社会科学》2007 年第 1 期，第 120-130 页。

能因个案研究外部效度确定性方面的不足而否定其意义，较好的解决方式是"定性"与"定量"研究的融合[9]。可见，作为一种历史悠久的研究方法，个案研究虽然饱受争议，但还是产生了大量的实践并得到广泛的讨论，显示出持续的学术生命。这也是为什么在个案研究遭到质疑以后，本书还要聚焦个案的重要原因。

不过，和其它个案研究一样，本书在聚焦个案的同时，同样需要关注个案研究的"代表性"或"超越性"问题。在此层面，便引出上述第二个问题，即"在地"与本书聚焦个案之间有什么关系？概而言之，"在地"为本书明确了个案研究的对象。不仅如此，还为本书思考个案研究的"代表性"议题提供了方向，即"在地"为讨论"个案"与"整体"之关联提供了连通的视野和路径。为何"在地"会有如此作用？这个问题的答案关联着另一个问题，那就是应该如何理解此处的"在地"？对此，下述将从三个方面来进行思考和回答：第一，起源与发展：作为学术话语的"在地"；第二，话语与反思："在地"的多方映射；第三，学术与在地：文学人类学的个案与整体。

一、起源与发展：作为学术话语的"在地"

首先，这里的"在地"是一种学术话语，它和其它学术话语一样，也经历着话语的起源、发展、反思以及再建构的过程。一般而言，学术话语的起源涉及到话语产生的背景和提出的语境；话语的发展则伴随多方的阐释而不断拓展和深化；话语的反思是在新案例、新问题不断出现的情形下对话语进行更多维的思考、修正、补充以及扬弃；话语的再建构则是在前面几个阶段的基础上所生成的一套"新话语"，所谓的"新"，是指再建构的话语与此前的原话语并不完全相同，是基于新案例、新问题而对原话语作出的改变，可以视为原话语的"变体"。值得注意的是，这一"变体"并非就是最终版本，相对于下一个版本而言，这个"变体"又成为了原话语。这提示我们学术话语并非是僵化的铁板一块，它会随着语境的改变而一直演变下去。

因此，对作为学术话语的"在地"进行讨论，需要注意下列三个方面：第一，就历史的纵面而言，在成为现代学术领域所讨论的这个"在地"以前，与"在地"相关的讨论和实践已经出现，不过因为讨论者所处的时代不同，其对

9　郑丹丹：《想象力与确定性——个案与定量研究的关系辨析》，《求索》2020年第1期，第185页。

"在地"的认识也呈现出时代差异；第二，就现时的横面而言，不同的学科领域对"在地"的认识也有同有异、各有侧重；第三，就世界不同地域的人而言，其对"在地"的认识也不相同。

在一些流传下来的中国古代典籍中，便呈现出含有"在地"意识的"地方"认识。比如《山海经》以其独特的方式记录了民间传说中的地理认知，展示了古人对其生存空间的探索与想象，其以山为纲，以道里为经纬，将天下分为南、西、北、东、中五个方位[10]。再如《史记·夏本纪》中对天下的描述"令天子之国以外五百里甸服……甸服外五百里侯服……侯服外五百里绥服……绥服外五百里要服……要服外五百里荒服"[11]。这种"地方观"实际上是对当时社会情形的一种反映[12]，其时，中原以农耕为命脉，向西是高原与雪域，向北是草原，向东是海洋，向南为山地，地域的阻隔与不同的生产生活方式，形成了古代中原人对"天下"和"四方"的认识。这种认识被后世学者总结并不断阐释，如徐新建教授便将这种特殊的认识结构概括为"一点四方"[13]。正如司马迁在《史记·西南夷列传》中将"西南"与"夷"并合使用，使原本指代方位的中性词"西南"在其表述之下拥有了政治意涵，以中原为中心的"天下观"和"地方观"在这里得到了凸显与实践。

另外在中国传统地方志书写中，同样体现了对"地方"的认识。中国地方志即源于对地方的记录，比如周代的"四方之志"[14]，据《周礼》记载，"外史掌书外令，掌四方之志，掌三皇五帝之书，掌达书名于四方"；"小史掌邦国之志，奠系世，辨昭穆"；"诵训掌道方志，以诏观事"[15]。地方志的出现和发展体现了中国古人观察和认识他们所居住的这片区域的一种方式，不同时期显

---

10 其中有许多论述可参见中国《山海经》学术讨论会编辑：《〈山海经〉新探》，四川省社会科学院出版社，1986 年。

11 （汉）司马迁：《史记卷二·夏本纪第二》，清乾隆武英殿刻本，第 44 页。

12 对此，徐新建教授指出："这在表面上体现了以我划界的傲慢与偏见，而其根本上反映出的却是与中原农耕方式相联系的祖先血亲崇拜及其所产生的某种自信心和排他性。"参见徐新建：《西南研究论》，云南教育出版社，1992 年，总序第 5 页。

13 在徐新建教授看来，"一点四方"即"以中原某地为中心之点，向四周延伸出四个方向，中心点既是出发的起点也是回归的终点"。参见徐新建：《西南研究论》，云南教育出版社，1992 年，总序第 3-4 页。

14 "在实行分封制的古代中国，一个世袭的诸侯国就是一个行政区域，各国史官记录和保存的资料，就是我国最早的地方文献"，参见周迅：《中国的地方志》，山东教育出版社，1991 年，第 28、29 页。

15 崔高维校点：《周礼》，辽宁教育出版社，2000 年，第 35、56、57 页。

示为不同的特征，像早期《山海经》中的"五服"、《禹贡》《周礼》中的"九州"这类记录是以自然地理为纲，更多的体现了古人对"中国"整体的一种想象；而到了《汉书》时代，其记录以行政区划为纲，成为其后"正史"编撰中历代学人对中国地方认知和地方志书写的体例与典范。

与地方志相比较，中国传统游记主要是处理"与旅行和游览有关的经验"[16]，在这种离开此地去往彼地的行走当中，旅行者逐渐形成对"地方"的认知。游记中的"地方"往往都是真实的，所谓"真实"就是说这是一个物理空间的"地方"。在这样一个物理空间中，游记作者通过"人与物"、"物与物"等形式的互动来体认这个"地方"，不同的互动形式带来了差异性的游记表达和类型，比如在"以我观物"[17]的体认中，就出现了诸如柳元宗《永州八记》、张岱《西湖梦寻》一类抒发个人情感的游记类型，这些游记中的"地方"往往成为作者寄托感情、抒写愁绪或者自我解嘲的隐喻性表征；而在"以物观物"[18]的体认中，则产生了诸如陆游《入蜀记》、范成大《吴船录》、徐霞客《徐霞客游记》一类在叙述中"较少强调'自我'"，"转而描述、分析和证实个人在旅程中的观察"[19]的游记类型，其中《徐霞客游记》更是开启了一种新的科学考察式[20]游记，就使得"地方"认知的维度在隐喻性表征之外，又增加了以科学实证为基础的类似现代地理学的认知维度。

除了传统游记中这种真实的、物理的"地方"认知外，在儒释道的古代中国，对"地方"的认识还有如佛教所建构的宇宙观[21]，其"大千世界"、"极乐

16　（美）何瞻：《中国传统游记文学》，《西安晚报》2021 年 5 月 15 日。

17　"有我之境，以我观物，故物皆著我之色彩；无我之境，以物观物，故不知何者为我，何者为物"，参见王国维：《人间词话》，广西人民出版社，2017 年，第 4 页。

18　北宋哲学家邵雍："以物观物，性也；以我观物，情也。性公而明，情偏而暗"；"不以我观物者，以物观物之谓也。既能以物观物，又安有我于其间哉！"参见祁志祥：《中国美学全史第 1 卷论美学、美与中国古代美学精神》，上海人民出版社，2018 年，第 379 页。

19　（美）何瞻：《中国传统游记文学》，《西安晚报》2021 年 5 月 15 日。

20　对此，丁文江指出："这种'求知欲'——为真理而牺牲的精神，18 世纪以前，世界上很少见的，先生乃得之于 280 年前。这真是我们学术史上无上的光荣！"李约瑟也认为："他（徐霞客）的游记读起来并不像是 17 世纪的学者所写的东西，倒像是 20世纪的野外考察家所写的考察记录。他不但在分析各种地貌上具有惊人的能力，而且能够很有系统地使用各种专门术语。"参见蔡克勤等人：《丁文江与〈徐霞客游记〉——简论丁文江的科学探索精神》，《国土资源科普与文化》2017 年第 3 期，第 47 页。

21　可参见祁志祥在《佛教与中国文化》第五章"佛教宇宙观与中国文化"中的具体论述。祁志祥：《佛教与中国文化》，学林出版社，2000 年，第 120-153 页。

世界"、"娑婆世界"、"六道"等对"空间"的具体认知，和其"成、住、坏、空"的"时间"认知一起，共同构成了佛教对这"色复异空"的现实世界的理解和认识。再如从先秦道家庄子《逍遥游》再到道教的修仙方式"白日升天"和"山林隐化"[22]，皆显示出道家对"身心"的转化与认识，这里的"天"和"山"，对于修道者而言，不仅是两个极为重要的通道和场所，还"代表着与人间截然不同的另一个时空"[23]。与游记中的"地方"相比，佛家和道家所体现出来的"地方"认知则带有一种虚拟、抽象和超越的思考与境界。

相比于中国而言，在宇宙观这一总体层面，西方则更多体现为"物我两分"、"征服自然"[24]的思维方式和逻辑理念。正如西方宇宙观由"地心说"到"天体运行说"再到"星云起源说"的认知分期[25]；再如 16 世纪来到中国传教的意大利传教士利玛窦带来的《坤舆万国全图》，不仅将西方的"地心说"介绍到了中国，更是让当时的中国人看到了欧洲地理大发现之后的世界图景。随着西方近代殖民活动的大肆铺开，一种新的全球认知逐渐在西方成型，即由"宗主国"和"殖民地"之不平等关系建立起来的各种认识，比如"我者与他者"、"文明与野蛮"、"落后与先进"等；而就殖民地内部而言，在这种外部势力的强力干扰之下，其对世界和地方的认识也发生了改变，比如当时作为半殖民地半封建社会的中国，其对世界的认识从"普天之下，莫非王土，率土之滨，莫非王臣"而转向了"东方与西方"、"中国与世界"。像宋育仁出使英法意比四国后写成的《泰西各国采风记》以及梁启超在美考察后所写的《新大陆游记》皆体现了这种认识的转变。

在这种中西互动的过程中，有关"东方与西方"这样的全球与地方的认识逐渐在中国各种社会场景中出现并不断得到各方的阐释和深化。比如 20 世纪上半叶在民族主义的推动下，中国学者开始重新思考什么是"中国"，什么是"中华民族"。重新认识中国境内各民族以及重新看待各民族之间、各民族与中国整体之间的关系成为重要的时代议题。在人类学领域，正是受到这种民族

---

22 李裴：《"逍遥"与"无待"：从道家到道教的审美时空》，《宗教学研究》2017 年第 4 期，第 36 页。

23 李裴：《"逍遥"与"无待"：从道家到道教的审美时空》，《宗教学研究》2017 年第 4 期，第 38 页。

24 严明编著：《中西文化风物志》，上海交通大学出版社，2018 年，第 125 页。

25 李元杰编：《宇宙与超弦——现代物理系列专题讲座之一》，华中理工大学出版社，1991 年，第 2-3 页。

主义和文化自觉的影响，早期的中国人类学者不仅将西方传统人类学田野调查的地点由"异域"转向了"本土"，而且还在"本土"中又聚焦于乡村和边地，这对中国人类学"田野观"的形成和发展产生了持续性的影响。

至 20 世纪下半叶，随着全球化的加剧，各国都需要应对由此而来的新问题[26]，有关全球和地方的新讨论随之不断涌现，不同的学科领域结合自身所关注的核心问题，提出了各自的看法。如格尔茨对"地方知识"的阐释，揭示了阐释人类学对什么是人类学、什么是民族志的深入思考[27]；罗兰·罗伯森于 20 世纪 90 年代将"全球在地化"的概念引入学术领域，用以分析和解决全球化发展与地方反应之间存在着的各种复杂关系[28]；大卫·哈维在《希望的空间》中将当代全球化问题与政治关联，指出"全球化这个术语以及所有相关理论都沉重地负载着政治含意"[29]；段义孚经由微观和宏观层面讨论"地方"和身体，"地方"和思想以及"地方"和精神的关系，由此展开对"地方感"的叙述和阐释[30]；2021 年获得诺贝尔生理学或医学奖的神经生物学家戴维·朱利叶斯和分子生物学家阿德姆·帕塔普蒂安分别通过对 TRPV1、PIEZO1 等基因的发现，对探明"温度和触觉感受器"方面做出了贡献[31]，作为人类自我意识物质基础的 PIEZO1，可以说是提供了人类感知"地方"的生物性本源。

随着互联网的深度发展，人类对"地方"的认知边界不断得以拓展，出现了与物理空间的"地方"所不同的虚拟空间。在这样的虚拟空间中，"地方"不停地被打破、被重构，如科幻电影《阿凡达》中的潘多拉星球（Pandora），

---

26 "较之 18 世纪工业革命后的西方殖民扩张，以及 20 世纪 60 年代后石油业等跨国企业的正式登场和强力拓展等特征，20 世纪 90 年代以后的全球化更多呈现出'社会各关系扩张''沟通交流强化''经济、社会惯习相互渗透''全球性基础设施出现'等现代特征，置身连结世界的文化、经济、政治网络，得益于通信网络疾速普及后实时沟通的实现，借助全球性基础设施，许多地方事物不仅相互交流，而且对全球化的影响日益凸显"，参见吕斌，周晓虹：《全球在地化：全球与地方社会文化互动的一个理论视角》，《求索》2020 年第 5 期，第 105 页。

27 格尔茨：《地方知识：比较视角下的事实与法律》，参见（美）克利福德·格尔茨：《地方知识：阐释人类学论文集》，杨德睿译，商务印书馆，2017 年，第 261 页。

28 吕斌，周晓虹：《全球在地化：全球与地方社会文化互动的一个理论视角》，《求索》2020 年第 5 期，第 106-107 页。

29 （美）大卫·哈维：《希望的空间》，胡大平译，南京大学出版社，2005 年，第 52 页。

30 段义孚：《地方感：人的意义何在？》，宋秀葵、陈金凤译，《鄱阳湖学刊》2017 年第 4 期，第 38 页。

31 Immusoul：《今年的诺奖，或许揭示了人与机器的终极之战》，《三联生活周刊》，https://mp.weixin.qq.com/s/ZI8xx9UzKSmim-kVf6B7_A?forceh5=1，2021-10-16。

《流浪地球》中被装置了无数发动机的"地球"；《三体》中的"三体世界"；《沙丘》中的亚拉基斯星球（Arrakis）等；再如电视剧集《鱿鱼游戏》通过"现实"与"虚拟"空间的重叠，将两种不同维度的"地方"互为关联，使"在地"文化的意义在剧情的编排和剧集的全球传播链条中得以凸显并产生了强烈的冲击，形成了多个领域对"全球"与"在地"问题的新一轮讨论和思考[32]；此外随着通讯技术的发展[33]和短视频的爆发式流行[34]，逐渐改变了人们观察和体认自身所在的地方和世界的方式，形成了基于网络空间的"虚拟地方"[35]的新认知。

在中国，学界近来对全球和地方的研究在众多领域得到了讨论和阐发，如历史研究、文化研究、城市研究、建筑研究、学派研究等。总的来说，这些研究体现出两个面向的关怀：第一，在全球化已经成为一种"客观事实"和"发展趋势"的当下，历史上曾作为东方文明古国的中国在经历了西方入侵和西学东渐的冲击之下，应如何应对新的全球化问题。正如徐新建教授所指出的那样，全球化的结局是否会导致这个世界只剩下一个"地方"？是否地方性的东西非得要"全球化"？[36]第二，在全球化浪潮之下，如何看待和处理作为地方的中国内部的差异性特征，换句话说，如何通过对"地方"内部的"地方性"

---

32 关于这种影响和表现的具体讨论，可以参阅穆森：《〈鱿鱼游戏〉与软实力》，《澳门日报》2021 年 9 月 30 日；《韩国"鱿鱼"被美国奈飞端上全球餐桌》，《新安晚报》2021 年 10 月 12 日；林蔚：《〈鱿鱼游戏〉为什么会成为全球爆款》，《中国青年报》2021 年 10 月 12 日；葛怡婷：《〈鱿鱼游戏〉火爆全球奈飞版"韩流"为何如此成功》，《第一财经日报》2021 年 10 月 13 日。

33 《我给老家的爸妈装监控》，《新京报》，https://mp.weixin.qq.com/s/G_Ny1T67ZSIucQooTMQunQ，2021-10-20。

34 "真实故事计划"微信公众号：《人类学家在快手刷到了什么》，https://mp.weixin.qq.com/s/0_ZOc4Fzb8Dg1L_Qh7sodA，2021-10-20。

35 对于这种基于网络空间而形成的"虚拟地方"，赵旭东教授认为："借助于互联网不断地辐辏和集中，反倒形成了一种有着共同体意识的、虚拟却又在感受性上无比真实的存在。这些虚拟民族志，并非真正的虚拟，因为是一种超逼真，它可能会变得比真实还要真实。"朱靖江教授指出，"人类学者其实是数以亿计快手'老铁'的同路人，相信费先生如果还健在，当他得知'迷藏卓玛''皮影艺人魏宗富'以及'卡车司机宝哥'等人在快手上谋求幸福的故事，也许并不会介意同样以一名'老铁'自居"，从某种意义上讲，这正是"近百年来中国人类学者长期努力践行的学术理想"。参考"真实故事计划"微信公众号：《人类学家在快手刷到了什么》，https://mp.weixin.qq.com/s/0_ZOc4Fzb8Dg1L_Qh7sodA，2021-10-20；"真故图书"：《快手人类学：亿万用户社区背后的中国图景》，台海出版社，2021 年。

36 徐新建：《"地方"的含义——关于"全球化"问题的反向思考》，《民族艺术》1999 年第 1 期，第 21 页。

及其表现的体认与反思，来重新认识和体悟"地方"。

当然，作为一种学术话语的"在地"，它是开放的、发展的，对它的每一次理解和阐释都是一种话语的"再造"，不存在一个一层不变的界定，也不会有一个终结性的解释，它会因人而异得到不同的阐发，同时会随着新案例、新问题的出现而不断演变和完善[37]，它在边界融合的状态中不断获得学术生命。

二、话语与反思："在地"的多方映射

当下，关于"在地"的多方讨论均与全球化问题互为关联。"全球"，英语有 global（全球的）、globalization（全球化）；"在地"，英语有 local（在地的）、localization（在地化），前者经常被中国学者翻译为"本土的"、"地域的"、"地方的"、"地区的"；后者则有"本土化"、"地域化"、"地方化"、"地区化"等译法。

就目前来看，全球在地化（Glocalization）是人文学界为应对全球与地方问题而提出的较新理论。它不同于原来将"全球化"和"地方化"作为两条相对并立的线索去考察整个世界的社会与文化变迁，而是将目光聚焦于二者"同时并存"以及"相互影响"的状态，着力于二者的"互动"，并在进一步"更新地方空间意涵"的基础上，不断思考地方是如何作用于全球进而变革世界整体等时代命题[38]。

可以看到，虽然英语 local 和 localization 译为汉语后出现了多个对译词，如"地方"、"本土"、"在地"、"地域"、"地区"等。对于这些汉语词汇，目前学界并没有太过于区分它们之间的异同，基本上是将它们视为同义词在使用[39]。

---

37 该论述根据四川大学 2021 年秋季学期文学人类学博士课程中徐新建教授的总结发言录音整理而来。

38 吕斌，周晓虹：《全球在地化：全球与地方社会文化互动的一个理论视角》，《求索》2020 年第 5 期，第 105 页。

39 如吕斌，周晓虹在论文《全球在地化：全球与地方社会文化互动的一个理论视角》中指出："全球在地化（Glocalization），又译'全球本土化'。"再如张慨在论文《重回地方——在地化浪潮中的艺术史写作》一文中指出："'地方'作为一个问题油然而生，在地化浪潮在全球化时代中逐步形成。"又如余洋洋，巫达在论文《全球化与在地化》中指明："在地化的英文是'localization'，这一概念时常被学者们翻译为'本土化''地域化''在地化'或'地区化'，多强调立足本地和保有个性。"参见吕斌，周晓虹：《全球在地化：全球与地方社会文化互动的一个理论视角》，《求索》2020 年第 5 期，第 105 页；张慨：《重回地方——在地化浪潮中的艺术史写作》，《民族艺术研究》2021 年第 4 期，第 57 页；余洋洋，巫达：《全球化与在地化》，《广西民族大学学报（哲学社会科学版）》2021 年第 4 期，第 17 页。

若是对这些词语进行比较，可以看到这些词语在意涵表达层面的差异。以"地方"和"在地"二词为例，虽然二者都是指向一个"有限而具体的空间"[40]，是对差异性和特殊性的强调，但是"在地"一词因为这个"在"字而较"地方"表达出了另外一层含义，即是说，"在地"是在"地方"的基础上强调一种存在的状态。对于"在"字的意涵，《说文解字》将其释义为"存也"[41]；《王力古汉语字典》释为"存在"，引申为"在于"[42]；《新编现代汉语词典》则对"在"字不同词性的意义分别作了解释，作为动词的"在"表示"存在"或"（人或事物）处在某个地方或位置"；作为介词的"在"表示时间、处所、范围等；作为副词的"在"表示"正在"[43]。

上述释义表明，"在地"因"在"字的多重意涵而使其表达的意义不完全等同于"地方"，"在地"是在"地方"的基础上强调一种存在的状态。进一步分析，这种存在的状态又具有四种特性，本书将其归纳为：第一，流动性；第二，微观与宏观的结合；第三，"地方性"；第四，"全球性"。

具体而言，"流动性"是指这种存在的状态是变动不居的，"在地"在受到"全球"和"在地"双重因素的合力影响下，其地方因子和具有成为"全球化"的潜力因子以及已经成为"全球化"的因子呈现出此起彼伏、此消彼长的分合、拉锯状态。即是说，"在地"和"全球"是相对而言，没有绝对的"在地"，也没有绝对的"全球"。一个"地方"的"地方知识"有可能会成为"全球化"的东西，但在变量的影响下，也可能会退回"地方"，甚至就此消失。

"微观与宏观的结合"是指这种存在的状态它既可以是具体的一个地方，可以对其进行细致、具体的观察，即看得见、摸得着的具象存在；也可以是一个抽象的概念，需要从宏观层面对其进行认识和把握。换言之，"在地"的"地"可以很具体的专门指一个地方，也可以很抽象地指任何地方。

"地方性"是指这种存在的状态具有"地方"的属性和特征。事实上，就被"全球化"的这部分"知识"而言，其本源也是来自于地方，是一种被推向了全球的"地方知识"。

---

40 徐新建：《"地方"的含义——关于"全球化"问题的反向思考》，《民族艺术》1999 年第 1 期，第 23 页。

41 （汉）许慎撰，（宋）徐铉校订：《说文解字》，中华书局，2007 年，第 287 页。

42 王力编著：《王力古汉语字典》，中华书局，2015 年，第 149 页。

43 字词语辞书编研组编：《新编现代汉语词典》，湖南教育出版社，2016 年，第 1590 页。

　　"全球性"是指这种存在状态具有"全球化"的潜在特征和属性。即是说任何一种"地方知识"就理论值而言，都具备成为全球通行知识的条件和可能。

　　反过来看，如果只强调"在地"的"地方性"，那么就不容易看到"此地"和"彼地"的关联，这不符合历史发展的事实，人类的迁徙和交往已经被大量的考古学家、人类学家所证实和讨论；而一旦只强调"在地"的"全球性"，便又将多元的区域、族群、文化遮蔽在了"一元化"的体系之中，这样一来，"地方"被逐渐消解，当所有的"地方"都变得一样以后，不仅"地方"消失了，连"世界"也会一并消失。

　　这样看来，"在地"的意义在于它是在包含个体的同时，又指向整体。"在地"既不同于"地方"，也不同于"全球"，它是把所谓弱势一方的"地方性"和所谓强势一方的"地方性"（就知识的本源来说，目前通行全球的知识，其本质也是一种"地方知识"）都囊括其中。因此，对"在地"模式的探索其实是为了避免再次陷入原来"地方"与"全球"的二元思维模式之中，一方面避免在现在处于所谓弱势一方的"地方知识"中产生新的霸权话语，另一方面也避免这些"地方知识"被遮蔽在"一体化"之中。总之，"在地"是为当下和今后进一步讨论和应对"地方"与"全球"之关系的视野拓展和理论更新。

　　正如徐新建教授指出[44]"全球化"急速发展的当下，人类学应如何来理解"在地"并将之用于更新传统的以及被学界熟知的概念与认知呢？好比中国人类学界最熟悉不过的一个词——"田野"——应该怎样重新认识？作为对英语 the fieldwork 的汉语译词，"田野"在汉语的传统语境中往往带有一种远离都市、远离文明、远离现代的意味，一般用以指称乡村、山区、牧区等地方。为何会形成这样的认识呢？其实这和人类学的中国化进程有关，其中最具代表性的是费孝通先生，作为马林诺夫斯基的学生，马氏给了费先生一个连接，使得费先生以中国人类学家的身份进入了世界人类学的知识话语结构，由是他的人类学研究在世界人类学中得以凸显，这个凸显便是乡村研究。使得中国的人类学成为了"村落人类学"，产生了人类学的"村落主义"。但是，人类学的"田野"果真如此吗？显然不是。那人类学的"田野"又是什么呢？正是对"田野为何"这一问题的反思，使得"在地"一词再次进入人类学者的视野，

---

　　44 该论述根据四川大学 2021 年秋季学期文学人类学博士课程中徐新建教授的总结
　　　发言录音整理而来。

并重新思考人类学的"在地性"问题。

可见，在说明人类学所从事和所要完成的事业这层意义上，"在地"一词较之于"田野"一词，能够更恰切地、更完整地将其显现出来。不过，在进一步讨论人类学的"在地性"时，还是得注意应如何来理解这个"地"。在汉语的表达中，"在地"的"地"很容易被理解为一个有边界的、有等级的、被异化了的"地"，这个"地"成为了一个远离我们自身的空间，被窄化为了一个局部。因此，我们需要认识到以下事实：世界并不是地方的相加；中国不是若干村庄和若干牧野的相加。

将视线拉回格尔茨在他那篇著名的撰述中对"地方知识"的阐释，其开篇第一句话便意蕴深远：

> Like sailing, gardening, politics, and poetry, law and ethnography are crafts of place: they work by the light of local know ledge.[45]

这里出现的 local knowledge 便是格尔茨对"地方知识"最深刻的阐释。对此，徐新建教授进行了如下分析：格尔茨通过精心选用的四个比喻——航海、园艺、政治和赋诗——分别代表的是远行、农耕手艺、政治和文学艺术，格尔茨将这四项与民族志并置，其实想要表明的正是民族志的个别性和一般性的问题。民族志和航海、园艺、政治、赋诗这些行业性的、去地方的东西一样，是关于地方表述的技艺，其成败取决于是否被地方知识所照亮[46]。可以看到，格尔茨并没有为他使用的 place 添加一个定冠词，这表明这个 place 可以是任何一个地方。

作为人类学的经典论述，格尔茨的这篇文章已经在众多场合、众多学者那里得到了译述、阐发，但今天当我们再一次对人类学的"在地性"进行讨论之际，发现格尔茨对"地方知识"的阐释仍然具有重大意义。受此启发，我们在当下的语境中重新来审视和解读人类学的"在地性"时，就需要厘清"局部"和"全局"、"个案"与"整体"的关系，将"在地"置于"全球化"结构之中，或运用"全球在地化"等理论，持续不断地对人类学的"在地性"展开论述与反思。

---

45 *Local Knowledge: Fact and Law in Comparative Perspective*, Clifford Geertz, *Local Knowledge: Further Essays in Interpretive Anthropology*. New York: Basic Books. pp.167.

46 该翻译根据四川大学 2021 年秋季学期文学人类学博士课程中徐新建教授的总结发言录音整理而来。

三、学术与在地：文学人类学的个案与整体

　　"在地"作为一种学术话语，经由各界不断阐释、建构以及反思，逐渐在多种领域展开讨论与实践，在此种意义上，"在地"被转化成了一种研究视野，即人们看待和处理问题的一种方法。其中，"在地"也被学者们用来研究和处理学术及其发展史的问题，即"学术与在地"问题。比如，支宇和向宝云在总结四川文学理论与批评发展七十年报告中指明，对"在地性"[47]的强化，是四川文学理论与批评在应对新时代新思潮、新挑战时值得重视的一项内容，它不仅关涉"如何走出独具地域性与独立精神的文学理论与批评发展之路"[48]这一重要议题，同时也是对本土文化的一种再挖掘和再激活。又如王东杰将四川大学"国立化"进程作为讨论"国家与学术的地方互动"以及"国家统一"等问题的个案，认为该进程为深入和完整了解上述问题中的各种细节、表现和影响提供了"见微知著"[49]的案例。再如张慨将艺术史书写实践置入全球在地化浪

---

47 文章指出，"在地"是一个带有方位感和族群认同的特殊名词，如果说方位感指的是"在地"表层的地理区域概念的话，族群认同则指出了其中所具有的政治、文化、意识形态的意味。参见支宇，向宝云：《边缘精神的坚守与西部话语的建构——四川文学理论与批评七十年发展报告》，《当代文坛》2019 年第 6 期，第 185-186 页。

48 文章指出，就四川文学理论批评而言，"在地性"是一种姿态，是一种强烈寻求独立精神的本土表达。强化"在地性"，一方面需要"理论转场"，保守住一种"重返现场"的姿态和立场，回到四川本土创作生活、文学经验中去，自觉地将古今中外、中心化的场外理论资源进行创造性转场，构建起属于四川本土的独特理论批评话语。另一方面，"在地性"强调文学理论与批评应当充分挖掘四川本地作家作品，主动介入本土作家生命经验，推介更多当地优秀作家和作品。以"在地性"批评实践带动"在地性创作"，"在地性"文学创作定会反哺这种"在地性"文学理论批评实践，形成良性互动，推动新时代四川文学理论批评的本土化发展。参见支宇，向宝云：《边缘精神的坚守与西部话语的建构——四川文学理论与批评七十年发展报告》，《当代文坛》2019 年第 6 期，第 186 页。

49 对此，王东杰作了如下阐述：首先，"国家统一"要从"全国"和"地方"两个层面加以了解方为全面，目前的研究多是从"全国"的大范围着眼，人们是如何从"地方"甚至更为基层的角度对这一过程做出反应的，研究明显不足。造成这一现象的一个重要原因就是近代区域史和地方史研究的薄弱。其次，处在近代中国"趋新"大潮的激荡下，四川大学的国立化也牵涉到新旧思想、教育体制乃至学术典范（paradigm）转移的问题。直到 30 年代中期，由于僻处一隅，四川的文化界和全国比起来，还显示出不少特色（未必是地方性的，却往往被"先进"地区的人士认为是"地方"的）。比如说，在文史学术方面，四川与中国东部和中部地区的典范便不尽相同，带有较浓厚的晚清民初色彩，在"不断更新"的民国时期便不免显得滞后。参见王东杰：《国家与学术的地方互动——四川大学国立化进程（1925-1939）》，生活·读书·新知三联书店，2005 年，绪论第 4-5 页。

潮之中，指出地方艺术史写作"成为中国艺术史书写实践具有较强可操作性的现实路径"[50]，通过"重回地方"，构筑起艺术史书写的艺术地理全景。

上述三例构成了讨论"学术与在地"的三个面向：例一是以四川文学理论与批评而衍射到四川、巴蜀、西南的地理区域和本土传统，之所以提出"边缘精神"和"西部话语"，是因为它们背后还有一个对比，即与"主流"和"西部之外"[51]的关联；例二是通过对四川大学"国立化"进程的校史研究，将四川大学作为"地方"的代表，置于更广阔的社会、历史、文化背景之中，目的是探明"中国现代的国家统一运动在大学这一场域中的体现"[52]，其对比就包括四川大学与其它大学之关联、四川与全国之关联、地方史与国史之关联；例三则是将讨论的对象聚焦于一级学科艺术学理论当中的一个难题——艺术史研究，通过"重回地方"探索当下艺术史书写的策略，其亦将"地方"与"全国"、"全球"相链接。

概而述之，例一的学术对象是文学理论与批评，"在地"具体指涉四川、巴蜀、西南、西部；例二的学术对象是地方史，"在地"具体指向四川大学、民国四川；例三的学术对象是艺术史书写，"在地"是在带有普遍性的"艺术何以为地方"的基础上检视"艺术何以为中国"[53]，是历时和共时的一个聚合。三者的学术对象经由"在地"的凸显，使其背后那个潜在的比较对象与之一并显现。这里，学术对象与比较对象之间的关系即为一种"个案"与"整体"的关系。

由此可见，由"在地"视野而展开的学术史研究，其"学术史"的具体对象可以是不同的学科及领域，其"在地"的"地"可以是具象的某一地，也可以指抽象的任何地方，是个别和一般的统一。在此意义上，"在地"为讨论"个案"与"整体"之关联提供了一种连通的路径。

---

50 张慨：《重回地方——在地化浪潮中的艺术史写作》，《民族艺术研究》2021 年第 4 期，第 55 页。

51 文章指出，"边缘"不是一种拒绝与主流或者其他地域交流碰撞的态度，更不是一种刻意而为之的自我边缘化，而是与主流话语展开掷地有声的对话。参见支宇，向宝云：《边缘精神的坚守与西部话语的建构——四川文学理论与批评七十年发展报告》，《当代文坛》2019 年第 6 期，第 186 页。

52 王东杰：《国家与学术的地方互动——四川大学国立化进程 (1925-1939)》，生活·读书·新知三联书店，2005 年，绪论第 12 页。

53 张慨：《重回地方——在地化浪潮中的艺术史写作》，《民族艺术研究》2021 年第 4 期，第 59 页。

　　就本书而言,同样是经由"在地"这一视野和方法展开的学术史研究,"学术史"的具体对象为文学人类学,"在地"则体现为微观、中观和宏观共同构成的复合体。就微观而言,本书的"在地"是指四川大学文学人类学学科点、四川大学以及四川;就中观而言,"在地"指向"学科点"、"高校"以及"区域";就宏观而言,"在地"关涉"在地学术"和"整体学术"之关联。换言之,本书微观、中观和宏观的"在地"是对"个案与整体"的显现与阐释,这一方法有些类似于个案研究中的"包围性比较法"[54]。

　　进一步分析,对文学人类学"在地学术"的探讨分别对应两个层面:第一,宏观和中观层面同构的学科体制;第二,微观层面的在地学术发展。第一点是说就学科体制而言,四川大学文学人类学学科的确立与建设路径和中国其他高校文学人类学学科之间存在着"同构性"。历史上西方大学和学科体制的进入对中国现行教育体制产生了很大的影响,这是一个"同构"的背景。而在当下的大学体制中,学科分类、学科设立、专业招生、学生培养等一系列事务的运转都统摄在中国高等教育体系之中。第二点是就微观层面的学术在地性而言,四川大学文学人类学与其他高校文学人类学之间存在着"差异性"。对此,徐新建教授指出,四川大学文学人类学团队关于"地方"的研究非常多,在某种意义上来说,文学人类学川大共同体基本上是以"地方"为基点和以"地方"为出发地以及以"地方"为归属的文学人类学研究[55]。

　　要对这种"差异性"进行探讨,就需要搞清楚在"同构的学科体制"之下,究竟是什么样的微观"在地"催生了这样的"差异"。由于本书微观的"在地"和中观的"在地"具有从属关系,遂将二者并置阐释如下:

　　第一,"学科点":四川大学文学人类学学科点。以空间坐标定位,该学科点的实体位于四川大学,这一实体可以理解为办公室、教室、资料室、会议室以及其他活动场所,比如四川大学望江校区和江安校区的文科楼;以招生专业定位,该学科是四川大学对外招生的一个正式专业,属于一级学科中国语言文

54　"包围性比较"是在一个宏大结构或过程中选择若干位置(locations),解释这些位置之间的差异和相似性,并将其看作是它们与整体结构或整个过程的某种关系的结果。即它利用微观与宏观的关系来解释微观层面的差异。在这一点上它与扩展个案方法有异曲同工之妙。参见卢晖临,李雪:《如何走出个案——从个案研究到扩展个案研究》,《中国社会科学》2007年第1期,第127页。

55　该论述根据四川大学 2021 年秋季学期文学人类学博士课程中徐新建教授的总结发言录音整理而来。

学之下的自设学科，其二级学科码为 0501Z2；以学术团队定位，该学科点凝聚了一批国内外从事相关研究的学者，他们将这一学科点以及与之相关联的研究所（比如文学与人类学研究所）、"中心"（比如中华多民族文化凝聚与全球传播省部共建协同创新中心）等作为平台，共同开展文学人类学以及与之相关的各类学术活动与研究。

第二，"高校"：四川大学。就空间坐标而言，四川大学是文学人类学"学科点"实体的位属所在。要谈文学人类学的在地发展，四川大学是非常重要的一个言说空间。作为文学人类学"学科点"存在与发展所依托的空间之一，它的历史与变革亦对文学人类学产生了深刻的影响。这也是为什么论文要将四川大学这一"高校"维度也作为考察文学人类学在地发展的一个向度[56]。

在中国历史语境中，文学人类学的学理史、学科史本就与"高校史"相互关联。具体而言，可以将这种关联分为两个部分来看待，一方面是"高校史"对文学人类学形成的影响，这也是学科乃至交叉学科形成的历史背景与前提。是时，作为西方新学的"人类学"之传入，除了早期中国学人所进行的大量译介工作外，还有一个在地兴起与传播的重要途径，即经由西人依照西方教育体制所建立的各类学校，其中在"大学"设置人类学专业、开设人类学课程，开展人类学研究，所取得的效果较为显著，"这为人类学知识传播确立了制度化的途径"[57]。其后"人类学"的命运亦随着殖民主义的结束以及新中国的诞生而跌宕起伏，最直接的表现即新中国成立后于 20 世纪 50 年代在高校展开的院系大调整，以及改革开放新时期以后各高校的学科重建。其间，作为学科的"人类学"一直是与中国高校的变革与发展绑定在一起的，或者说，中国高校变革与发展的总体历史语境，为回顾与研究一门学科的历史提供了更为宏大但又不得不注意的叙事框架。

另一方面作为交叉学科的文学人类学，同样也为探索大学未来的发展提

---

56 有关于此，王东杰指出："事实上，最近校史研究界已经开始了对旧的校史写作模式的反思，这和他们认识到大学是一个科研与教学机构有关。就此而言，把大学史放到学术史和教育史的范围内加以考察的新思路或可谓'搔到了痒处。'"这也从大学史的书写思路转变提醒我们注意，学术史，包括学理史、学科史，以及大学史、教育史之间的密切关联。该段论述参见王东杰：《国家与学术的地方互动——四川大学国立化进程（1925-1939）》，生活·读书·新知三联书店，2005 年，第 10 页。
57 王铭铭：《西学"中国化"的历史困境——以人类学为中心的思考》，参见王铭铭：《王铭铭自选集》，广西师范大学出版社，2000 年，第 14 页。

供了个案维度的思考与经验。在当今世界范围内，中国的文学人类学发展体现了一定的"先锋性"[58]，这是相关学者回顾文学人类学在中国的发展时，借用李亦园先生对中国文学人类学的评价。在中国，对交叉学科的建设与推进本就是对现行的大学学科体制的一种反思和突破。而且将学科发展与大学发展互为关联的问题同样也在西方学界受到关注，如来自英国的人类学者蒂姆·英戈尔德（Tim Ingold）便将人类学的未来和大学的未来紧密关联起来，指出："人类学是一个大学学科，如果失去了大学所提供的避风港，人类学将无法生存。所以，目前在大学内发生的事情一定会决定这个学科的生死存亡。"[59]因此，由文学人类学"学科点"这一点扩及四川大学这一"面"，目的是将文学人类学学理史和学科史两个维度贯通，更完整地来谈论文学人类学的在地发展问题。

第三，"区域"：四川。论文所要言说的"四川"是一个整合性概念，不仅涉及到行政区划，同时还关涉历史与文化。不仅如此，它还随着文学人类学在地发展的不同阶段而显示出概念与范围的变迁。正如前文所言，一般来说，学界将文学人类学学科在中国的正式确立追溯至 20 世纪 80 年代，而作为一种方法的实践，则将时间回溯至 19 至 20 世纪之交的中国整体语境之中。这就将文学人类学学术史在时间上大致分为了两个时段。

就学科史而言，四川大学文学与新闻学院正式以"文学人类学"学科名称招收硕士生与博士生的时间是 2004 年。这时的"四川"在行政建制上已经不包括重庆，重庆已于 1997 年被批准设立为直辖市。就学理史而言，不仅要把时间上溯至 20 世纪初，还因地域文化和学术发展之渊源关联，则还可以往更为久远的历史中追寻。由是，"四川"的范围界定就不限于行政区划，还涉及到历史、文化的层面。具体而言，在行政区划方面，20 世纪上半叶，这时的"四川"不仅包括了重庆，而且还会涉及到历史上出现过的西康，其与当时的四川也关联密切。在历史、文化层面，"四川"之名出现以前，这片区域被称之为"巴蜀"。据众多的考古成果显示，巴蜀的历史可以追溯至远古时代，这

---

58 李亦园先生指出："虽然中国在国际人类学领域处于后进地位，但在文学人类学方面却成果丰硕，还成立了全国性的学术组织，体现出一定的先锋性。"参见唐启翠，叶舒宪：《文学人类学新论——学科交叉的两大转向》，复旦大学出版社，2019 年，第 147 页。

59 "结绳志"微信公众号：《哲学人类学|人类学不同于民族志》，https://mp.weixin.qq.com/s/yrUd2fwpXxqMQKWZKJdc-w，2021-9-11。

一区域有远古人类存在与活动的遗迹。关于"巴蜀"与"四川"的关系，李怡教授认为"在对区域的描绘上，'巴蜀''蜀'和四川系同义语"[60]。综而论之，本书在谈论文学人类学的学科史时，所讲的"四川"指的是现行的行政区划范围；在谈论文学人类学的学理史时，所讲的"四川"则在地方基础和学理渊源之上关联着更为久远的历史，具体涉及到"巴蜀"、"蜀"一类的历史文化范围以及"西康"、"重庆"一类的行政区划范围。

总而言之，本书对"在地学术"的研究，不仅是在宏观和中观层面将"在地学术"置于时空的纵向梳理与横向比较之中，探究"在地学术"与"整体学术"之间的意义关联，同时在微观层面对"在地学术"进行细致的梳理。经由微观、中观和宏观的"在地学术"研究，提出本书对"文学人类学"的认识和理解。

第二节　学科发展与高校平台

在中国现行的教育体制中，学科制度是其中一个重要方面，它不仅体现在中小学教育中，在高校教育中的表现则更为突出。可以说，许多学科的确立与发展正是凭借着高校这一平台。正如本书所要言说的文学人类学交叉学科，其在中国确立以来，基本上是依托各地的高校平台得以继续推进。其中，四川大学作为中国文学人类学学科发展所依凭的地方高校之一，不仅为讨论文学人类学的在地发展提供了生动个案，而且作为一个由"高校"、"学科"、"学会"、"研究所"共同组成和联系起来的跨界象征，又为我们通向中国文学人类学学科整体提供了关联的路径。

一、"学科"的意涵

在《新编现代汉语词典》中，"学科"有着如下三种释义：第一，以学问的性质为标准划分的门类，如自然科学中的物理学、化学，社会科学中的历史学、经济学；第二，学校教学的科目，如语文、外语；第三，军事或体育训练中的各种知识性的科目（与"术科"相区别）[61]。可以看到，该《词典》对"学

---

60 对此，李怡教授进一步辨析："'巴蜀''蜀'来自更古老的年代，所以似乎也就带上了某种历史和文化的意味；'四川'晚出，又主要用于行政区划，故历史文化意味稍嫌淡薄罢了。"参见李怡：《现代四川文学的巴蜀文化阐释》，湖南教育出版社，1995年，第5页。

61 字词语辞书编研组编：《新编现代汉语词典》，湖南教育出版社，2016年，第1437页。

科"的释义是就当代语境而言，换句话说，它是对当下"学科"一词常用义的罗列和解释，是人们对"学科"一词含义的普遍理解。由此联系本书所要论述的"文学人类学学科"，它不仅关系到《词典》中的"学科"释义，并且还在"学理"的层面关涉到"学科"的历史与来源。因此，本书的"学科"既是指现行教育体制之下的学科门类，又包含着这一学科门类之所以产生和形成的基础和源流。

"学科"一词是从西方经由日本传入中国，可以将之视为"西学东渐"的历史产物。但是，需要注意的是，"学科"一词所蕴含的实际内容在中国古代并非完全空白。虽说古代中国没有"学科"一词，但在"学"、"科"二字的意涵中，可以看到其与"学科"意涵之间存在着部分交叉，如"学"有"学术"、"学问"的义项；"科"的释义当中有一项为"封建时代选拔人才的门类"[62]。梳理此点是想说明在中国传统学术分类与西方现代学科分类之间涉及到一个非常重要且宏大的学术命题——近现代中国的学术转型。对于这一学术命题，已经有许多学者进行了相关讨论[63]。作为近代中国学术转型表征之一，学科体制的建立成为我们当下讨论任何一门学科的学科史时所无法忽略的起源与发端。不仅如此，学科体制的建立和发展又与中国大学体制的建立和发展有密切的关联，可以将二者视为一种相辅相成、互促互进的关联存在。

西方学科知识和分科概念的进入，是与西方教育制度相伴而行的，这在当时西人所创办的各类新式学校中皆有体现，其中就包括了小学教育、中等教育以及高等教育。教会学校的教育体制和理念对当时的国人影响深远，1912 年国民政府颁布的小学、中学、师范、大学及专科学校令就是一个显著的例子。

---

62 张永言等编：《简明古汉语字典》，四川人民出版社，2004 年，第 429、945 页。

63 左玉河指出："在社会变局和西学东渐之时代潮流影响下，中国传统学术在晚清时期开始向近代学术转型。在这个转型过程中，一个引人注目的现象就是中国传统学术门类发生了分化，出现了近代意义上的学术分科，初步建立起近代意义上之学术门类，中国传统知识系统开始纳入近代知识系统之中。从中国传统的文史哲不分的'通人之学'向西方近代'专门之学'转变，从'四部之学'（经、史、子、集）向'七科之学'（文、理、法、商、医、农、工）转变，是中国传统学术向现代学术形态转变的重要标志。"罗志田指出："20 世纪中国学术明显受到西潮的影响，以西学分科为基准强调学术的专科化大约是 20 世纪中国学术与前不同的主要特征之一。""自近代西方分科概念传入并逐渐确立正统地位后，中国人对自身学术分科的认知也发生了很大的变化。"参见左玉河：《从四部之学到七科之学：学术分科与近代中国知识系统之创建》，上海书店出版社，2004 年，"导论"第 2 页；罗志田：《近代中国史学十论》，复旦大学出版社，2003 年，第 2、5 页。

和小学、中学、师范以及专科教育宗旨不同的是，"大学以教授高深学术，养成硕学闳才，应国家需要为宗旨"[64]，其学科分为文、理、法、商、医、农、工，以文、理两科为主；除本科外，还有予科（专科）和大学院（研究科）的设置。如果说西方传教士在中国建立起的小学校和中等教育学校是在普及西学的层面对中国局部产生影响的话，那么真正将"完整的教育体系"建立起来并影响到中国全国的实际举措，则是"有步骤地合并或创办高等学校，有目的的培养高级人才"[65]开始的。

虽说当时教会学校仍以宗教作为主要的教学内容，但在不断的发展中也显示出对自然、人文、社会教育方面的重视。早在 19 世纪晚期，狄考文便提出，基督教学校应注重"科学"教育，在《什么是中国教会学校最好的课程》报告中，他把课程列为"语言"、"地理"、"历史"、"数学"、"科学"、"宗教"六类[66]。这些课程设置一方面是对西方新学内容的具体显现；同时也是当时学校教育改革的重要内容。值得注意的是，虽然当时西方新学在学校教育中占有相当比重，但并不意味着中国传统学问的消失，传统学术依然占据着重要位置。这些中国传统学术中没有的"移植之学"和中国传统学术中已有的"转化之学"[67]共同建构起了中国近代学术门类的生成机制。

在这种生成机制中，中国学术门类或学科面临着两个方面的整合：一是如何对来自西方的学科进行配置，即本土化探索；二是如何将中国传统学术调整进入新的学术体系。可以看到，一门学科一旦确立，学者们便需要对其致力的学科进行界定，并自觉承担起学科建设的工作。但是，经过一百多年的发展，这种学科机制也不断地暴露出各种问题。因此，越来越多的学者认为，在努力发展本学科的同时，不能囿于学科，要意识到学科之间的关联以及在社会现实语境、未来语境中所要面对的具体对象和问题的复杂性、综合性[68]。这也是为

---

64 刘鉴唐：《近代教会学校教育与中国教育制度变革》，参见顾学稼，林霨，伍宗华编：《中国教会大学史论丛》，成都科技大学出版社，1994 年，第 44 页。

65 刘鉴唐：《近代教会学校教育与中国教育制度变革》，参见顾学稼，林霨，伍宗华编：《中国教会大学史论丛》，成都科技大学出版社，1994 年，第 22 页。

66 刘鉴唐：《近代教会学校教育与中国教育制度变革》，参见顾学稼，林霨，伍宗华编：《中国教会大学史论丛》，成都科技大学出版社，1994 年，第 24 页。

67 左玉河：《从四部之学到七科之学：学术分科与近代中国知识系统之创建》，上海书店出版社，2004 年，导论第 5 页。

68 关于这一点，彭兆荣教授指出："20 世纪的科学是一个不断设立疆界，又不停地移动甚至拆除界碑的时代。简言之，是一个在学科与学科间疆界不设防、畛域不确

什么近几十年来不断有学者在提出和实践"科际整合"、"跨学科"等研究范式，这也成为交叉学科出现和形成的先声。

　　本书所要讨论的文学人类学便是从跨学科实践到交叉学科确立的典型。进入 21 世纪以来，就全球人文学科发展情形来看，以人类学为标志的学科转向以及由此逐渐勃兴的跨学科研究，成为了人文社科领域显著的学术特征之一。而文学人类学正是这一世界性学术潮流的繁衍物，它体现的是一种研究范式的革新，其中包含两重向度，一是人类学的文学转向；二是文学的人类学转向。关于"文学"与"人类学"显示出来的这种彼此交融的趋向，得到了世界范围内许多地区文学、人类学两大领域研究者的实践与回应，以"文学"与"人类学"互为结合点的对话讨论不断出现。可以说，随着人类学时代的来临，文学创作与批评愈发地从人类学民族志中汲取养分、素材以及主题借鉴等；而人类学自身的发展亦不断反思诸如民族志这样的人类学写作的实质以及意义。可以看到 20 世纪 70 年代以后围绕着"文学"与"人类学"讨论的三个主要面向：第一，人类学和古典学的渊源与关联得到学者的重新关注与重视；第二，关于文学人类学、人类学诗学以及民族志诗学研究的转向；第三，人类学民族志愈发多元的写作模式[69]。

　　正如上述所言，自 20 世纪 70 年代起，"文学人类学"作为一种较为明确的方法开始被西方学者陆续运用于文学批评和人类学研究当中。其后，这种新研究范式逐渐被中国学者接受与引入。可以说，该时期西方学界对"文学人类学"的讨论与研究在"新时期"中国文学人类学学科的确立以及理论的推进方面产生了较大的影响。不过，这只是影响因子之一，影响中国文学人类学学理推进和学科成型的因素还有很多。要梳理清楚其中的关系，需要将文学人类学放置于中国历史语境中加以总体考察。

　　回溯历史，文学人类学学科在中国正式确立以前，实际上已经有不少学者在实践与方法层面进行了探索。百年前，诸如人类学、民族学、考古学、神话学、民俗学这类西方新学科的大量涌入，"形成了中西交融、彼此消长的长期格局"，这些领域的共同发展体现出 20 世纪上半叶中国整体学术思想的发展

定的时代。任何试图'圈地'的一厢情愿和'画地为牢'的固执都会给学术思想和研究带来新的局限。"参见彭兆荣：《边界不设防：人类学与文学研究》，《文艺研究》1997 年第 1 期，第 90 页。

69　唐启翠：《从文化自觉到文化自立——〈文学人类学新论〉的理论探讨》，《名作欣赏》2019 年第 8 期，第 32 页。

历程，"实际上已在文学人类学研究方面做出了较大贡献"[70]。据此，目前中国文学人类学界普遍将文学人类学在中国的"学理史"溯源至 20 世纪初期，只是在具体的时间节点、时段划分方面，略有不同。

徐新建教授将中国文学人类学的兴起大致划分为两个时期，1905 年至 1949 年为第一个时期，他认为该时期的成果具有奠基性意义，因此需要下大力气进行挖掘整理；第二个时期是 1949 年至今，以改革开放后的学科重建为标志。[71]另外他在《文学人类学研究》创刊号上发表的一篇文章《一己之见：中国文学人类学的四十年和一百年》[72]，从标题就可以直接看到他对中国文学人类学发展阶段的时间划分，"四十年"即指改革开放后的学科重建期；"一百年"则是除"四十年"以外，还包括了具有奠基性意义的第一个时期在内的整个时段。

叶舒宪教授将时间指向 20 世纪初期，指出文学人类学研究的出现源于"中西学术之交融"[73]，尤其是"神话"概念的进入与传播，与其后兴起于中国的神话学、民俗学研究有着密切的关联。谭佳在对中国文学人类学学术史进行回顾时也指出："中国文学人类学孕育于新文化运动时期、萌发于新时期文艺学的复兴、在新时期比较文学的学科建制中成型。"以此时间划分为基础，她将中国文学人类学的兴起与发展分为"前学科实践→学科化进程"两个阶段[74]。

经由上述，可以看到对于中国文学人类学学术史溯源与分期的问题，学界基本形成了"百年"、"二阶段"的共识，这就提醒我们要用整体的眼光来看待"学理史"和"学科史"之间的关系，学科的形成和确立不是凭空出现，而一定有其历史基础和学理渊源。因此，在讨论文学人类学在地发展的问题时，需要将"学理史"和"学科史"两部分连通，呈现学术发展的完整历程。经过几

---

70 徐新建：《文学人类学：中西交流中的兼容与发展》，《思想战线》2001 年第 4 期，第 103 页。

71 徐新建：《文学人类学的中国历程》，《西南民族大学学报（人文社会科学版）》2012 年第 12 期，第 183 页。

72 徐新建：《一己之见：中国文学人类学的四十年和一百年》，《文学人类学研究》2018 年第 1 辑，第 22-29 页。

73 叶舒宪教授认为："随着西风东渐以来人类学知识在中国的传播，文学人类学研究从 20 世纪初便开始在中西学术的交融中出现。1903 年西方的'神话'概念经日本传入中国，刺激了神话学、民俗学研究的兴起，给传统的文史研究带来了重要变革。"参见叶舒宪主编：《文化与符号经济》，广东人民出版社，2012 年，第 273 页。

74 谭佳：《整合与创新：中国文学人类学研究七十年》，《中国文学批评》2019 年第 3 期，第 23 页。

十年的发展，中国文学人类学逐渐确立了学科的性质、定位与目标，并且初步建立起一套中国文学人类学理论体系[75]，呈现出"多地发展、对话共生"的总体格局。

关于中国文学人类学这一学科形成的标志性事件，就既有的学术史来看，一般是将其追溯至 1996 年召开的中国比较文学第五届学术年会。[76]年会上，相关学者进行了有关文学的人类学研究的汇报，并由此引发与会者成立"文学人类学学会"的倡议，这个倡议在 1997 年得到了全面发展。终于于 1997 年在厦门大学召开了首届中国文学人类学学术研讨会。[77]经由学人们的努力开拓，

---

75 如《文学人类学新论——学科交叉的两大转向》一书所总结："进入 21 世纪以来，国内的文学人类学研究发生重要转变，研究者努力探寻并建构出一套适合中国本土文化自觉的理论体系。这套理论发展脉络清晰：从文学文本到文化文本，从文学本位的神话观到信仰驱动的神话观，依靠整合多学科知识的四重证据法，透过神话历史新视角，重建文化的大、小传统理论，并细化为 N 级编码理论，发掘出作为文明发生潜在驱动力的玉教信仰，梳理出从玉教神话到华夏核心价值生成的完整符号化过程，以期探索中华文明认同的深层文化基因。"此外，叶舒宪教授所总结的"化茧（羽化）成蝶：36 个命题年表"也可以作为检视中国文学人类学理论历时推进的参照。这 36 个命题为：1.传统的创造性转化理论（1986）；2.神话—原型批评（1986）；3.生态批评与生态文明理论（文学生态论 1988；道家生态智慧 1997；生态宣言 2004）；4.符号学（1988）；5.文学精神分析（1988）；6.结构主义（1988）；7.后结构主义（解构主义 1989）；8.重开丝绸之路理论（1989）；9.后现代主义（1990）；10.文学人类学（1991）；11.读者反应批评（1991）；12.形象学（1994）；13.失语症理论（1996）；14.跨文化解释学（1996）；15.文学治疗理论（医学人文 1998）；16.东学西渐（中国文化走出去 1999）；17.后殖民主义（1999）；18.和而不同论（2000）；19.全球化理论（2000）；20.现代性理论（审美现代性、翻译现代性 2002）；21.译介学理论（2000）；22.符号经济与文化资本理论（2005）；23.四重证据法理论（2005）；24.离散文学理论（2005）；25.变异学理论（2007）；26.神话中国论、神话历史论（2009）；27.多民族文学理论（2010）；28.非物质文化遗产理论（2010）；29.大小传统理论（2010）；30.文化文本的 N 级编码理论（2013）；31.玉成中国论（2013）；32.乡土中国论（2018）；33.万年中国论（2019）；34.数智人文理论（2019）；35.科幻文学理论（2020）；36.文学民族志理论（2020）。再如还有被徐新建教授称为"文学人类学的理论核心"的表述问题等。参见唐启翠，叶舒宪：《文学人类学新论——学科交叉的两大转向》，复旦大学出版社，2019 年，第 227 页；叶舒宪教授在 2021 年 7 月 24 日至 26 日的中国比较文学学会第十三届年会上的发言《变：作为新文科探索先驱的中国比较文学》；徐新建，唐启翠：《"表述"问题：文学人类学的理论核心》，《社会科学家》2012 年第 2 期，第 3-7 页。

76 叶舒宪：《文学人类学的现状与未来》，《荆州师范学院学报》2001 年第 6 期，第12 页。

77 乐黛云：《文化转型与中国文学人类学》，参见叶舒宪主编：《文化与文本》，中央编译出版社，1998 年，第 15 页。

"文学人类学"逐渐开花结果，开始作为一门正式的学科出现在一些高校的专业设置体系之中[78]。此后，文学人类学学科主要依托各地高校不断发展，茁壮成长起来。如果将这一学科确立时间按照 1996 年来算的话，其已走过了 25 年。正如其他学科一样，在经历了几十年的发展后，文学人类学学科也需要不断回过头来对学科的历史进行多番梳理、总结以及反思。在与"前人"对话、与"自身"对话以及与"未来"对话的多层级结构中继续探寻文学人类学的张力和可能。

二、作为地方的四川大学

四川大学作为中国文学人类学学科发展所依凭的地方高校之一，不仅较早将文学人类学设置为硕、博招生专业，经过几十年的发展，亦逐渐成为中国文学人类学重要的学术阵地，其在平台建设、田野实践、话语创建以及理论更新方面皆有所推进。就当下的情形来看，可以将四川大学文学人类学学科点视为一个由"高校"、"学科"、"学会"、"研究所"共同组成和联系起来的跨界象征。它不仅为我们讨论文学人类学的在地发展提供了生动个案，同时为我们通向中国文学人类学学术整体提供了关联的路径。

就四川大学文学人类学学科正式确立的进程来看，其一方面是对历史的承传，一方面则是对时代契机的接应。在历史承传方面，可以看到由"尊经书院"到"中文系"的一条发展脉络。其中，前辈学人们对于"文"、"文学"乃至"大文学"的观念演变和陈述讨论，以及对民间文学与文化的研究、对"多"民族的田野实践皆成为讨论川大文学人类学学科历史的重要内容。

在时代契机方面，川大文学人类学学科一是遵循"新时期"在比较文学与世界文学学科中建制成型的路径；二是与四川大学中国俗文化研究所有着密切的关联。1982 年川大开始了比较文学研究，1984 年建立起比较文学研究室，1992 年设立比较文学研究所，可以说自 20 世纪 80 年代起，四川大学的比较文学与世界文学学科就开启了对文学人类学的关注。自 1997 年起，徐新建教授开始在四川大学开设文学人类学相关课程[79]。2000 年四川大学文学与新闻

---

78 如中国社会科学院、四川大学、复旦大学、兰州大学、华东师范大学等先后设立了文学人类学（艺术人类学）方向的博士点和硕士点；四川大学、兰州大学、湖南科技大学和上海交通大学先后成立了文学人类学研究机构。参见唐启翠，叶舒宪：《文学人类学新论——学科交叉的两大转向》，复旦大学出版社，2019 年，第 149 页。

79 参见徐新建：《民歌与国学——民国时期"歌谣运动"的兴起与演变》，四川大学博士学位论文，2002 年，第 185 页。

学院文学与人类学研究所成立。2002 年到 2003 年，彭兆荣教授、徐新建教授及叶舒宪教授三人先后于四川大学比较文学与世界文学专业完成了与文学人类学相关的博士论文，即彭兆荣教授的《仪式谱系：文学人类学的一个视野——酒神及其祭祀仪式的发生学原理》(2002)，徐新建教授的《民歌与国学——民国时期"歌谣运动"的兴起与演变》(2002)，叶舒宪教授的《文学与人类学——知识全球化时代的文学研究》(2003)。

2004 年，学院正式以"文学人类学"学科名称招收硕士生与博士生，成为全国率先确认文学人类学为博士研究生招生方向的高校[80]。2011 年学科点刊物《文化遗产研究》创刊，该刊于 2018 年正式更名为《文学人类学研究》，成为国内文学人类学研究的主要阵地之一。2013 年由四川大学牵头，联合北京大学、西南民族大学、西北民族大学、中央民族大学、中国社会科学院民族文学研究所以及内蒙古大学等单位共同成立了"中国多民族文化凝聚与国家认同协同创新中心"，中心不断汇聚国际国内学术领军人才以及科研团队，以期成为国内一流、国际领先的协同创新平台。2015 年中心被认定为四川省协同创新中心，2020 年中心被认定为 58 个省部共建协同创新中心之一。

另外，在与中国俗文化研究所的关联方面，可以看到的是，自 2000 年成立的四川大学中国俗文化研究所在最初确定的俗语言、俗文学和俗信仰三个研究方向的基础上，发展中又增加了"民俗人类学"研究方向，其原因据项楚先生介绍："四川大学文学与新闻学院的文化人类学和民俗学研究有一定优势，这两个学科最早产生于西方的文化土壤，理论探索和田野调查是它们的强项……更深层的原因还在于对我国多民族文化的现状和发展趋向的关注。"[81] 项楚先生在此处所讲的川大文新学院的文化人类学和民俗学研究传统以及对多民族文化的关注几方面，其实涉及到了文学人类学与四川大学文新学院学术传统在学理上的历史关联，即地方学术中所蕴藏着的文学人类学本土传统及其学理源流。

通过对 20 世纪上半叶中国历史情境的爬梳，当时整个中国社会正处于传统嬗变和新知环涌之时代，这是一场席卷全国的巨变。那时实践了文学人类学

80 乐黛云：《漫谈文学人类学》，参见乐黛云：《乐黛云散文集》，译林出版社，2015年，第 369 页；曹顺庆、李甡：《文学研究的增长点——谈中国文学人类学新时期的发展》，《文学人类学研究》2018 年第 1 辑，第 13 页。

81 苏文：《会通雅俗融贯古今——四川大学中国俗文化研究所 20 年》，《中国社会科学报》2020 年 7 月 6 日第 1960 期。

方法的中国学者除了茅盾、郭沫若、顾颉刚、闻一多、李玄伯、卫聚贤、凌纯声、郑振铎以及钱钟书等前辈学者以外，还有一些时人讨论因为各种因素的影响而淡存于地方历史之中。

其中，四川大学位属的这片区域四川在漫长的历史中都被视为边缘之地。新兴的文学人类学学科之所以能够在四川大学成长起来，除了学人及团队的努力开拓外，其与地方历史、地方文化以及地方学术传统有无关联？通过挖掘和梳理，发现地方历史、文化、学术传统与文学人类学这一新兴的交叉学科、学术话语、学术生产之间有莫大的关联。在文学人类学这一学科名称正式确立以前，其所受影响体现在诸多方面，除了文学、人类学以外，还包括了诸如经学、史学、社会学、民族学、民俗学、神话学、考古学等诸多领域。其中，文学、经学和史学属于中国古已有之的传统学问；人类学、社会学、民族学等则是西学东渐过程中的舶来品。

一百多年前的成都，其社会变革与学术生产的时空语境，可从宏观上总结为传统之变和新学之兴。"传统"所包含的内容十分广泛，大至思想习为，小至生活细节，都处于或隐或显的变革之中。在文化与学术领域，则体现为以近代蜀学和文学之变为标志的思想文化转型。其中，尤以蜀中学人对"文"以及"学"的重新阐释，具有鲜明的时代特征。此外，本土作家文学书写中的人类学视野以及转向民族与民间的眼光，共同形塑了一种新的"文学观"。这种新的"文学观"又经由各种渠道的传布，在不同时代的四川学人身上得以承继。"新学"方面，人类学、社会学、民族学、民俗学、神话学、考古学等诸多学科都在与巴蜀地域文化的不断交融中获得了发展，尤其是在人类学领域，其方法经由大量学者的在地实践而得到广泛应用，已经有学者提出并持续讨论了"中国人类学华西学派"的相关问题。只是这些学科在其后的发展中，因特殊的历史原因而呈现出不同的学科命运，比如华西大学的社会学、人类学被取消，保留了民族学，师生迁置于当时四川大学文学院的历史系，这一段历史对川大文学院各系别、各学科之间的学术交汇和学术传承产生了较为深远的影响，为其后学科发展中交叉学科的出现打下了一定的基础，提供了学术生长的土壤。

对此，本书将微观层面的四川大学文学人类学学科点、四川大学、四川以及中观层面的"学科点"、"高校"以及"区域"作为讨论文学人类学在地发展的"个案"，以此来探讨作为一个"整体"的中国文学人类学本土化进程问题，在"多地发展、对话共生"的总体格局中，重新回到地方，探寻其"同中之异"。总而言之，是经由"在地"视野下的个案研究，探寻"在地"与"整体"之意义关联，并由此提出本书对文学人类学的思考和认识。

第三节　本书的研究意义

关于本书的意义，主要从下述三个方面来思考和论述：第一，"在地"之于"个案与整体"的意义；第二，微观、中观以及宏观"在地"的意义；第三，学术史研究之于学科发展的意义。

首先，来看"在地"之于"个案与整体"的意义。具体来看，可以分解为两个层面：第一，本书的研究对象是什么？第二，为什么选取它们作为研究对象？

本书研究的对象关涉两个层面：第一，"在地学术"；第二，"在地学术"和"整体学术"之关联。从微观层面来看，"在地学术"聚焦于"四川大学文学人类学学科点"、"四川大学"以及"四川"；从中观层面来看，"在地学术"指向"学科点"、"高校"以及"区域"。不过，正如格尔茨所言"研究地点不等于研究对象"[82]，由是在"微观"和"中观"两个层面外，本书研究的对象还在宏观层面包含了"在地学术"和"整体学术"之关系。这是对"在地学术"本身的一种超越，即跳出"在地学术"的"微观"和"中观"，将"在地学术"置于"整体学术"之中进行纵向的考察和横向的比较。

具体而言，是将"学科点"（四川大学文学人类学学科点）、"高校"（四川大学）以及"区域"（四川）置于中国文学人类学这一整体之中，对其进行"微观"、"中观"和"宏观"相结合的复合考察，换言之，要在中国文学人类学"多地发展，对话共生"的总体格局中辨明其"同中之异"。如此，对"个案"本身而言，是对个案内部进行了更为细致的梳理；对"整体"而言，是通过差异性的凸显，使整体成为更完整的"整体"。不过，即便是同一个个案，也会因人而异得到不同的阐发。因此，本书作为阐发之一种，只是对进一步完整文学人类学的理解所进行的探索和尝试。

为什么会选取它们作为研究对象呢？第一，方法论层面对"在地"视野的

---

[82] （美）克利福德·格尔茨：《文化的解释》，纳日碧力戈等译，上海人民出版社，1999年，第25页。

引入。本书之所以将"在地"作为文学人类学学术史个案研究的切入点和关键词，是因为"在地"特有的属性。作为学术话语的"在地"，其起源和发展本就与"全球化"互为关联，直指"全球"和"地方"的相关问题。作为个别和一般的统一，"在地"的问题意识指向如何认识"整体"与"局部"，如何处理"一般"与"个别"之间的关系。本书"微观"、"中观"与"宏观"三个层面的研究对象之间的关系便透过"在地"的"一般"与"个别"而得以呈现。本书微观的"在地"即为"个别"，体现出一种差异性和特殊性；本书宏观的"在地"即为"一般"，体现出一种全局性和整体性。本书中观的"在地"则是连通"个别"和"一般"的重要介质。正是"在地"所具有的属性特征，使其不仅能够成为本书讨论文学人类学学术史的视野和方法，还可以在更广泛的学术领域，成为讨论和处理个案研究"代表性"或"超越性"这一议题的重要思考方向和理论维度。

其次，本书微观、中观以及宏观"在地"的意义。如上所述，本书"在地"的"地"在微观和中观层面的具体所指为"学科点"（四川大学文学人类学学科点）、高校（四川大学）、区域（四川）；在宏观层面则指向"在地学术"和"整体学术"之关联。

就微观和中观层面的"在地"而言，自新时期文学人类学学科在中国各高校陆续确立以来，四川大学文学人类学学科点经过多年的开拓与发展，逐渐发展为中国文学人类学的学术重镇。对其学理传承、体制演变、理论成果等方面的爬梳、总结和思考，本身就是中国文学人类学学术史研究的重要组成，值得对其进行较为系统的研究。或者可以说，四川大学文学人类学为讨论中国文学人类学在地发展提供了一个"见微知著"[83]的案例。"见微知著"并不是要像"以小见大"那样强调典型性，即是说，并非透过个案去复原和展示整个中国文学人类学发展的全貌，而是在这一过程中去发现和思考一些更为"共性"或者"超越"的问题。这就涉及到本书宏观层面的"在地"所体现出来的意义：

---

83 王东杰指出，他所说的"见微知著"并不是通常意义上所谓的"以小见大"，"一般所说的'以小见大'意味着从一个'典型'去考察全部，即由四川大学的国立化进程展示整个现代中国大学国立化的全貌；而我所说的'见微知著'则是要从四川大学这一小社区的发展过程中考察一些更'宏大'的因素对它的影响及其反应。或者说，如书名所示，本书希望从地方的层面上观察中国现代国家与大学这样一个学术和教育机构的互动"。参见王东杰：《国家与学术的地方互动——四川大学国立化进程（1925-1939）》，生活·读书·新知三联书店，2005年，第4页、第16页。

第一，文学人类学的"在地性"。正如徐新建教授所言，四川大学文学人类学团队基本上是以"地方"为基点和以"地方"为出发地以及以"地方"为归属的文学人类学研究。就他个人来说，其大量研究是从一个行政化的行省扩展为"三省一体"的"西南"，再以"西南"和"西北"共同连接起来的"西部"，进一步扩展到中国文学人类学所关注的"三大走廊"，即岭南走廊、河西走廊以及横断走廊，最后是加上作为一个整体的"乡土中国"和"牧野中国"，合在一起呈现为"长城内外是故乡"的"地方中国"，由此再去讲东亚、亚洲、东西方，最终形成一个以"地方"这一可以伸缩的词汇为特征的文学人类学的微观、中观以及宏观，或者说"局部"与"整体"研究的脉络[84]。

以此可见，虽然文学人类学的"在地性"是对"去地方化"的一种强调，但是作为研究者开展研究的"在场"场域，"地方"本身也值得研究。就本书所要言说的场域"四川"而言，它不仅自有其地域特征，而且还是四川大学文学人类学学科点所在的四川大学成长与发展的依托之地。

关于"四川"的地域特征，可以将其视为由地理位置、自然环境、历史文化、地方认同、学人心态诸多方面构成的一个整合。其地处中国西南内陆腹地，西临青藏高原，北拥秦巴山地，东据长江三峡，南依云贵高原，自古就是中国西南地区与其它地区联系的重要枢纽。如横贯川西南及四川盆地的长江，是中国东西民族迁徙的交通要道。纵横川西的横断山脉，也成为南北民族迁徙的往来走廊。特殊的地理环境、气候以及丰富的自然资源，使得四川盆地成为了人类起源地之一。许多大型考古遗址的发现与发掘，有力地证明了四川是中华文明发祥地之一，近期四川三星堆考古遗址新出土了大量令世人再次为之震撼的文物，其中神树纹玉琮、朱砂彩绘觚型尊更是一方面有力证明了中原文明与蜀地文明的历史交融，也因它们独有的蜀地特征而显示出中华文明的丰富性和多元性。

古往今来，许多民族在这里活动、生息与繁衍，多民族文化在这里交汇融合。近代"西学东渐"历史进程中，诸多带有四川特色的文化在这里生发、成长起来，这些新的文化又与四川土著文化相互作用，继而又形成新的文化样态，在各路文化的共同形塑之下，四川社会新传统得以成型。20世纪初，西方传教士莫尔思（W. R. Morse）循着水路从宜昌进入四川，他认为四川是中国

---

84 该论述根据四川大学 2021 年秋季学期文学人类学博士课程中徐新建教授的总结发言录音整理而来。

最大、最富有、人口最多的省份[85]。当西方人继续前行深入四川内地，他们随即发现这里的土地与河流等自然资源还未得到科学地勘测与记录，许多动植物在欧洲的书籍中还未有记载。这里不仅是物种宝库，还是汉、藏、羌、彝等民族文化交汇的走廊，从这条走廊入云南，还有更多的少数民族，"与世隔绝"的生活形成了独特的文化带。

不仅如此，这样的地理环境也造就了四川社会的独特性，地处西南的四川偏处一隅、自成单元，这样的地理格局不仅塑造了四川的自然环境，更使得四川的社会与文化风气自成一格，扬雄、杨慎、李调元等蜀中文人很早就开始了对民间与民俗的关注与研究。此外，近代四川由于受到有清以来移民运动的深刻影响，移民文化亦成为四川文化的显著特征之一。晚清中国社会处于激变之中，"此盖乾坤开辟以来未有之变迁"[86]，随着西潮的冲击以及科举制度的废除，社会、思想、学术都呈现出"正统衰落、边缘上升"[87]的整体趋势，进入了一个求新求变的时代。此中，四川京官在京师设立蜀学堂，许多人都上过条陈，当属热心变法的人[88]，像廖平、吴伯竭、宋育仁、刘光第、赵熙、吴虞、雷铁崖、吴玉章、邓絜、邹容等皆为新派人物，接纳新学、促开风气。但是，由于受到四川自成一格的社会与文化风气熏染，蜀中士子、四川文人对于"新学"的接受亦表现出和其它地方不同的地域特征。

抗日战争时期，四川也发挥了其重要的军事战略作用。新中国成立后，随着国家发展战略部署以及对外关系的调整，四川亦进入了发展的转型期。新世纪初，国家开始正式实施"西部大开发"政策，其后，随着"新丝绸之路经济带"以及"21世纪海上丝绸之路"等合作倡议的提出，加之《关于新时代推进西部大开发形成新格局的指导意见》的出台以及推动"成渝地区双城经济圈"建设等，"四川"将会在进一步加速的"全球化"进程中显示出新的地域价值及特征。

经由"四川"的地域特征，便不难理解林耀华先生所讲的"人类学研究的

85　（加）莫尔思：《紫色云雾中的华西》，骆西等译，天地出版社，2018年，第4-5页。

86　金沙：《过去之四川》，《四川》1908年第1期，第25页。

87　罗志田：《权势转移近代中国的思想、社会与学术》，湖北人民出版社，1999年，第18页。

88　茅海建：《戊戌变法期间司员士民上书研究》，参见茅海建：《戊戌变法史事考》，生活·读书·新知三联书店，2005年，第299页。

理想之地"[89]，即是说地域特征对学术研究起到了促进和催化作用。不仅如此，地域特征还在更广泛的层面影响着"学科"、"高校"的建设和发展，关于这一点，项楚先生曾谈及："四川大学文学与新闻学院的文化人类学和民俗学研究有一定优势，这两个学科最早产生于西方的文化土壤，理论探索和田野调查是它们的强项……更深层的原因还在于对我国多民族文化的现状和发展趋向的关注。"[90]

第二，文学人类学的"整体性"。文学人类学这一交叉学科在中国的确立，与人类学密切相关。在对文学人类学学术史展开研究之际，人类学在中国的发展历程同样是需要考察的一项重要内容。回顾历史，人类学传入中国之际，在本土化进程中逐渐从西方人类学的完整谱系中解离形成为注重实用、关注现实的取向[91]。而 20 世纪上半叶人类学在四川的兴起与传播，恰好为探明人类学本土化历程中实用倾向的表现和形成系列问题提供了分析的案例。不仅如此，此一时期人类学在四川的发展还因为具体的历史事件而呈现出"在地性"特征，可以将之概括为必然性和偶然性的结合。

第三，文学人类学的"前沿性"。关于"前沿性"的探讨，其实是来自对"中心—边缘"问题的再思考。在中国历史语境中，经由"中心—边缘"的认识模式来认知和划定空间疆界与人群边界的做法由来已久，长此以往便形成了诸如"汉与非汉"、"文明与落后"、"雅与俗"等二元对立观念，这便使中国文化多元发展的历史被遮蔽在了这种二元叙事的结构之中。众所周知，历史上属于四川的这片区域在漫长的时间里都被视为边缘之地。经由"四川"这一视域切入，正好可以从历史上的"边缘"视野出发，探求"中心—边缘"认知模式对文化发展产生影响的具体表现。

当下，越来越多的学者意识到了这一认知模式给中国文化发展带来的束

---

89 林耀华：《在高研班上的讲话》，参见王筑生：《前言：面向二十一世纪的中国人类学》，参见王筑生主编；林超民，杨慧副主编：《人类学与西南民族——国家教委昆明社会文化人类学高级研讨班论文集》，云南大学出版社，1998 年，第 1 页。

90 苏文：《会通雅俗融贯古今——四川大学中国俗文化研究所 20 年》，《中国社会科学报》2020 年 7 月 6 日第 1960 期。

91 关于这一现象，徐新建教授指出："自近代将人类学'舶来'之初，其范式和谱系便不完整。推、拉双方各取所需，分离了人类学的三层面向。而更为现实的政治境遇，又使得对人类学的输入、引进在中国均朝'社会发展'、'民族再造'与'国家抗争'贴近。"参见徐新建：《回向"整体人类学"——以中国情景而论的简纲》，《思想战线》2008 年第 2 期，第 2 页。

缚与局限。正如一直在努力破除各种"中心主义"的文学人类学，便不断地在对"中心—边缘"认知模式进行反思和重构。眼下及未来很长一段时期，经由互联网以及人工智能所构建起来的"线上—线下"新格局，已经呈现出对原有"中心—边缘"认知模式的挑战和变革。面对这一新的局面，文学人类学的探索与开拓，不仅涉及到原来诸如"四川"这类被视为边缘之所在的"地方"应该如何被重新认识和看待，同时还在数智人文和科幻叙事等新领域的探索中开拓出中国文学人类学本土理论建构的未来语境。

最后，来看学术史研究之于学科发展的意义。进入 21 世纪后，越来越多的学科将目光投向历史，希望通过对历史的再追寻与再发现，不断辨明本学科在中国的本土化历程，以丰富学科未来建构中的本土话语。学术史的回顾、梳理及研究对一门学科或一个专业领域的发展至关重要，这基本上已经成为学界的共识。

就文学人类学而言，在中国语境中，上个世纪 80 年代学界将其作为文学批评的方法而展开讨论；1996 年以比较文学第五届年会为契机，提出筹建文学人类学二级学会的倡议；1997 年在厦门大学召开了文学人类学第一届学术研讨会，会议成果结集为《文化与文本》出版，标志着文学人类学从一种跨学科的方法实践朝着交叉学科的建立迈出了关键一步。其后，文学人类学依托在多所高校和学术机构的学科体制建设，逐渐在多地成长、发展起来，形成了"多地发展，对话共生"的总体局面。上述是就文学人类学学科新时期以来成长轨迹的线索梳理，和学科史溯源不同的是，就学理史而言，文学人类学在中国的实践可以追溯至 20 世纪上半叶。

关于 20 世纪上半叶这段学术史的重要性在文学人类学界已经达成共识并展开了研究。正如徐新建教授在说到"研讨的互文性"时指出"现在的研究"不仅需要"相互联系"，同时也需要"与前人成果相承接"，"我们需要与历史对话，向前辈学习"[92]。但正如前述提及，自 1997 年首届中国文学人类学学术研讨会召开以后，文学人类学在中国整体语境中呈现为一种"多地发展，对话共生"的总体格局。在进一步对"多地"情境的考察中，发现各地之间的关系除了"对话共生"外，还呈现出另一个明显的特征，即"同中有异"。这种"异"的具体表现为何？为什么会产生这样的"异"？这种"异"的存在对中国文学人类学学科整体发展有什么样的影响？为了搞清楚这些问题，本书将

---

92 徐新建，彭文斌：《西南研究答问录》，《贵州社会科学》2010 年第 2 期，第 119 页。

目光聚焦于"在地"视野下的"个案"，通过对历史的追寻和现况的追踪，以探明"在地学术"和"整体学术"之关联，并据此提出本书对"文学人类学"的认识和理解。

第一章　在地学术及其整体关联

　　作为交叉学科的文学人类学，其"交叉"特征的存在使该学科不仅需要关注"交叉前"以及"交叉后"的状态，即交叉学科形成的"历时态"，同时也需要对"共时态"予以重视。"共时态"有内部与外部两重视野，就内部而言，是对一种"多地发展，对话共生"以及"在地研究，同中有异"的"整体"与"个案"之关系的探寻；就外部而言，是与人文研究领域中同作为交叉学科的诸如审美人类学、艺术人类学等的对话与互动[1]。总之，将"历时态"与"共时态"相结合来讨论在地学术及其整体关联，是对文学人类学的学科边界、学术特长等重要问题的多维度展开。

第一节　背景：文学人类学的缘起

　　"文学人类学"的缘起涉及到"两方四面"的问题。具体而言，"两方"常常指称的是中国和西方；"四面"则是说"文学人类学"作为一个明确的称谓出现之前和之后分别在中国和西方学术语境中的不同面向和表现。

一、文学人类学的西方语境

　　在西方语境中，文学和人类学彼此靠近、走向一体是源于两种趋势，一是

1　关于这个"外部视野"涉及的是另外一个重大议题，暂不在论文后续部分展开。相关讨论可参见：王杰，方李莉，徐新建：《边界与融合：审美人类学、艺术人类学与文学人类学的交叉对话》，《贵州大学学报（艺术版）》2021 年第 5 期，第 1-14 页。其中，徐新建教授所讲的"共同人类学：文学、艺术与审美的互通问题"对于探究交叉学科的边界、关联以及呼应问题有较为前沿的观点和论述。

"人类学的文学转向"[2]，其显著表现为以马林诺夫斯基开创的"科学民族志"转向了以格尔茨为代表的"阐释人类学"。虽说早期人类学就有弗雷泽在"创作"《金枝》（*The Golden Bough*, 1922）这一文本时所体现出来的文学手法，但因这一成果并非建立在田野调查基础之上，所以它和其后所讲的"人类学的文学转向"并非一回事。格尔茨在《文化的解释》（*The Interpretation of Cultures*, 1973）中用"深描"来说明民族志写作的问题，它实际上是一种对"解释的解释"，和那些"寻求规律的实验科学"不同，人类学是在"探求意义的解释"，这就使得人类学家所从事的工作"更像文学批评家"[3]。这一"人类学的文学转向"在其后《写文化——民族志的诗学与政治学》（*Writing Culture: The Poetics and Politics of Ethnography*, 1986）以及各类实验民族志写作的持续讨论中获得发展，成为当代人类学重要的学术特征之一。

另外一个趋势是"文学的人类学转向"[4]，影响这一转向形成的重要因素是 20 世纪下半叶尤其是新世纪以来，人文社会科学研究领域所呈现出来的人类学取向。将"文学人类学"作为一种方法明确用于文学研究的实践见于加拿大学者弗莱《批评的剖析》[5]（*Anatomy of Criticism*, 1957）等著述，弗莱系统地阐发了"神话批评"（Myth Criticism）理论，正式确立了以原型概念为核心的"原型批评"观（Archetypal Criticism）[6]，并由此指出形成于 20 世纪 20 年代的英美新批评所显示的束缚和局限。又如美国学者伊塞尔从 1978 年开始陆续发表关于"文学人类学"认识的系列论文和专著[7]，明确指出要打破原有的文学观念，从"文学人类学"的方法与视角出发，重新理解"文学"[8]。

---

2 唐启翠，叶舒宪：《文学人类学新论——学科交叉的两大转向》，复旦大学出版社，2019 年，第 3 页。

3 （美）格尔茨：《文化的解释》，韩莉译，译林出版社，2008 年，第 5 页、第 11-12 页。

4 唐启翠，叶舒宪：《文学人类学新论——学科交叉的两大转向》，复旦大学出版社，2019 年，第 143 页。

5 参见（加）诺斯洛普·弗莱：《批评的剖析》，陈慧等译，百花文艺出版社，2002 年，第 1-39 页。

6 叶舒宪：《神话——原型批评的理论与实践（代序）》，参见叶舒宪选编：《神话——原型批评》，陕西师范大学出版社，1987 年，第 2 页。

7 如《当前文学理论中的关键概念与想象》（1978）、《迈向文学人类学》（1989）、《虚构与想象：文学人类学疆界》（1993）。参见（德）沃尔夫冈·伊瑟尔：《虚构与想象：文学人类学疆界》，陈定家、汪正龙等译，吉林人民出版社，2003 年，第 2 页。

8 伊瑟尔指出，他撰写此书的目的是"企求为人类借助于文学的自我阐释创造出一

到加拿大学者波亚托斯这里，他将"文学人类学"作为一个跨学科领域提出自己的设想——"作为跨学科研究的文学人类学，是以对不同文化之叙事文学的人类学式使用为基础的"[9]。关于这一开创性阐述的由来，据波亚托斯回忆，他最早是在《符号学》杂志发表的一篇论文中提出要把文学人类学作为一个专门术语和研究领域，这一观念促使他在 1978 年第 10 届国际人类学与民族学大会上提议以"民俗学与文学人类学"（Folklore and Literary Anthropology）为专题进行一个"会后会"的讨论，讨论的内容就包括了文学人类学，由是波亚托斯被冠以"民间文学与文学人类学"专题组主席的称谓。顺着这一实践理路，波亚托斯于 1983 年第 11 届国际人类学与民族学大会上组织了"文学人类学"专题组，形成了讨论文学人类学的新模式，讨论内容还构成其论著《非言语交际的新视角：人类学、社会心理学及语言学和文学的研究》（1983）之一部分，而 1988 年第 12 届国际人类学与民族学大会上对"文学人类学"的讨论以及会议文集《文学人类学：迈向人、符号与文学的跨学科新路径》（*Literary Anthropology: A New Interdisciplinary Approach to People, Sings and Literature*, 1988）[10]的出版其实是对此前第 11 届 ICAES 会议讨论的延续，因其对建立文学人类学理论体系进行探索与尝试，所以学界将其视为 20 世纪英语世界文学

个不同的启导式……既与人类的内在情性相关联，同时又是文学自身的构成要素。虚构与想象恰好满足这些条件。二者都是作为证据性的经验而存在于人类的生命活动之中，"这并不是以一个人类学的原则去框架文学人类学，而是文学人类学从人类的基本情性中取得其框架。我们的虚构化行为总是将我们远远地带出这一世界以及我们自身的本来状态，我们的幻想化行为将我们转移到一个想象性生活的天地。文学即产生于这些情性的相互作用，它因而也就允许我们回答人类为何需要虚构、我们为何总想走出自身，以及我们为何喜欢耽溺于一个想象的生活等等问题"。参见（德）沃尔夫冈·伊瑟尔：《虚构与想象：文学人类学疆界》，陈定家、汪正龙等译，吉林人民出版社，2003 年，第 4-5 页。

9　（加）菲尔兰多·波亚托斯：《文学人类学源起》，徐新建等译，载《民族文学研究》2015 年第 1 期，第 58 页。

10　该文集已出中文版译著，由徐新建教授组织川大文学人类学团队合作完成，2021 年由中国社会科学出版社出版。关于该书的意义，在译者序言中，徐新建教授指出："这不仅因为时隔三十年您发起组织的这部英文著作终于以汉语形式在中国出版，而且毫无疑问地显示出此书提出的学科倡导及其开创式尝试并未过时。"参见（加）费尔南多·波亚托斯：《文学人类学：迈向人、符号和文学的跨学科新路径》，徐新建、梁昭、王文蒲等译，中国社会科学出版社，2021 年。转引自"文学人类学"微信公众号：《学术资讯［加拿大］波亚托斯〈文学人类学〉译著出版》，https://mp.weixin.qq.com/s/JKemJXMZYK1a0dwiIa4Ymg，2022-02-19。

人类学的开拓性论著之一[11]。

继波亚托斯以后，关于欧美学界的文学人类学研究及其发展情形[12]，虽然有学者指出其与历史人类学、艺术人类学等交叉学科的发展情形相比，"并未引发太大学术效应"[13]，但还是得到了相关学者的讨论与推进。

来自英国斯特灵大学的学者艾伦·怀尔斯（Ellen Wiles）于 2018 年在《民族志》（*Ethnography*）上发表的文章《文学人类学的三个分径：素材，风格，主题》（*Three branches of literary anthropology: Sources, styles, subject matter*）[14]虽然是对三本相关专著的书评，但其中谈论的内容广泛关涉继波亚托斯以后，欧美学界在"文学人类学"这一领域的较新方向和讨论成果。

总的来看，怀尔斯展开论述的视角大体还是遵循了原有的框架，即"人类学的文学转向"和"文学的人类学转向"，而且她主要是从"人类学的文学转向"来进行阐述。不过，值得注意的是，随着跨界讨论的深入，跨界实践的增多，出现了与以往不同的情况，即在"两个转向"之外，在"文学人类学"领域之中出现了对"民族志虚构"（ethnografiction）的实践和阐释。

保罗·斯托勒（Paul Stoller）在评论玛丽莲·科恩（Marilyn Cohen）编的《人类学的小说进路：文学人类学论集》（*Novel Approaches to Anthropology: Contributions to Literary Anthropology*, 2014）一书时注意到了这种新的类型，他对此谈论道："通过对当代爱尔兰虚构作品进行细致而敏锐的解读，海伦娜·沃尔夫（Helena Wulff）用'民族志虚构'这个术语来把握虚构与实在、民族志作品和虚构作品之间的关系。与把这两个文类放到不同的范畴中去理

---

11 参见（加）菲尔兰多·波亚托斯：《文学人类学源起》，徐新建等译，载《民族文学研究》2015 年第 1 期，第 56 页。

12 对此，在 2019 年中国文学人类学研究会第八届年会平行论坛的发言中，王菊教授通过她在美国访学时的研究成果，指出欧美文学人类学研究现状与展望的四个维度：其一，人类学的文学化写作趋势；其二，文学的文化性写作趋势；其三，民族志的文学性表达；其四，文学的民族志性内蕴。参见"文学人类学"微信公众号：《文学人类学研究会第八届年会暨学术研讨会学术论坛发言总结》，https://mp. weixin.qq.com/s/yMDkCvofijPhi3nu6Hzwpg，2019-11-29。

13 谭佳：《整合与创新：中国文学人类学研究七十年》，《中国文学批评》2019 年第 3 期，第 23 页。

14 Ellen Wiles, *Three branches of literary anthropology: Sources, styles, subject matter. Ethnography*, 2018, vol.21(2). pp.280-295. 参考"人类学之滇"：《艾伦·外尔斯｜文学人类学的三个分枝：素材，风格，主题》，王立秋译，https://mp.weixin.qq.com/s/Cyn8HCUhnjjR3xiDKfXacw，2020-11-24。

解相反的是，她更倾向于把它们放到一个相互影响的动态关系中去理解，这个动态关系生产出各种致力于表达文化真相的作品。"[15]

怀尔斯也注意到沃尔夫的新著《写作的韵律：爱尔兰文学的人类学研究》（*Rhythms of Writing: An Anthropology of Irish Literature*, 2017）所体现的这种变化，指出其"书名中出现的'写作的韵律'非常有效，它揭示了文学的和民族志的文本是如何被制造出来并随时间而发展的；作家的生活是如何在独处与公共活动之间、在成败之间、在创造与商业化之间、在家屋内外之间往复运动；以及为什么这些'韵律'有助于说明更广泛的文化与其文学风格和实质的相互关系"[16]。

事实上，沃尔夫对"民族志虚构"（ethnografiction）的实践和阐述之所以受到上述研究者的关注，是因为它回答了在新的时代语境中，"文学人类学这个领域能够以及应该研究什么"[17]。如果说罗斯·安格丽丝（Rose De Angelis）所编的《文学与人类学之间：跨学科的话语》（*Between Anthropology and Literature: Interdisciplinary Discourse*, 2002）一书[18]是对 20 世纪文学与人类学彼此走进情形的展陈和总结的话，那么沃尔夫和德博拉·里德—达纳海

---

15 保罗·斯托勒：《什么是文学人类学？》，王立秋译，http://www.360doc.com/content/20/1125/09/37670068_947696901.shtml，2020-11-25。

16 Ellen Wiles, *Three branches of literary anthropology: Sources, styles, subject matter. Ethnography*, 2018, vol.21(2) .pp.280-295.参考"人类学之滇"：《艾伦·外尔斯｜文学人类学的三个分枝：素材，风格，主题》，王立秋译，https://mp.weixin.qq.com/s/Cyn8HCUhnjjR3xiDKfXacw，2020-11-24。

17 Ellen Wiles, *Three branches of literary anthropology: Sources, styles, subject matter. Ethnography*, 2018, vol.21(2) .pp.280-295.参考"人类学之滇"：《艾伦·外尔斯｜文学人类学的三个分枝：素材，风格，主题》，王立秋译，https://mp.weixin.qq.com/s/Cyn8HCUhnjjR3xiDKfXacw，2020-11-24。

18 关于安格丽丝的《文学与人类学之间：跨学科的话语》这一论文集，在《文学人类学新论——学科交叉的两大转向》一书的附录中收录了对该论集的书评。据书评介绍，这本论集将文学与人类学的跨学科路径总结为："它们将两门学科并置于公共领域，学科界限随着文化主流和学术兴趣的转变而发生变化，文学既成为文学产物又成为文化的创造者，而人类学则既成为观察者，又成为读者和诠释者。文学的双重身份和人类学的重新定位都为阅读、书写、解释提供了产生多样性的可能，无论是真实的或者是想象的。"对于文学与人类学的交叉融合，该论集评论道："这两门学科的边界和交融一直处在不停地修改、订正之中，如此对边界的破坏带来的不是学科的混乱，而是对于两门学科更加清晰和更富创造力的理解说明。"参见唐启翠，叶舒宪：《文学人类学新论——学科交叉的两大转向》，复旦大学出版社，2019 年，第 318 页。

（Deborah Reed-Danahay）所编辑的新丛书则可以视为对 21 世纪文学人类学研究的"扩张"[19]和展望。

较之于安格丽丝文本将重心聚焦于"文学与人类学"，沃尔夫和德博拉·里德—达纳海的新文本则是为了"应对当前文学人类学领域的缺陷，以解决这个领域范围不确定为目标"[20]。在征集建议中，该书指出文学人类学是处于"文学研究与人类学研究的交叉领域"，其范围包括"扎根于民族志的视角、人类学带给阅读与写作研究的跨文化视角"以及"对新的民族志对象和新兴的写作类别的研究"[21]。具体而言，其分类有"虚构的民族志、民族志的虚构、叙事民族志、创造性的非虚构、回忆录、自我民族志以及旅行文学与民族志写作之间的关系"，其主题涉及到"文学生产在社会生活中的作用；作为过程与形式的写作；阅读和阅读史；研究文学的民族志进路所提出的人类学学科的认识论问题"[22]。

据此，怀尔斯提出了她对于"文学人类学"未来发展之路的反思和展望：

> 这套丛书的出版，让我们有理由保持乐观，文学人类学能够通过与其它学科的对话生产出更加丰富、更加多样的成果——新的研究将进一步深入讨论文学的素材、风格和主题，并探索如何将三者相结合。这不但可以为学科带来新的生命力，引起人们对学科的新关注，并激励我们把"学科"当作一个比喻而不是具体存放预设性学术成果的仓库，在批判性的反思中为新旧主题开辟新的思考方式。

---

19 Ellen Wiles, *Three branches of literary anthropology: Sources, styles, subject matter. Ethnography*, 2018, vol.21(2). pp.280-295.参考"人类学之滇"：《艾伦·外尔斯｜文学人类学的三个分枝：素材，风格，主题》，王立秋译，https://mp.weixin.qq.com/s/Cyn8HCUhnjjR3xiDKfXacw，2020-11-24。

20 Ellen Wiles, *Three branches of literary anthropology: Sources, styles, subject matter. Ethnography*, 2018, vol.21(2). pp.280-295.参考"人类学之滇"：《艾伦·外尔斯｜文学人类学的三个分枝：素材，风格，主题》，王立秋译，https://mp.weixin.qq.com/s/Cyn8HCUhnjjR3xiDKfXacw，2020-11-24。

21 Ellen Wiles, *Three branches of literary anthropology: Sources, styles, subject matter. Ethnography*, 2018, vol.21(2). pp.280-295.参考"人类学之滇"：《艾伦·外尔斯｜文学人类学的三个分枝：素材，风格，主题》，王立秋译，https://mp.weixin.qq.com/s/Cyn8HCUhnjjR3xiDKfXacw，2020-11-24。

22 Ellen Wiles, *Three branches of literary anthropology: Sources, styles, subject matter. Ethnography*, 2018, vol.21(2). pp.280-295.参考"人类学之滇"：《艾伦·外尔斯｜文学人类学的三个分枝：素材，风格，主题》，王立秋译，https://mp.weixin.qq.com/s/Cyn8HCUhnjjR3xiDKfXacw，2020-11-24。

　　研究文学人类学多样的、开放的以及创造性的进路，反过来也是通
过诉诸实践者和研究者以更加多样、可操作、充满挑战以及动态的
方式来生成有效的合作，以此回应长期以来人们一直在抱怨的人文
学科的"危机"。[23]

　　通过对怀尔斯论述的分析，其最为关心的一些问题在中国文学人类学的
研究领域中得到了较早的关注与思考。这也是为什么前面提到有学者指出：
"与在西方学界不同，在中国，文学人类学呈现出独有的蓬勃发展景象。"[24]
亦即体现出李亦园先生所评价的"先锋性"[25]。中国文学人类学之于世界文学
人类学的重要性由此可见。接下来的两节内容便通过对 20 世纪前期文学人类
学在中国的孕育以及 20 世纪 80 年代以后文学人类学在中国的确立展开背景
式地介绍与概述，以便清晰地显示出其较为完整的发展脉络。

二、20 世纪前期：文学人类学在中国的孕育

　　当人们在用"孕育"一词说明某一事物或事情的时候，一般都意味着将有
某种新的东西出现或诞生，而"孕育"就是这种新东西出现或诞生的过程。20
世纪前期，一种直到 20 世纪 80 年代以后才被命名为"文学人类学"的治学方
法或治学思维就在中国经历着其"孕育"的过程。就"孕育"的标志性特征来
说，这一治学方法或思维在当时的中国语境中，便是对"新"的一种体现。

　　关于这个"新"，单独来看它是一个很抽象的概念，当我们把它具象为一
个一个的问题的时候，才能显示出它确定的意义来。据本节小标题而言，说到
"新"，可以把它分解为几个问题：第一，为什么说"文学人类学"是新的？
第二，为什么是 20 世纪前期？展开分析，20 世纪前期，或者说 19 至 20 世纪
之交的中国究竟发生了什么，导致出现了这样的"新"。"新"的出现，一定是
有一个与之相对应的"旧"的存在，这个"旧"与"新"之间存在着什么样的
关联，"新"之于"旧"的意义是什么？在这些问题的指引下，再走进 20 世纪

---

23 Ellen Wiles, *Three branches of literary anthropology: Sources, styles, subject matter.*
　 Ethnography, 2018, vol.21(2). pp.280-295.参考"人类学之滇"：《艾伦·外尔斯｜文
　 学人类学的三个分枝：素材，风格，主题》，王立秋译，https://mp.weixin.qq.com/s/
　 Cyn8HCUhnjjR3xiDKfXacw，2020-11-24。

24 谭佳：《整合与创新：中国文学人类学研究七十年》，《中国文学批评》2019 年第 3
　 期，第 23 页。

25 唐启翠，叶舒宪：《文学人类学新论——学科交叉的两大转向》，复旦大学出版社，
　 2019 年，第 147 页。

前期，来看"文学人类学"在中国的"孕育"问题。

回到 19 至 20 世纪之交的历史语境，那时全球处于殖民与被殖民的时空进程之中，作为半殖民地半封建社会的中国，晚清为最后代表的中国封建王朝统治即将宣告结束，随着辛亥革命的兴起与爆发，中国步入了"民国"时期。发生于 20 世纪初的政体变革既是"新"的表现，同时又催化和加速了"新"的形成，其中一个显著的体现便是已经被学界谈论得很多的"西学东渐"。于今日而言，"西学东渐"是一个由四字组合而成的概念，是一个历史现象，或一个研究对象，但于那段时期而言，它是一个立体的、动态的进程。

"立体"是说"西学"只是一个统称，事实上"西"和"学"各自包含着不同层面和多个维度。"西"不仅仅是通常所指的欧洲和美国，那个时候来到中国的"西"之代表还包括了澳大利亚、加拿大等国，更重要的是以日本为中介的"西"之跳板。而"学"的体现就更为广泛，包括教育体制、知识体系、文化观念以及生活习惯等诸多方面。具体来看，教育体制又体现在学校制式、课程设置、专业分属、教材内容、培养手段各方面；知识体系则体现为自然科学和人文社会科学的二分结构；这种二分结构同时关涉到诸如语言、宗教、生活等文化形态和观念认同。

"动态"是说"东渐"只是一种事实性的描述，而真正重要的是"渐"的起因、经过和结果，而起因、经过和结果不是静态的历史总结，而是要将其放入具体的时空坐标，再来看它的起因、经过和结果。这样一来，具体而微的细节展陈就生成了许多动态的"东渐"版本。通过这些带有差异的"版本"，便在梳理"西学"的传播过程时，能够发现其中更多的情态以及将不太容易产生联想的地方关联起来。

以"文学人类学"为例，在"西学东渐"的历史进程中，"文学人类学"这一名称还未出现，那为什么要把其时一些学人的学术实践看作是对"文学人类学"的早期探索呢？梳理清楚其中的原因非常重要，因为这不仅关系到"孕育"和"承传"的问题，同时也涉及到"新"与"旧"这一延续性命题。

通过对学界相关讨论的梳理，可以将这个原因很大程度上归结为以西方新学为标志的新方法和新视野的进入，所引发的中国传统学术的方法革新和视域开拓。换言之，即"中国传统学术的西方新学转向"。其中，中国的传统学术就包括了经学、史学、文章学、金石学等；西方新学就包括了人类学、民俗学、神话学、考古学、文学（狭义）等。以此来看，其后学界将这段学术史称为对"文学人类学"的早期实践，实际上是因为这段学术史体现出了"文学的人类学转向"，"文学"和"人类学"是对"中国传统学术"和"西方新学"的代称。这样一来，对于辨明"孕育"、"文学人类学"的条件和因素，就逐渐清晰起来。

正如叶舒宪教授将中国文学人类学在"跨学科研究"、"中国文化溯源研究"等领域取得开拓性成绩以及"四重证据法"、"文化大传统理论"等方法、理论在 21 世纪提出的根源性原因归结于诸如闻一多、郭沫若、郑振铎、孙作云等学术前辈的开创之功[26]；徐新建教授将中国文学人类学的早期实践溯源至"20 世纪早期中国学界对歌谣、神话、图腾及民俗事项进行的开创性研究"，其中不仅 1918 年兴起于北京大学的"歌谣运动"值得关注，另外 1918 年北京大学陈映璜教授出版的专著《人类学》同样值得重视[27]。

进一步分析，叶舒宪教授强调的是当时的西方人类学对于中国学者研究传统学问的方法革新以及由此引起的视域拓展[28]；徐新建教授强调的是当时的西方人类学对于中国学者开辟新的研究领域的视域推引，"目光向下，视野开阔，以文化作为广义文学之背景和根基，拉开了文学人类学——或者说文学的人类学研究在现代中国的演出序幕"[29]。

综观二者，不论是对中国传统学术方法和视野的革新，还是对中国学术领域的新开拓，都体现为一个共同的面向，即就广义而言的"文学的人类学转向"。这里的"广义"，就"文学"而言，是文学古义和新义的交叠，是泛指包括经史之学、文章之学、神话民俗、仪式口传、实物图像、狭义文学在内的文化聚合；就"人类学"而言，是对诸如人类学、民俗学、神话学、考古学、语言学、心理学等西方新学的统一代称。可以说，广义的"文学的人类学转向"正是对 20 世纪前期"孕育"了"文学人类学"的中国学术土壤的真实写照。

---

26 叶舒宪：《文学人类学走向新学科（代序）》，载苏永前：《20 世纪前期中国文学人类学实践研究》，中国社会科学出版社，2017 年，第 3-4 页。

27 参见徐新建：《一己之见：中国文学人类学的四十年和一百年》，《文学人类学研究》2018 年第 1 辑，第 25-26 页。

28 叶舒宪教授指出："考据学与人类学的结缘引起学界更为广泛的关注：考据的对象从六经和正史扩展到《楚辞》《诗经》等文学作品，乃至神话传说等为正统文人所不道的'怪力乱神'方面。"参见叶舒宪：《自序：人类学"三重证据法"与考据学的更新》，载叶舒宪：《诗经的文化阐释》，陕西人民出版社，2004 年，第 5 页。

29 参见徐新建：《一己之见：中国文学人类学的四十年和一百年》，《文学人类学研究》2018 年第 1 辑，第 26 页。

　　不过，就 20 世纪 80 年代"文学人类学"作为一个确定的名称出现以后，其所实践和包容的除了 20 世纪前期延续下来的广义的"文学的人类学转向"外，还有一个被学界所总结的重要面向为"人类学的文学转向"。关于这一"转向"的具体情况将在下一节展开，这里提出这一"转向"是想通过对促使"文学人类学"产生的两个"转向"的整体视角，来考察 20 世纪前期"文学人类学"在中国的"孕育"。正如徐新建教授在强调"歌谣运动"的同时，也提出陈映璜教授的《人类学》在当时出版的重要性，"二者出发点不同，但彼此呼应，都以文化为聚焦，关注古今相连、雅俗贯通的社会表征与心智风貌"[30]。

　　这不仅有助于搞清楚 20 世纪前期"文学人类学"在中国的"孕育"，同时也是对"文学人类学"整体性的一个重要提示。在上述所阐释的广义的"文学的人类学转向"中，显而易见的是"人类学"给"文学"带来的改变，这种改变意义重大，值得重视，也得到了学界的大力整理和研究，但它不是"文学人类学"的全部，"文学人类学"还有一个重要的维度是"人类学的文学转向"，也就是说，在广义的"文学的人类学转向"发生的同步进程中，是不是还有"人类学的文学转向"也在发生呢？从这一问题视角出发，便关联的是另外一个层面的"人类学"和"文学"问题。

　　随着诸如"人类学"这样的西方学说进入中国以后，除了对中国传统学问研究方法和视野的革新、研究领域和对象的拓展产生重要影响外，"人类学"本身也处在一个变化发展的动态进程之中。对于当时在中国传播的"人类学"，叶舒宪教授将之归纳为"进化论社会发展模型说"、"巫术—宗教—科学的人类精神演进模式"、"功能学派文化功能论"、"神话—仪式理论"、"万物有灵论"以及"图腾理论"[31]。这是对当时"人类学"理论情形的总体概括，但如果把"人类学"的传播置于"在地"发展的视野，可以看到一些具体而微的差异情形。

　　具体而言，在当时的中国语境中，人类学传播和发展的路径有以下几种情形：第一，专门的人类学研究者所从事的人类学研究，进一步细化，可以分为三类，第一类是具有传教士和人类学者双重身份的西方人，第二类是具有出国留学经历的中国本土学者，第三类是在中国本土培养起来的中国人类学者；第二，并非所谓的人类学专业"科班"出身的学者，包括西方学者和中国学者，

30 参见徐新建：《一己之见：中国文学人类学的四十年和一百年》，《文学人类学研究》2018 年第 1 辑，第 26 页。
31 叶舒宪：《文学人类学走向新学科（代序）》，载苏永前：《20 世纪前期中国文学人类学实践研究》，中国社会科学出版社，2017 年，第 1 页。

—44—

他们没有在人类学专业进行过系统学习,但运用人类学的方法和知识展开研究。

就第一种情形来看,这三类学者都存在着同样的情况,即接受的人类学专业训练来自不同的国家或"学派",这一点学界已经有过许多讨论,其中最常见的说法是"南派"和"北派"[32],另外还有"华西学派"、"岭南学派"[33]等提法。"学派"的划分有其道理,体现了不同的研究模式和方法特征。进一步来看,这种划分不仅是对当时西方人类学不同流派的"中国体现",更重要的是,在"中国体现"的基础上,经由"在地"而生成的新特征,比如李绍明先生将"华西学派"较为显著的方法特征总结为"史志结合"和"注重康藏"[34];再如林耀华先生在"研究本土"成为世界人类学体系之一部分后,在撰写《金

---

32 在 1984 年出版的《人类学与现代社会》一书中,李亦园先生将其阐述为:"在 1930 年前后,我国人类学可分成两个派别:一个是以北方的燕京大学社会学系为代表,一个是以南方的中央研究院为代表。这两个派别有一个基本上的很大差别,就是燕京大学的人类学,是比较偏向于一般社会科学这一面,而中央研究院的人类学是比较偏向于人文学的,这是一个历史的传统。"对于这种偏向,李亦园先生进一步说明偏向人文学的人"兴趣不在追求 regularity 或原理原则",而是"着重于创造,重视文学或技艺及其它方面的研究"。此外,在《文化人类学理论方法研究》一书中,作者对中国人类学的"南派"、"北派"作了更明确的说明。所谓"南派",即"以 30 年代在南京的中央研究院民族学组和南方的一些大学的人类学家们为代表。他们接受了早期进化学派的一些观点,但更多地受后来的美国历史学派的影响,并与我国传统的历史考据方法相结合;相对地来说不大注重理论,而偏向于材料的搜集和解释";所谓"北派",则是"以燕京大学社会学系为基础,以吴文藻为首的人类学家、社会学家们为代表。他们讲理论,重应用,明确地提出人类学中国化的学术思想"。参见李亦园:《人类学与现代社会》,台湾水牛出版社,1984年,第 298-299 页;黄淑娉,龚佩华:《文化人类学理论方法研究》,广东高等教育出版社,1996 年,第 420-421 页。

33 李绍明:《略论中国人类学的华西学派》,《广西民族研究》2007 年第 3 期,第 44 页。

34 关于"史志结合",李绍明先生谈到:"中国人类学华西学者的学术背景中,不仅有着欧美的人类学训练,而且有着深厚的中国传统学术底蕴,尤其是历史学功底的深厚以及对历史资料的充分熟悉与掌握。这大约与当时的中国文化和历史背景有关。因为中国是一个拥有数千年文明的多民族历史大国,拥有丰富的历史资料,其中包含着历史民族志资料,加以在当时的社会传统中,国学尚有很大影响。因此,在华西的人类学者往往既具备了西方人类学的素质,同时又具备了中国历史学,尤其是中国民族历史的素质。这种情况反映在他们人类学的研究方法中,必然是将二者有机地结合起来,而非仅注重于当前田野调查资料的单纯研究。"关于"注重康藏",李绍明先生指出:"中国人类学华西学者的研究领域一直注重于今日的西南地区,但其主要的研究重点,则一直放在康藏地区即今人类学界所称的'藏彝走廊'地区。"参见李绍明:《略论中国人类学的华西学派》,《广西民族研究》2007 年第 3 期,第 50-51 页。

翼：一个中国家族的史记》这一文本时对小说模式[35]的采用。二者都属于人类学内部的一种"中国化"实践，可以视为由"人类学"在"历史"、"文化"、"文学"等不同面向的"转向"中共同体现出来的"人类学的人文转向"的中国早期实践。

就第二种情形而言，虽然它并不是发生在"人类学内部"的变革，但正因为其它领域从不同的视角对人类学的运用和转化，实际上也形成了一种对人类学的"改造"。

可以说，当时中国传统学术的变革在很大程度上是受到了诸如"人类学"这类西方新学的影响，"人类学"在中国的传播相当广泛，它不仅带来了前文所述的广义的"文学的人类学转向"，同时也存在着探索早期"人类学的文学转向"在中国的线索，二者共同构成了 20 世纪前期"文学人类学"在中国"孕育"的整体面貌。

三、20 世纪 80 年代：文学人类学在中国的确立

与 20 世纪前期的情况不同的是，20 世纪 80 年代以后"文学人类学"作为明确的称谓在中国出现，因此可以看到其确立的较为明确和清晰的线索。结合学界对这段学术史的回顾和研究成果，现将该线索梳理如下：

第一，作为"学会"和"学科"的"文学人类学"。对此，学界一般将其追溯至 1996 年在东北师范大学召开的中国比较文学第五届年会。据乐黛云教授回忆，会上一批青年学者进行了有关文学的人类学研究的汇报，并由此引发与会者成立"文学人类学学会"的倡议，这个倡议在 1997 年得到了全面发展。最终于 1997 年在厦门大学召开了首届中国文学人类学学术研讨会。[36]"中国比较文学学会文学人类学研究分会"属于全国性的学术组织，首任会长为著名的学者萧兵先生。

---

35 对此，庄孔韶教授评论："从林先生的《金翼》先后两个版本的结构与内在变化，可以看出从学术专论到小说之间的笔法过渡的痕迹，它包含着人类学家走出去和返回来的过程中，书写与表达的一再变化，理论接受、改变与变通的转换，译者对著者思路的艰难梦寻，以及未来读者对人类学先驱著作和多种译作的令人期待的评价，从而能更好地理解处在传承中的地方人民的文化秉性，以及当世社会交流中的人类选择及其表述。"参见庄孔韶：《前言：〈金翼〉两个版本的差异》，载林耀华：《金翼：一个中国家族的史记》，庄孔韶，方静文译，生活书店出版有限公司，2015 年，第 6 页。

36 乐黛云：《文化转型与中国文学人类学》，载叶舒宪主编：《文化与文本》，中央编译出版社，1998 年，第 15 页。

在这个看似带有时间线性进程的静态历史书写当中，其实充满了非常多的细节，因为对于其时参与到"文学人类学"创建工作中的每一位学人来说，都有着不同的心路历程和因缘际遇。据徐新建教授回忆，20 世纪 80 年代中期，他个人的学术兴趣逐渐转移至本土的少数民族文学，因一次会议的机缘巧合经刘锡诚教授认识了萧兵先生，并得知萧先生正和叶舒宪教授等人一起推出"中国文化的人类学破译"丛书，"往后便有了 1993 年比较文学张家界年会上与彭兆荣、叶舒宪等学友关于创建文学人类学分支的动议"[37]，其后接续的便是上述 1996 年以后发生的事情。可以看到，在"文学人类学"作为"学会"和"学科"正式确立的过程中，得到了比较文学、民间文艺学、少数民族文学、人类学等多个领域的支持、关注和参与，是对其时跨学科合作以及跨文化交流的世界性学术潮流的中国体现。

经由学人们的积极准备和努力开拓，"文学人类学"逐渐作为一门正式的学科出现在一些高校的专业设置体系之中。比如四川大学建立起了本、硕、博"三阶一体"的培养体系；中国社会科学院、复旦大学皆设有文学人类学硕、博招生点；上海交通大学招收文学人类学方向硕士生；[38]陕西师范大学设有文学人类学研究中心。另外华东师范大学、兰州大学、海南大学、西安外国语大学、淮北师范大学、湖北民族大学、江苏师范大学、湖南科技大学在不同时期皆有文学人类学的方向设置和对外招生。[39]自此，"文学人类学"开始进入了"学会"、"学科"齐头并进，结合高校平台搭建、专业设置、人才培养、田野实践、理论创建等多路径共同发展的新阶段。对于"文学人类学"这门学科，李亦园先生的评价是："现代学术传统中有本土色彩与独创性、能与西学方法接榫并创新的新兴学科。"[40]

---

37 徐新建：《一己之见：中国文学人类学的四十年和一百年》，《文学人类学研究》2018 年第 1 辑，第 25 页。

38 以上专业设置与招生情况是笔者根据各个学校 2022 年硕、博士招生专业目录统计而来。

39 不过，需要注意的是，各个学校每年都会结合自身的定位与发展而对专业设置以及招生名额等进行调整。关于这些学校在文学人类学专业设置和对外招生的情形，参见唐启翠，叶舒宪：《文学人类学新论——学科交叉的两大转向》，复旦大学出版社，2019 年，第 149 页；龙仙艳：《高校开设文学人类学本科教学的探讨——以〈亚鲁王〉研究的双重话语探索为例》，《凯里学院学报》2017 年第 4 期，第 143 页。

40 徐新建：《一己之见：中国文学人类学的四十年和一百年》，《文学人类学研究》2018 年第 1 辑，第 25 页。

对于一门新兴的学科，最为关键的是要明确它的研究对象和研究范围，并以此为基础建构属于该学科的理论话语体系。新世纪之初，即 2001 年徐新建教授发文讨论过"文学人类学"的学术主张，提出下述四点：第一，结构和功能；第二，文本与田野；第三，族群与世界；第四，人类与文学。[41]差不多十年以后，徐新建教授再次总结了"文学人类学"的研究面向，这次他聚焦中国新时期的探索与实践，将其概括为五点：第一，经典与重释；第二，原型与批评；第三，文学与仪式；第四，民歌与国学；第五，神话和历史。[42]目前，差不多又是十年过去了，关于"文学人类学"的实践和开拓仍在继续。

第二，作为文学批评方法的"文学人类学"。改革开放以后新时期的文学人类学批评发端于 1985、1986 年前后[43]，方克强教授将这一复兴的原因归结于三个方面力量的推动，即文化热、方法论热和寻根文学热[44]。从某种程度上来讲，它是对 20 世纪前期"文学人类学"实践的延续和复兴，不过伴随新时期学人对较新的西方人类学、文学人类学著作的译介，20 世纪 80 年代以后的"文学人类学"又有了新的意涵和目标。对此，方克强教授将文学人类学批评的发展趋向分述为两个层面：第一，与文学人类学批评相关的概念、术语开始在文章中频繁出现；第二，在文学创作与批评领域出现了一种"站在人类本位的立场对文学现象作跨文化探究"的思想动向，这种动向体现的正是文化人类学、思维人类学的理论方法与研究成果。[45]

第三，人类学在中国复出后的"文学人类学"。1981 年，中山大学在全国率先复办人类学系，梁钊韬教授任系主任；同年获人类学博士授予权。1981 年 5 月，在厦门大学召开了"首届全国人类学学术研讨会"，成立了"中国人类学学会"。[46]1984 年 2 月，厦门大学人类学研究所正式成立；9 月，人类学系正式成立。同期，在位处西南的四川成都，一批学者经过前期贮备与研究力量

---

41 徐新建：《文学人类学：中西交流中的兼容与发展》，《思想战线》2001 年第 4 期，第 104-105 页。

42 徐新建：《文学人类学的中国历程》，《西南民族大学学报（人文社会科学版）》2012 年第 12 期，第 183-185 页。

43 方克强：《新时期文学人类学批评述评》，载方克强：《跋涉与超越》，上海文艺出版社，2007 年，第 19 页。

44 方克强：《新时期文学人类学批评述评》，载方克强：《跋涉与超越》，上海文艺出版社，2007 年，第 17-23 页。

45 方克强：《文学人类学批评》，上海社会科学院出版社，1992 年，第 3 页。

46 陈国强：《中国人类学发展史略》，《广西民族学院学报（哲学社会科学版）》1995 年第 1 期，第 24 页。

的凝聚，于 1981 年正式成立了"中国西南民族研究学会"。提出这一点是想说明，此一时期"人类学"的复出是对 20 世纪前期"人类学"中国实践的延续，这个"延续"里面不仅包含着早期在"人类学"等西方新学的影响下出现的广义的"文学的人类学转向"，同时也是对新时期"文学人类学"是如何在"旧"与"新"的时代语境中继续和"人类学"发生关联与对话共进的新进程的一种提示。

　　上述是对 20 世纪 80 年代以后在中国确立起来的"文学人类学"这一称谓的具体展开，实际上作为称谓名词的"文学人类学"是一个多义复合词，体现了由学会、学科、方法、视野、思考方式乃至"生存方式"[47]等众多元素组合而成的"跨界象征"。

第二节　整体：多地发展，对话共生

　　20 世纪 80 年代以后，"文学人类学"的发展在中国进入了一个新的局面。自 1997 年在厦门大学召开了文学人类学第一届学术研讨会，会议成果结集为《文化与文本》出版，标志着文学人类学从一种跨学科的方法实践朝着交叉学科的建立迈出了关键一步。其后，文学人类学依托在多所高校和学术机构的学科体制建设，逐渐在多地成长、发展起来，形成了"多地发展，对话共生"的总体局面。

一、理论推进

　　在《文学人类学新论——学科交叉的两大转向》一书的"编写说明"中，可以看到近年来文学人类学"多地发展"的一个相对具体的情形，该书"各章的作者所构成的群体，集合了文学人类学研究会成员的集体力量"[48]，这些作者来自中国各个地区的不同高校或科研机构，如上海交通大学、漳州师范学院、安徽大学、昆明理工大学、首都师范大学、西安外国语大学、中国社会科学院、厦门大学、四川美术学院、四川大学锦城学院、四川社会科学院等。不仅如此，该书还提到当下文学人类学研究群体主要在国内几个城市和高校形

47　萧兵：《文学人类学：一种生存方式》，载黄玲主编：《文学人类学研究的理论与实践：全 2 册》，光明日报出版社，2018 年，第 3 页。

48　参见唐启翠，叶舒宪：《文学人类学新论——学科交叉的两大转向》，复旦大学出版社，2019 年，第 351-352 页。

成了以"读书会"形式为依托的多个学术小组[49]，这些小组所致力的学术实践是新世纪中国文学人类学新发展的重要体现。

中国文学人类学发展到今天，已经形成了一个较为完整的体系格局，经过几十年的发展，逐步建构起一套中国文学人类学理论体系。对于中国文学人类学在新时期以来的主要探索领域及其成果，徐新建教授将其总结为五个面向：经典与重释；原型与批评；文学与仪式；民歌与国学；神话和历史。[50]

在"经典与重释"方面，其中心议题为以"文化阐释"为核心的研究范式变革，代表性成果有"中国文化的人类学破译丛书"（1991-2005）[51]。其中，萧兵先生的《楚辞的文化破译——一个微宏观互渗的研究》作为该丛书的首发著作，不仅显示出了这批学者对当时所要从事的学术研究以及所要创建的理论体系的蓝图和构架，同时的确也给当时的学界带来了不小的震撼。总的来看，这套丛书在方法和视野上的创新体现在以下几个方面：第一，对中国传统国学及其方法考据学的革新与超越；第二，在继承闻一多、郑振铎等学术前辈的"文学人类学"实践基础上，结合与吸收20世纪中期至下半叶以来西方人类学理论新成果，逐步建立起跨文化的比较分析以及跨学科的整合实践等方法体系；第三，"微宏观互渗，点线面结合"[52]。

在《诗经的文化阐释——中国诗歌的发生研究》"自序"中，叶舒宪教授通过"二重证据法"对考据学的更新以及"二重"到"三重"学理演进对于中国古史研究开创性意义的阐释，指出将世界范围内的民俗和神话材料用于中

---

49 具体有：北京读书会（以中国社会科学院文学研究所为固定地点），上海读书会（以上海交通大会人文学院为固定地点），成都读书会（以四川大学文学与新闻学院为固定地点），西安读书会（以陕西师范大学文学院为固定地点），湖北恩施读书会（以湖北民族学院文学与传播学院为固定地点）等。参见唐启翠，叶舒宪：《文学人类学新论——学科交叉的两大转向》，复旦大学出版社，2019年，第351页。

50 徐新建：《文学人类学的中国历程》，《西南民族大学学报（人文社会科学版）》2012年第12期，第183-185页。

51 萧兵：《楚辞的文化破译——一个微宏观互渗的研究》（1991）；萧兵，叶舒宪：《老子的文化解读——性与神话学之研究》（1994）；叶舒宪：《诗经的文化阐释——中国诗歌的发生研究》（1996）；萧兵：《中庸的文化省察——一个字的思想史》（1997）；臧克和：《说文解字的文化说解》（1997）；王子今：《史记的文化发掘——中国早期史学的人类学探索》（1997）；叶舒宪，萧兵：《山海经的文化寻踪——"想象地理学"与东西文化碰触（上下）》（2004）；叶舒宪：《庄子的文化解析——前古典与后现代的视界融合》（2005）。

52 叶舒宪，萧兵，王建辉：《"中国文化的人类学破译系列"的说明》，载萧兵：《楚辞的文化破译——一个微宏观互渗的研究》，湖北人民出版社，1991年，第3页。

国文史的研究，使得这些人类学意义上的材料获得了和"一重"经史文献材料以及"二重"地下出土材料同等重要的地位，使得"第三重证据"的方法和思路得以逐渐发展。不过，他亦提醒应注意避免对这一方法的盲目"崇拜"，前人的实践历史告诉我们，对其正确的做法是"变单向的移植与嫁接为双向的汇通与相互阐发"[53]。换言之，在文化全球化的语境中，中国学者在对新的西方理论进行译介和引用时，不仅要注意阐发"本民族最富特色的一面"[54]，并以此建构中国本土化的理论体系，更为重要的是一定要具有"人类文化总体"和"世界学术总体"的自觉和眼光。

据此，叶舒宪教授援用弗莱和列维-斯特劳斯关于人类学的理论来重新研究中国的典籍，在撰写《英雄与太阳——中国上古史诗的原型重构》（1991）、《中国神话哲学》（1992）、《高唐神女与维纳斯》（1997）、《文学人类学探索》（1998）等一系列著作的过程中，不仅熟练地运用"第三重证据"，还对其进行更为深入的思考，在此基础上提出了中国文学人类学重要的方法——"四重证据法"。"第四重证据"主要是吸收了人类学"物质文化"的概念，"将出土或传世的古代文物及图像资料作为文献之外的第四重证据"[55]，其目的是深入并探明一直以来被"误读"为"文化小传统"实则为"文化大传统"的史前文明[56]，主要的代表作有《熊图腾——中华祖先神话探源》（2007）、《神话意象》（2007）。关于"四重证据法"的总体性研究，有杨骊和叶舒宪编著的《四重证据法研究》，该书通过学理源流、方法论价值以及学术实践诸多方面梳理与总结了"四重证据法"的"前世今生"，指出该方法"为研究者提供更为充分的手段，尽量细致入微地重构非实体化的'文化文本'"[57]。

在"原型与批评"方面，其实践的核心理念是将"原型"视为文学和人类学的链接点与汇通处，是跨文化阐释之所以能够有效展开的关键所在，而"神

---

53 叶舒宪：《自序人类学"三重证据法"与考据学的更新》，载叶舒宪：《诗经的文化阐释中国诗歌的发生研究》，陕西人民出版社，2004年，第12页。

54 叶舒宪：《自序人类学"三重证据法"与考据学的更新》，载叶舒宪：《诗经的文化阐释中国诗歌的发生研究》，陕西人民出版社，2004年，第16页。

55 唐启翠，叶舒宪：《文学人类学新论——学科交叉的两大转向》，复旦大学出版社，2019年，第153页。

56 关于"大传统"和"小传统"，叶舒宪教授指出："大传统指汉字产生之前就早已存在的文化传统，小传统指汉字书写记录以来的文明传统。"参见叶舒宪：《图说中华文明发生史》，南方日报出版社，2015年，第2页。

57 杨骊，叶舒宪编著：《四重证据法研究》，复旦大学出版社，2019年，第292页。

话"正为"原型"的追溯与探求提供了"源"与"流"的通路。在对中国神话原型的考证与探究过程中，《文学人类学新论》一书指出，"物"与"器"成为探明中国神话原型的重要介质，或者说它们本身就是中国神话原型的组成部分[58]。其中，与"物"、"器"这种多属于展演性表述的原型不同，"汉字"原型与"象"的关系，则属于形意性表述[59]。此外，"原型"还广泛地存在于"仪式"、"图腾"等世界文化事象之中，它们与"神话"一起，共同构成了文学人类学跨文化阐释的重要内容。

关于"神话—原型批评"，叶舒宪教授自上个世纪 80 年代中期开始关注以来，已经发表了不少相关著述，如发表于 1986 年的文章《神话—原型批评的理论与实践（上）》，即对弗莱的"文学人类学"有所论述，据《文学人类学新论》一书，这是"文学人类学"一词首次出现在中国学者的论撰当中[60]。此外，在文章《原型与汉字》（1995）以及论著《中国神话哲学》（1992）、《原型与跨文化阐释》（2002）一系列研究中，叶舒宪教授不仅关注富有中国文化特征的原型，同时对具有跨文化普遍性的原型予以通观，在对"三重证据"乃至"四重证据"的综合运用中，将"中学"与"西学"打通，构建起跨文化阐释的学理脉络与总体思路。

另外，在上个世纪 80 年代，一些学者还运用"原型"理论分析中国古典的与当代的各类文学现象和作品，如方克强教授在《文学人类批评》（1992）一书中对原始主义批评以及神话原型批评的阐释，其中就包括了新时期寻根文学、新文学的中国梦等时代议题以及《红楼梦》《西游记》为代表的中国古典小说和现代动物小说等具体对象和内容。对于该时期有关"原型与批评"的讨论和实践，徐新建教授指出，其不仅通过学术作品的发布使关于"文学人类学"的理论得到梳理与深入，而且还经由专业设置与课程教学等方式使其在中国学术界得到了传播和扩展。[61]

---

58 唐启翠，叶舒宪：《文学人类学新论——学科交叉的两大转向》，复旦大学出版社，2019 年，第 211 页。

59 唐启翠，叶舒宪：《文学人类学新论——学科交叉的两大转向》，复旦大学出版社，2019 年，第 211 页。

60 唐启翠，叶舒宪：《文学人类学新论——学科交叉的两大转向》，复旦大学出版社，2019 年，第 218 页。

61 徐新建：《文学人类学的中国历程》，《西南民族大学学报（人文社会科学版）》2012 年第 12 期，第 184 页。

在"文学与仪式"方面，通过仪式理论将"仪式—戏剧"、"神话—仪式"以及"物的仪式叙事"相互打通，探究"仪式"与"文学"、"原型"之内在关联。在《文学与仪式》（2019）书中，彭兆荣教授通过对西方文学传统中的"酒神"与"悲剧"作为论说的起点，深入演绎西方传统文化中"悲剧—酒神"的生命逻辑，"悲剧"是对人类普遍与深层心理的反映，而"酒神"正是其"原型"所在[62]。在对关于"酒神"的"祭祀仪式"的深度分析中，"不仅从人类学角度把文学与仪式相互关联"[63]，更为重要的是对原有的文学概念以及文字文本的超越，这里的"文学"被视为一种"仪式"，它不再僵化于静态的文字文本之中，而具有了日常的、活态的、流动的以及展演的新特质，大力地拓展了人们对"文学"的认识与感知。

在"民歌与国学"方面，通过对精英与民众、雅与俗、汉与非汉的层级破除与互通，对民族、民间和民俗文学与文化的历时挖掘与共时考察，经由人类学的视野重新认识文学，在"人学"的基础上进一步探究"大文学"、"活态文学"、"神性文学"以及"生命文学"的意义与向度，达成文化的阐释与复归。如徐新建教授在《民歌与国学》（2006）一书中，通过对民国早期发起于北京大学的"歌谣运动"的考察与回顾，反思中国传统文化中的"官—士—民"结构及其对民间文化、民俗传统的差异立场和形成原因，以此检视中西文化之关联，并回应世界学术中的"跨文化研究"和"比较诗学"潮流。[64]如果说《民歌与国学》是对历史之维的凸显，那么《侗歌民俗研究》（2011）则是对"民歌"的"现时"考察，其研究不仅是对当下中国少数民族尤其是"无字文化"的深度关注，更是对中国文化"多元一体"的阐释与注解，同时也是对"文学人类学"方法实践与理论建构的本土化探索。[65]

在"神话和历史"方面，体现为两个向度，一个是由"文学文本"到"文化文本"的范式转移，其中"四重证据法"、"神话中国"、"玉教信仰"（"白玉

62 彭兆荣：《再版序言：人生如戏，对酒当歌》，载彭兆荣：《文学与仪式——酒神及其祭祀仪式的发生学原理》，陕西师范大学出版总社有限公司，2019 年，第 1-3 页。

63 徐新建：《文学人类学的中国历程》，《西南民族大学学报（人文社会科学版）》2012 年第 12 期，第 184 页。

64 徐新建：《民歌与国学——民国早期"歌谣运动"的回顾与思考》，巴蜀书社，2006 年，绪论第 1-2 页。

65 徐新建：《侗歌民俗研究》，民族出版社，2011 年，前言第 1 页。

崇拜")[66]以及"N级编码"[67]都是对"文化文本"进行多角度阐释的视野与方法；另外一个则是在"数智人文"的全球语境下将"神话"与"科幻"打通，提出"神话是科幻的原型，科幻是未来的神话"以及"神话与科幻并置的文学生活"等学术论断。

就第一个向度而言，叶舒宪教授重构了由"中国神话"到"神话中国"的范式转换。以前，中国学界对于"神话"的认识基本上是基于"文学本位"，以找寻、界定"中国神话"为基础工作，而"神话中国"[68]是将"神话"视为一种"思想资源"、"文化原型编码"[69]，是未分化时期的文、史、哲、政、经、法的共同源头[70]，因此其所要揭示的是一种"内在价值观和宇宙观所支配的文化编码逻辑"[71]。关于"神话中国"的学理性论述，见于叶舒宪教授《神话—原型批评》（1987）、《结构主义神话学》（1988）、《探索非理性的世界：原型批评的理论与方法》（1988）、《儒家神话》（2011）、《金枝玉叶——比较神话学的中国视角》（2012）等论著。另外徐新建教授以"龙传人"和"狼图腾"为代表的当代"新神话"表述案例为对象，对"神话中国"进行回应与展开[72]。

就第二个向度而言，则是将人类的文学"幻想"纳入"数智时代"，经由"幻想"将历史中的神话与当下的科幻互相接通，并由此提出在人工智能、"数

66 参见叶舒宪：《玉教与儒道思想的神话根源——探索中国文明发生期的"国教"》，《民族艺术》2010年第3期，第83-91页；《从"玉教"说到"玉教新教革命"说——华夏文明起源的神话动力学解释理论》，《民族艺术》2016年第1期，第15-24页。

67 参见叶舒宪：《文化文本的N级编码论——从"大传统"到"小传统"的整体解读方略》，《百色学院学报》2013年第1期，第1-7页。

68 "神话中国"指的是按照"天人合一"的神话式感知方式与思维方式建构起来的5000年文化传统，它并未像荷马所代表的古希腊神话叙事传统那样，因为遭遇到"轴心时代"的所谓"哲学的突破"，而被逻各斯所代表的哲学和科学的理性传统所取代、所压抑。参见叶舒宪：《金枝玉叶——比较神话学的中国视角》，复旦大学出版社，2012年，第42页。

69 唐启翠，叶舒宪：《文学人类学新论——学科交叉的两大转向》，复旦大学出版社，2019年，第231页。

70 唐启翠，叶舒宪：《文学人类学新论——学科交叉的两大转向》，复旦大学出版社，2019年，第230页。

71 唐启翠，叶舒宪：《文学人类学新论——学科交叉的两大转向》，复旦大学出版社，2019年，第231页。

72 徐新建：《当代中国的民族身份表述——"龙传人"和"狼图腾"的两种认同类型》，《民族文学研究》2006年第4期，第107-111页。

能革命"的挑战之下，人类及人文该何去何从？对此，徐新建教授在多篇文章中发表其看法。《数智时代的文学幻想》将目光聚焦于"数智时代"，提出在面对诸如人工智能等技术的冲击之下，"文学"的未来如何，人类将不得不面临选择。当下的现实语境是，即便有魔幻、史幻、科幻等文学幻想的融入和参与，但关于人智与数智的未来交锋仍不甚明朗且不容乐观。[73]《人类学与数智文明》则是在"人类世"的意义上将"人类学"与"数智文明"关联互通，提出数智时代人类学完整体系的五个维度，即"上山"、"下乡"、"进城"、"入网"、"反身"，并由此对人类学的未来演化进行展望。[74]

以上是通过"经典与重释"、"原型与批评"、"文学与仪式"、"民歌与国学"以及"神话和历史"五个方面对新时期以来中国文学人类学理论建设上的总体推进的一个概览。此外，作为产生于交叉地带的"文学人类学"来说，关于其学理的探索还将随着新问题、新案例的出现而继续迈进。近来，中国文学人类学学界的重要学术动向与前沿议题主要体现在以下几个方面：

其一，以叶舒宪教授和李继凯教授主编的《文化文本第 1 辑》[75]出版为标志。"文化文本"以寻找一种"文化潜规则"的东西为核心任务，代表一种对学术范式的突破，不啻为"一场认知革命"[76]，是当下文学人类学研究理论建构与范式革新的重要动向。

其二，以彭兆荣教授提出的"文学民族志"为标志。对此，彭兆荣教授在多篇文章中强调"文学民族志"是一种实验方式，它是一个集合了多学科、多

73　徐新建：《数智时代的文学幻想——从文学人类学出发的观察思考》，《文学人类学研究》2019 年第 1 辑，第 14 页。

74　徐新建：《人类学与数智文明》，《西北民族研究》2021 年第 4 期，第 6 页。

75　《文化文本》是由中国比较文学学会文学人类学研究分会与陕西师范大学人文社会科学高等研究院、上海交通大学神话学研究院合作编辑出版的学术理论专刊，第一辑由商务印书馆 2021 年出版，第二辑《大传统与大历史》专号，第三辑《三星堆》专号等，将由中信出版集团 2022 年出版。参见李继凯，叶舒宪主编：《文化文本第 1 辑》，商务印书馆，2021 年。

76　对此，叶舒宪教授指出："从文学人类学视角看，文化文本不是指客体存在的、静止不动的文本，而是带有历史深度认知效应的一种生成性概念，是指在主客相互作用下不断生成和演变之中的文化符码系统本身。相对于后代的一切文本（不论是语言文字的还是非语言非文字的），文化文本的源头期最为重要。没有源头的，即没有找到其原编码的文本，是没有理论解释力的。"参见叶舒宪：《文化文本：一场认知革命》，载李继凯，叶舒宪主编：《文化文本第 1 辑》，商务印书馆，2021 年，第 3 页。

方面、多维度（"四合四维"[77]）的方法论范式研究。其目的主要是建立起一个文学不仅"源于—高于"，而且还要"回于"生活的完整结构和往来互动，同时也对文字进行反思性表述并展开"多重考据"的运用。[78]目前"文学民族志"主要运用在中国乡土文学研究当中，如彭兆荣教授对贾平凹《秦腔》的研究[79]，巴胜超对民间叙事长诗《阿诗玛》的研究[80]等。

其三，以徐新建教授提出的"数智人类学"为标志。对此，徐新建教授将"人类"置于地球史的时空坐标，指出当下的人类学发展所面临的现实是"人类世"的全面来临，其特征表现为以计算机和互联网迅猛发展所带来的诸如人工智能、虚拟现实以及脑机融合等新事象，意味着人类已经进入了一个新的纪元，即"人机交汇时代"。面对这一现况，问题随之出现——"人类故事还能否延续下去？"此情此景，人类该做何选择？文学人类学该走向何方？[81]

二、年会聚交

自 1997 年中国文学人类学第一届年会在福建厦门大学召开以来，时至今日，已经召开了八届年会。在相隔 24 年以后，第九届年会拟定于 2021 年 12 月在福建集美大学召开。回望这段"年会史"，其每一届年会召开的地点、参与的学人以及聚焦的主题，都显示出中国文学人类学"多地发展，对话共生"的整体局面。

---

77 所谓"四合"，指文学民族志是一个"四合一"的立体表述，包含了作家、作品、当事人（或对象），以及民族志者对"事实"进行"田野作业"（fieldwork）的深描性表述。所谓"四维"，指由此连带性地推展出阐释的"四种维度"：作家、读者、当事者、人类学者在不同语境、不同时代所包含的阐释性之间的巨大维度。参见彭兆荣、杨娇娇：《乡土的表述永远的秦腔——贾平凹小说〈秦腔〉的人类学解读》，《暨南学报（哲学社会科学版）》2019 年第 4 期，第 3 页。

78 彭兆荣：《文学民族志：一种学科协作的方法论范式》，《青海社会科学》2020 年第 3 期，第 103 页。

79 彭兆荣、杨娇娇：《乡土的表述永远的秦腔——贾平凹小说〈秦腔〉的人类学解读》，《暨南学报（哲学社会科学版）》2019 年第 4 期，第 2-9 页。

80 巴胜超：《作为日常生活的民间文学：叙事长诗〈阿诗玛〉的文学民族志》，《百色学院学报》2020 年第 4 期，第 7-14 页。

81 相关论述参见徐新建教授文章：《人类世：地球史中的人类学》，《青海社会科学》2018 年第 6 期，第 1-11 页；《"数能革命"的新挑战》，《跨文化对话》2018 年 12 月总第 41 辑，第 223-239 页；《数智时代的文学幻想——从文学人类学出发的观察思考》，《文学人类学研究》2019 年第 1 辑，第 3-15 页；《数智革命中的文科"死"与"生"》，《探索与争鸣》2020 年第 1 期，第 23-25 页；《人类学与数智文明》，《西北民族研究》2021 年第 4 期，第 1-10 页。

1997 年 11 月 13 日至 17 日，第一届中国文学人类学研讨会在厦门大学举行，这是"中国比较文学学会文学人类学研究分会"自成立以来的首届研讨会，对于从事文学人类学相关研究的中国学者而言，其意义不言自明。作为一个初步确立起来的交叉学科，"文学人类学"应如何定位，自然成为学者们最为关心的核心议题。在彭兆荣教授为此次年会撰写的会议综述当中，他指出，"文学与人类学缘何走到一起"、"它们之间有什么同质性"[82]等问题受到了与会学者的强烈关注。就此问题，乐黛云教授、李亦园教授以及叶舒宪教授都分别给出了自己的看法和意见[83]。将问题展开，又关涉到"学科整合"、"方法借用"以及"知识体制"等各类议题，与会学者如萧兵教授、杨儒宾教授、梅新林教授、王宾教授以及徐新建教授等，分别从各自的言说对象和分析案例入手，共同对"文学人类学"这一"新生事物"的建立、发展以及界定展开了既广且深的讨论。有关这一届年会的讨论成果，其后结集为《文化与文本》(1998) 一书出版。

时隔八年，第二届年会于 2005 年 5 月 13 日至 17 日在湖南湘潭市举行，由湖南科技大学和湘潭大学共同主办。八年过去，此次年会相较于首届，显示出中国文学人类学研究者们在有关"文学人类学"核心议题方面的进一步聚焦与开拓。在潘年英、杨昌国、晏杰雄等学者为年会撰写的会议综述的标题中便可见一斑。首先，在理论建构方面，重点对"跨文化阐释"、"文学与文化"、"文学人类学"等论域进行了多方对话与深度阐释，其内容涵盖了"知识全球化与文学研究"、"人类学视野下的文学研究"、"原始主义"、"原型批评"、"文化文本"、"书写与口传"、"文学与性别"等多个面向；其次，在学科建设方面，努力破除僵化的学科界限，致力于发掘学科交叉地带的学术生命和力量，将"文学人类学"作为由跨学科研究到交叉学科建设的践行对象，进一步探讨

82　彭兆荣：《首届中国文学人类学研讨会综述》，《文艺研究》1998 年第 2 期，第 155 页。

83　乐黛云教授结合文化的多元主义、文化相对主义以及"中心—边缘"等时代命题的分析，指出在文化转型时代的学术转型应归结于对"人类"的普遍关怀。文学人类学即是在如此学理下的一种学术结合，因而它是一个充满希望的学术新事物。就学术的逻辑前提而言，二者具有内在"同质性"。李亦园教授指出，文化人类学本身是一门比较的学问，因此比较文学与文化人类学可以获得学理上的共同前提。然而人类学的比较领域相对文学更为宽广，前者侧重于民族的、口传的、变迁的展演性 (performance)，后者则倚重文字的、确定的文本研究。二者虽各有侧重，但也各有偏颇，进行学科上的互补无疑有益。叶舒宪教授认为既然学科之间的界限并非一开始就形成，且不是亘古不变，那么今天就给文学人类学一个僵死的定位既不易亦无益。参见彭兆荣：《首届中国文学人类学研讨会综述》，《文艺研究》1998 年第 2 期，第 155 页。

"文学人类学"未来发展的道路和方向。[84]此次年会的成果结集为《国际文学人类学研究》（2006）[85]一书出版。

　　与第二届年会相隔不久，紧接着的第二年，也就是 2006 年 10 月 28 日到 29 日，第三届年会便在兰州的西北民族大学召开。此次年会围绕"文学人类学"的讨论进一步聚焦，主要涉及到"生死观"、"地域传统与文明起源"、"历史与民族志书写"以及"文学与治疗"[86]几个主题。通观这几个主题，其涵括的问题域、对象域以及方法论都显示出对"文学人类学"有效向度的多维展开。经过此番研讨，学者们更加坚信文学与人类学的联结，不仅使"文学"的意义得以延伸和扩展，更是从跨文化比较的视野之中发现并反思中国历史与文化的起源和发展问题。

　　此后，至第六届年会，都是每两年举办一次。2008 年 11 月 28 日到 12 月 1 日，第四届年会在贵阳举行，由贵州民族学院、贵州民族科学研究院承办。此次年会的主题为"神圣与世俗：人类学写作的思考和对话"，参会者就"人类学转向"、"人类学写作"以及"真实性"等议题提出了各自的看法。作为 20 世纪兴起于西方土壤的人类学，对世界人文社会科学的研究范式产生了重要影响，文学创作者借用人类学的方法进行创作，同时人类学界也在不断地思考民族志写作中的"科学性"与"虚构性"的关联。此外，还有学者对口传、考古以及图像等事象予以关注。[87]叶舒宪教授在为此次年会撰写的总结辞中指出，他是想将文学作为一种文化资源，从人类学跨学科的视野将中国文化展示或书写出来。[88]此次年会的成果结集为《人类学写作——中国文学人类学研究

84 参见潘年英：《破学科壁垒跨文化阐释——"中国文学人类学第二届学术年会"论文述评》，《百色学院学报》2008 年第 5 期，第 6-9 页；杨昌国，晏杰雄：《人类学为文学带来福音——中国文学人类学第二届学术研讨会综述》，《湘潭大学学报（哲学社会科学版）》2005 年第 4 期，第 108-110 页。

85 该书将年会成果分为"文学人类学研究"、"神话研究"、"理论研究"、"专题综述"、"萨满教与中国文化"几个部分，可以在某种意义上看到该时期中国文学人类学研究者普遍关心的一些重要问题。参见叶舒宪主编：《国际文学人类学研究》，百花文艺出版社，2006 年。

86 王倩，唐启翠：《中国第三届文学人类学年会召开》，《民族文学研究》2007 年第 1 期，第 177 页。

87 谢美英：《"人类学转向"的对话与交流——中国文学人类学第四届学术年会综述》，《百色学院学报》2008 年第 6 期，第 14-17 页。

88 叶舒宪：《符号经济与文学人类学——中国文学人类学第四届年会学术总结辞》，《符号与传媒》2011 年第 4 期，第 55-60 页。

会第四届年会文辑》（2010）[89]出版。关于这届年会还值得一提的是其会议形式，在沿袭圆桌讨论的同时，将会议结构改变为主题演讲、专题发言以及青年论坛三个部分。[90]在大会闭幕式上，创建起了由年轻学者组成的"中国文学人类学青年委员会"，并筹划开展《中国文学人类学研究会通讯》（电子版）的编辑工作。[91]

2010年6月28日至30日，第五届年会在广西南宁举行。该届年会以"表述'中国文化'：多元族群与多重视角"为主题，这一主题的确定不仅与国内比较文学等领域的"表述中国"相呼应，也是对世界性前沿学术的自觉与回应。[92]与会学者分别就"表述"以及"中国文化"等关键词展开阐述，关注民族\民间文学的历史功能和现实境遇，讨论人类学民族志的纪实与想象。[93]关于"表述问题"，徐新建教授将其视为文学人类学的"起点"和"核心"，是对第四届年会的"人类学写作"主题的一种深化和延续。"表述问题"之所以重要，是因为其不仅关系到文学人类学的学科基础和未来发展，更是缘于其背后所体现出来的对世界历史与现实的整体观照。无论是世界还是中国语境之中，族群历史与文化、身份认同、"自我—群体—人类"叙事分层诸多面向，皆广泛关涉"表述问题"。因此，"表述"既是文学人类学的起点和核心，亦为人类文化的根本问题。[94]此外，该届年会还在理论建设方面广泛促进了中国大陆学者与中国台湾学者以及海外学者的交流和对话；同时也在学科体系方面提出了文学人类学教学与教材建设的需求和要求。

2012年6月8日至12日，第六届年会在重庆文理学院举行。此次年会的主题聚焦"重估大传统：文学与历史的对话"，通过对文学人类学的"大传统"

---

89 徐新建主编：《人类学写作——中国文学人类学研究会第四届年会文辑》，四川大学出版社，2010年。

90 谢美英：《"人类学转向"的对话与交流——中国文学人类第四届学术年会综述》，《百色学院学报》2008年第6期，第17页。

91 "艺术学人"微信公众号：《学会：中国文学人类学研究会》，https://mp.weixin.qq.com/s/6yVCIvP9hhvv586UE1zfAw，2017-04-19。

92 杨骊：《表述"中国文化"：多元族群与多重视角——中国文学人类学研究会第五届学术年会侧记》，《百色学院学报》2010年第5期，第14-15页。

93 龙仙艳：《表述"中国文化"：多元族群与多重视角——中国文学人类学第五届年会简述》，《重庆文理学院学报（社会科学版）》2010年第6期，第16-17页。

94 徐新建：《表述问题：文学人类学的起点和核心——为中国文学人类学研究会第五届年会而作》，《西南民族大学学报（人文社会科学版）》2011年第1期，第149-154页。

与"小传统"；神话历史；口传与文本；遗产与历史；族群与历史以及四重证据法等分论题的深入解读与阐释，以此强调文学人类学是对既有文明史及其叙事范式的超越，是在人类学视野下经由多学科知识整合来重新认识中国历史与文化，并对既有的学科分科制度进行反思。[95]在"重估大传统"的整体思路下，应如何走进历史去发现和挖掘被遮蔽了的"大传统"，成为与会学者重点关注的问题。以此为基础，"神话历史"、"文化遗产"以及"多元族群历史"都成为思考文学与历史对话以及对中国历史文化进行再认识与再表述的重要路径。在方法论的探索方面，则是对"四重证据法"之于"阐释性"与"实证性"的互补与再造问题予以了强烈的关注和深入的探讨。[96]另外，此次年会延续了对年轻学术力量关心与重视的传统，不仅同时召开了第二届青年学术论坛，与往届年会不同的是，还首次设立了"中国文学人类学研究会首届优秀青年论文评选"活动[97]，鼓励并激励青年学者对文学人类学的大胆创新与积极开拓。

时隔五年，中国文学人类学研究会第七届年会于 2017 年 4 月 15 日至 16 日在上海交通大学举办。这届年会是继 1997 年首届年会后 20 年发展的一个阶段性总结。其大会主题"重述中国：文学人类学的新话语"是基于第五届年会"表述'中国文化'"和第六届年会"重估'大传统'"等前期学理实践和学术积累而提出的文学人类学新话语和未来发展方向。叶舒宪教授指出，"重述中国"的背后实际上展现的是近十年来文学人类学学者在建立中国本土文化理论体系方面的探索与努力，具体而言，以符号编码理论、四重证据法为学科特色理论[98]，显示了中国本土学者在人文理论方面的"深刻反思及再造"[99]。关于"如何重述中国"，学者们分别从不同的视角和维度进入和展开，主要包括了三个层面：其一，四重证据以及五种叙事及其与之关联的编码论、大小传

95 谭佳：《"中国文学人类学研究会第六届学术年会"在重庆召开》，《民族文学研究》2012 年第 4 期，第 177 页。

96 杨骊：《重估大传统：文学与历史如何对话——中国文学人类学研究会第六届年会学术观察与述评》，《社会科学家》2012 年第 7 期，第 27-31 页。

97 谭佳：《"中国文学人类学研究会第六届学术年会"在重庆召开》，《民族文学研究》2012 年第 4 期，第 177 页。

98 叶舒宪，徐新建：《重述中国：文学人类学的新话语——中国文学人类学研究会第七届学术年会会议综述》，《百色学院学报》2017 年第 3 期，第 2 页。

99 谭佳：《重述"神话中国"——中国文学人类学研究会第七届学术年会简评》，《民族文学研究》2017 年第 5 期，第 176 页。

统、文化文本、神话历史；其二，多民族文学以及与之关联的整体文学观、大文学观、活态文学观；其三，非物质文化遗产的中国故事，包括传承制度、个案研究、文本分析、方法论等。在会议总结中，徐新建教授提出，此次年会正是在对过去的总结中形成新的认同和起点，在文学人类学肩负起扩展文学视野和重述中国这一学术担当的同时，继续朝着形而上的提升以及人文关怀方面迈进。[100]其后此次年会的成果被提炼、整合为《重述神话中国——文学人类学的文化文本论与证据间性视角》（2018）[101]一书出版。

2019 年 11 月 23 日至 24 日，第八届年会在广西民族大学召开。此次会议的主题"神话与幻想：从萨满田野到科幻叙事"通过对"人"的"幻想"及其"表述"的思考，将文学人类学既有研究中的"文学"和"人类学"两个维度再次深度贯通，在"人之为人"的根基性探寻中再度激活文学人类学的阐释力与生命力。关于"神话"与"幻想"的讨论，在三个平行论坛中得以展开，分别为：其一，"东西方的幻想传统：萨满、巫术与民族志"；其二，"神话源流与科幻叙事"；其三，"文学人类学的理论展望"。[102]通观这些研究，其内容贯通古今、横跨中西，不仅如此，尤其值得注意的是对现实的紧密结合，通过"幻想的人"这一视域，将神话与科幻互相连接，将人类当下与未来所要面对的现实语境即"数智世界"纳入文学人类学的对象和问题范围，在接续既有研究的同时，不断保有"文学人类学"的交叉性、前沿性以及动态结构，以此使学术研究得以继续推进。"文学民族志"的提出与实践则是从文学人类学的视角对人类学民族志书写、民族志诗学以及"文学性"与"人类学性"等问题作出的进一步延展和引申，即对"人—文"关系的整体呈现[103]。此外，该届年会设有特别专题"广西多民族文学与文化"以及延续了前几届年会传统的"青年论坛"，与会学者与学生围绕着"神话与幻想"主题，通过不同的视角和对象，

100 叶舒宪，徐新建：《重述中国：文学人类学的新话语——中国文学人类学研究会第七届学术年会会议综述》，《百色学院学报》2017 年第 3 期，第 6 页。

101 参见叶舒宪主编：《重述神话中国——文学人类学的文化文本论与证据间性视角》，上海交通大学出版社，2018 年。另有书评文章，参见安琪：《从证据间性看无处不在的大传统——评〈重述神话中国：文学人类学的文化文本论与证据间性视角〉》，《百色学院学报》2019 年第 6 期，第 12-16 页。

102 《中国比较文学学会文学人类学研究会第八届年会暨学术研讨会顺利召开》，《文学人类学研究》2019 年第 2 辑，第 2 页。

103 赵周宽：《"文学民族志"与文学人类学的"人类学性"——文学人类学第八届年会暨学术研讨会侧记》，《国际比较文学》2020 年第 1 期，第 186 页。

展示出对文学人类学的积极思考和广泛探索。

值得特别提出的是，在年会集中于理论探讨和学理交流外，同时举办了第五届文学人类学诗会暨少数民族语言诗歌朗诵会"母语之歌"[104]，这是继成都举办的前四届诗会[105]后的又一次对多元文化的热烈展示，是对"学术研讨"和"课堂教学"的模式创新与两相呼应，在促进交流、扩大影响等方面均有重要的意义。

关于第九届年会的最新消息，据《会议通知》将于2021年12月在厦门市的集美大学举行，这一届的会议主题为"新文科、新方法、新理论：文学人类学的多向选择"，具体在五个分议题中展开：第一，文学人类学四十年：理论创新之路；第二，文学人类学与新文科拓展；第三，文学人类学的个案研究；第四，文学人类学的多样教学与国际交流；第五，专题圆桌"文学与海"。[106]从主题和分议题的内容来看，这届年会是对第十三届中国比较文学年会文学人类学分论坛所聚焦的"新文科背景下的文学人类学"的一个延续[107]，需要进一步关注。不过，在笔者撰写此文之时，年会还未召开，期待在第九届年会上研究者们对于文学人类学所面临的新问题而展开的对于新方法和新理论的思考与推进。

第三节　个案：在地研究，同中有异

正如前文所述，新时期以来，不论是作为学术话语、学会名称，还是作为交叉学科的"文学人类学"，都是一个具有整体性的概念。但是通观这一"整体"在中国几十年的发展，除了在"多地发展"中保有一种"对话共生"的总体格局

---

104 "文学人类学"微信公众号：《文学人类学研究会第八届年会暨学术研讨会学术论坛发言总结》，https://mp.weixin.qq.com/s/yMDkCvofijPhi3nu6Hzwpg，2019-11-29。

105 第一届："诗·母语·我们的时代"（2012）、第二届：中国文学人类学春季诗会（2014）、第三届：与AlesStager共度诗歌之夜（2015）、第四届：世界少数族裔诗会：跨越时空的相遇（2016）。

106 "文学人类学"微信公众号：《中国比较文学学会文学人类学研究分会第九届学术年会通知（第1号）》，https://mp.weixin.qq.com/s/zD0rfIExdJGYPSG8gn2CkA，2021-09-24。

107 "文学人类学"微信公众号：《新文科背景下的文学人类学——第十三届中国比较文学年会文学人类学分论坛综述》，https://mp.weixin.qq.com/s/ErvJ2G3FNe7Yo82Y_q-m6g，2021-08-02。

外，实际上也在"在地研究"的发展中显示出"同中有异"的差异面向，也正是因为这些"同中之异"的存在，使得中国文学人类学研究不断焕发出学术生机。

一、聚焦四川大学

"聚焦四川大学"实际上包含了两个问题：第一，文学人类学在四川大学；第二，为什么要"聚焦四川大学"。关于这两个问题已经在绪论部分展开过论述，总结起来，可以归纳为两点：首先，就中国文学人类学整体来看，四川大学文学人类学[108]是其重要组成；其次，通过对"个案"的整理与研究，挖掘与发现"同中之异"，既是对个案本身进行更为清晰细致的梳理总结，亦使"整体"更为"完整"，这并不是说现在的"整体"不"完整"，而是通过这一表述来强调"同中之异"对学术生长与发展的重要性和必要性。

在此基础上，暂时将"文学人类学"视为一个可以拆分的"整体"，并回到四川大学的一段历史当中，来回顾"同中之异"其中的一个历史情形，再重新将这些被拆分了的部分弥合为一个"整体"，探求在地学术及其整体关联。

关于四川大学的这一段历史，是对文学人类学"同中之异"的生动诠释。新世纪之初，作为中国文学人类学研究会成立之初的三位重要组成人员——彭兆荣、徐新建、叶舒宪——三人皆于四川大学文新学院比较文学与世界文学专业曹顺庆老师处完成了博士毕业论文，即彭兆荣教授的《仪式谱系：文学人类学的一个视野——酒神及其祭祀仪式的发生学原理》(2002)，徐新建教授的《民歌与国学——民国时期"歌谣运动"的兴起与演变》(2002)，叶舒宪教授的《文学与人类学——知识全球化时代的文学研究》(2003)。

这一段川大的历史同时也是中国文学人类学的学术发展史，三位教授当年的博士学位论文即在"三同"的情形下展开与完成，即"同一所高校"、"同一个专业"、"同一位导师"，这三篇完成于新世纪初期的博士学位论文对于中国文学人类学其后几十年的发展有着至关重要的作用，是中国文学人类学开拓者对于"文学人类学"的一次深入思考和积极探索。然而，在"文学人类学"这一面总旗帜之下，应当看到三位学者所言说和实践的具体对象以及由此显示出来的对于"文学人类学"的理解并不全然相同，这些"同中之异"一方面

---

[108] 据徐新建教授所言，从现行的学科设置看，目前只有四川大学设立有去掉"与"字的"文学人类学"学科点，而且是从硕士、博士到博士后流动站的完整平台，是国内唯一被教育部特批的新兴二级学科。参见徐新建：《文学人类学："反身转向"的新趋势》，《中外文化与文论》2020年第2期，第45页。

体现为徐新建教授所总结的新时期以来中国文学人类学探索与实践的五个面向，即经典与重释、原型与批评、文学与仪式、民歌与国学、神话和历史；另外更为重要的是经由不同的面向所发展和创建起来的不同的方法和理论。不过，虽然他们在面向、方法、理论方面呈现出"同中之异"，但也应该反过来注意到"异中之同"。正如徐新建教授所言，在进行差异性解读的同时，还是需要搭建起可供对话的结构，以达成共识，即要相互理解[109]。

就这三篇博士学位论文而言，叶舒宪教授将文学人类学作为一种目标，其目的是想"借助于文化人类学的宽广视野来拓展我们文学研究者鼠目寸光的专业领地，从更具有整合性的文化总体中获得重新审视文学现象的新契机"[110]；彭兆荣教授则是从"仪式"出发，将西方经典性的"酒神祭仪"作为切入点，直接深入到西方文化的源头，以对"西方中心"的历史逻辑进行梳理和反思[111]，其中作为文化原型的"酒神"及其"祭仪"，正是人类学之于文学以后，在"仪式"这一面向上对文学人类学的一种实践和解读；徐新建教授将视野转向中国近现代历史之中，通过"民歌"与"国学"两个关键词，实际上探讨了两大层面的问题，其一是"民"、"歌"、"国"、"学"；其二是"民国歌学"[112]。前者是将"官—士—民"以及"雅与俗"相互打通，后者则是对"历史与未来"、"中与外"的打通，作为一个未尽的事业，"民国歌学"的问题还远远没有结束，它不仅标志着近现代时期中国本土知识分子的一个重大学术转向，更是在人类学跨文化比较的视野中继续被言说，成为在中国本土文化中探寻人类文化整体性的重要面向。

可以看到，三篇博士论文在对象选取以及关注面向上各有不同，而且这些不同也在三位学者其后的研究中多有体现，比如叶舒宪教授在"经典破译"、"文化文本"、"神话历史"、"大传统与小传统"、"玉成中国"、"四重证据法"、"N级编码"等领域的方法和理论开拓；彭兆荣教授在"文学仪式"、"文化遗产"、"文学民族志"等方面的创建；徐新建教授在多民族文学与文化、口头传

109 徐新建：《文学人类：学"反身转向"的新趋势》，《中外文化与文论》2020年第2期，第43页。

110 叶舒宪：《文学与人类学——知识全球化时代的文学研究》，四川大学博士学位论文，2003年，第105页。

111 彭兆荣：《仪式谱系：文学人类学的一个视野——酒神及其祭祀仪式的发生学原理》，四川大学博士学位论文，2002年，第1-9页。

112 徐新建：《民歌与国学——民国时期"歌谣运动"的兴起与演变》，四川大学博士学位论文，2002年，第2、6、171页。

统与民间叙事、文学生活、生死观、数智人文与科幻叙事等面向的关注与聚焦，都是对文学人类学"同中之异"的现实展现。

　　在理解"同中之异"是现代人文学术研究领域中的正常现象的同时，更加需要注意的是"同中之异"背后的"异中之同"，这才是文学人类学得以作为整体存在的基础以及学者们共同追求的目标所在。概括来看，这一"同"体现在以下三个方面：第一，文学人类学是从跨学科研究到交叉学科的确立；第二，力图将文学与人类学互相打通，最终整合为"文学人类学"这一整体；第三，统一的学科元话语[113]。如若用实例来说明的话，2008 年推出的"中国民族文化走廊丛书"对"河西走廊"、"横断走廊"、"岭南走廊"的相关研究，正体现了新世纪中国文学人类学研究诸面向在人类学意义上的"走廊"[114]学说这里得到汇合。2011 年，该丛书获得第二届中国出版政府奖提名，这使得文学人类学"以越来越引人瞩目的姿态进入学界视野"[115]，从跨学科研究朝新兴交叉学科的确立迈出坚实的一步。

　　因此，这里所讲的"聚焦四川大学"实际上是对实现"不同之和"[116]的一种努力，在经过几十年的发展后，作为新兴交叉学科的文学人类学需要"不断确立其学术专长以及未来走向"[117]。对此，徐新建教授认为较为可行的方式是"集思广益，群策群力"，"不定于一尊，不各自为政"，"携手共建，不同而和"[118]。而作为被教育部特别批准设立的四川大学文学人类学二级学科，则"在一

---

113 关于学科元话语，徐新建教授指出："作为有着相同目标的学术共同体和奠基于共同问题的知识话语，我们拥有共同的场域和平台，有着终极意义上的统一。这样的统一可称为学科的元话语，一套基础范畴和基本概念。在这个元话语的起点上，我们就可互相对话。"徐新建：《文学人类学："反身转向"的新趋势》，《中外文化与文论》2020 年第 2 期，第 49-50 页。

114 "走廊"最开始是一个地理学概念，参见窦宗仪：《"河西走廊"之历史意义》，《陇铎》1940 年第 10 期，第 11 页；人类学意义上的"藏彝走廊"研究由费孝通先生于 20 世纪 80 年代左右提出，参见费孝通：《民族社会学调查的尝试》，载费孝通：《从事社会学五十年》，天津人民出版社，1983 年，第 90 页。

115 唐启翠，叶舒宪：《文学人类学新论——学科交叉的两大转向》，复旦大学出版社，2019 年，第 217 页。

116 徐新建：《文学人类学："反身转向"的新趋势》，《中外文化与文论》2020 年第 2 期，第 43 页。

117 徐新建：《文学人类学："反身转向"的新趋势》，《中外文化与文论》2020 年第 2 期，第 41 页。

118 徐新建：《文学人类学："反身转向"的新趋势》，《中外文化与文论》2020 年第 2 期，第 41 页。

定程度上担任着高校的学科教育任务"，因此四川大学文学人类学学科点亦应担负起建设这个学科以及"完善这个体系"[119]的任务。回望历史、反观当下，四川大学文学人类学团队在多民族文学与文化、少数族裔文化、民间文学与文化、口述传统以及表述问题等研究的基础上，又结合当下人文社会科学领域普遍遭遇的科技与信息革命所带来的挑战，开启了对数智时代的关注，并就"数智人类学"、"人类世"、"科幻叙事"、"科幻与神话"等命题展开了深入地阐述。

可以说，本书虽"聚焦四川大学"，但谈论的问题是和整个中国文学人类学相关的，可以理解为是对"大处着眼，小处着手"这一方法的尝试性运用。

二、"一点多方"

这里的"一点多方"可以从两个不同的层面加以解读：其一，从字面意义来说，"一点"指的是四川大学文学人类学学科点，"多方"指的是四川省域内与文学人类学学科建设和学术研究密切关联的其它一些高校和学术机构，如西南民族大学、四川省社会科学院、四川师范大学等。其二，往大的方面来说，"一点多方"实际上是以文学人类学为聚焦所关联和凝聚起来的关于文学人类学研究的"西南力量"。可以看到，四川大学文学人类学团队与这些高校和学术机构的学人们一起，共同在学科建设、学理研究、学术互动、平台搭建、师生交往、人才培养以及校际交流等诸多方面展开深度对话与广泛合作，逐渐发展成为中国文学人类学在"西部"的重要学术力量。

具体而言，这种合作与互动不仅表现在当下的横向关联中，还在历史的纵向脉络中展示出学术的交往和承传。比如在西南民族大学任职过的一批在人类学、民族学研究领域中的著名学者李安宅、陈宗祥、玉文华等先生皆与现在的四川大学之前身的华西大学（原名华西协和大学）有着直接的关系，李安宅先生组建华西边疆研究所，是当时华西大学人类学研究的中坚力量；陈宗祥、玉文华等人则是在华西大学接受了系统的人类学学习与训练，并在其后西南民族大学的教学与研究工作中继续展开实践。再如著名的人类学家、民族学家李绍明先生，他求学、田野、工作、研究的一生正是对这种交往和承传的生动体现，李绍明青年时期在华西大学、四川大学、西南民族学院皆有过学习经历，其后又在四川省民委、四川省民族研究所从事研究，还是四川省社会科学院特

---

119 徐新建：《文学人类学："反身转向"的新趋势》，《中外文化与文论》2020 年第 2 期，第 45 页。

约研究员以及四川大学、云南大学、西南民族大学、三峡大学等高校的兼职教授。这虽然是李绍明先生作为一个学者的一生，但同时也反映了学术交往与承传的时代写照。

可以看到，在个案研究中注意到"一点多方"实际上是基于对"学术共同体"的认知。换言之，在对四川大学文学人类学学科点展开言说的同时，应该且必须关注到"学术共同体"的存在及其重要性。就本书而言，这一"学术共同体"是以地域为基础而形成的一个中国文学人类学研究的"地方学术共同体"，这一地域大致等于"蜀地"、"四川"，或者更大范围来说的"西南"。就此一地域外的人看来，这一共同体可能被视为中国文学人类学的"西部学派"；就共同体内部而言，可能情况多样。不过总体而论，形成一种对"地域共同体"的认知和意识，对于研究者个人而言是有必要的。仔细剖析，个人的学术成长离不开这样的学术交流与互动，离不开学术共同体的滋养和支持；反过来看，学术共同体的推进与发展则是建立在以学人为基础的交往与合作之上。这是一个双向互动、互相促进的循环过程。

在学科建设方面，近来西南民族大学民族语言文学研究院成功申办了一个新的交叉学科——"文学人类学与美学"。据负责人之一的刘波教授介绍，这是一个体现了多学科方法和理念的新兴学科，目前处于起步阶段，其陆续开展起来的"西南大讲堂"正是为学科建设迈出的重要一步，不仅为西南民族大学的学生们搭建起了一个新的学术交流与互动平台，也为"文学人类学"与"美学"双学科聚合起来的新交叉学科提供了学者对话互动的空间。

在人才培养方面，四川大学文学人类学学科点与西南民族大学、四川师范大学以及四川省社会科学院共建平台、资源共享，为培养文学人类学的硕士生、博士生以及博士后人才提供了优势互补、人才流动的开放空间。比如目前任职于西南民族大学的罗庆春（阿库乌雾）、刘波、王菊、王璐、罗安平、陈海龙诸位老师都在四川大学文学人类学学科点毕业、出站或正在学习。再如在四川师范大学任职的佘振华、李国太亦在四川大学文学人类学学科点取得博士学位。

实际上，上述只是通过西南民族大学、四川师范大学以及四川省社会科学院等高校和科研机构作为例子来说明在聚焦四川大学文学人类学学科点的同时，需要对"一点多方"所映射的学术横向交流互动的当下情形以及纵向学理承传的历史脉络予以关注。这不仅事关讨论文学人类学在地发展问题的视野完整性，亦为探寻中国文学人类学"同中之异"提供了更为宽阔的言说空间。

第二章　本土传统及其学理源流

在中国，讨论作为交叉学科的"文学人类学"是近几十年的事，而作为一种视野或方法的"文学人类学"则孕育于 20 世纪前期。那时，整个中国社会正处于传统嬗变和新知环涌之时代，这是一场席卷全国的巨变。在这一总体视域之下，其时学人们的"文学人类学"实践可以在更大的层面上被认为是对"传统之变"以及"新学之兴"这一时代潮流的生动体现和重要组成。不仅如此，这一潮流波及的范围之广、影响的程度之深，其中一个显著的标志即为"传统之变"以及"新学之兴"的"在地性"表现和特征，它为梳理本土传统及其学理源流提供了一个更为完整和多样的视角。

第一节　对交叉学科的滋养

从前提条件和因果关联而论，"文学人类学"这一新兴的交叉学科从孕育到确立，其中较为关键的一步便是"学科"的出现和形成。虽然"学科"因其藩篱的存在和产生的限制这一面而一直受到文学人类学学界的质疑，但不可否认的是，经过百余年的发展，"学科"体制已经成为当代中国教育制度的重要组成部分，要想一下子改变这个局面是非常困难的，因此作为交叉学科的"文学人类学"也不得不继续使用"学科"来建设和发展自身。对此，叶舒宪教授亦坦言，在学科划分既定格局尚难改变的情况下，作为学科的"文学人类学"不是目的本身，而是我们认识事物的手段，即便确立了该学科，但也不能因其限制我们认识世界、思考问题的眼界，也并不意味着作为新学科的文学人类学会一劳永逸地长存下去[1]。基于这样的"学科"意识，再走进历史，来谈本土传统及其学理源流是如何滋养了文学人类学这一新兴的交叉学科。

一、"辨章学术，考镜源流"

在《文学人类学的中国历程》文章中，徐新建教授将文学人类学的内部结构整合为四个问题：文学问题、人类学问题、文学与人类学问题以及文学人类学问题[2]。实际上这就给我们理解文学人类学提供了一个内部的逻辑关联，即文学人类学问题虽然不等于文学与人类学问题，也不等于人类学问题和文学问题，但是文学人类学问题却是源于前面三类问题。因此在对文学人类学进行追根溯源之时，就不得不将这几个面向都囊括进来，才能真正地做到"辨章学术，考镜源流"。

关于"文学问题"，其关键之处在于如何理解"文学"二字。对于"文学"，应该用一种历时性的眼光来看待。在古代中国，"文学"是一个多义词[3]，其意义相当广泛。而近世作为现代学科之名的"文学"是在"西学东渐"的过程中受到西方 Literature 概念影响而变为专指小说、诗歌、散文、戏剧的一个新义词。由是很长一段时间，"文学"在中国语境之中不仅被局限在精英的文字书写上面，而且关注的焦点往往多限于汉民族，即便是关注到了汉族以外还有众多的"文学"的存在，但却将其总的贯以"少数民族文学"之称谓，形成一种"汉与非汉"的二元划分结构。这样一来，使得中国文学在形式、观念、评论以及文学史等诸多方面都被限制在了一个较为狭窄的叙事框架之中。

关于"人类学问题"，人类学兴起于西方，于19至20世纪之交传入中国，对于当时的中国学者来说，这是一种全新的知识。其时，人类学在不断的传播过程中，不仅在研究视野和方法上给传统的国学带来变革，给文学创作和评论带来不一样的视角，更为重要的是它还依托教会大学、本土大学等高等教育机构作为"学科"和"专业"继续发展。在中国本土形成了人类学研究的学术团

---

1 叶舒宪：《文学与人类学——知识全球化时代的文学研究》，四川大学博士学位论文，2003年，第104-105页。

2 徐新建：《文学人类学的中国历程》，《西南民族大学学报（人文社会科学版）》2012年第12期，第182-183页。

3 《汉语大词典》为"文学"一词列出了九个义项，分别为：文章博学；儒家学说；儒生，亦泛指有学问的人；学校，习儒之所；文才，才学；有关狱讼的文书、文件；南朝宋东观设置的四门学科之一；官名；以语言塑造形象来反映现实的艺术。参见罗竹风主编：《汉语大词典》，汉语大词典出版社，1990年，第1543页。

体和力量，人类学问题不断在本土化的进程中聚焦和改变。

关于"文学与人类学问题"，可以分为两个层面来解读和追溯，一个是"人类学引发的文学问题"，比如 20 世纪上半叶运用人类学的方法来改造传统的国学考据，在学术界出现的"闻一多派"，他们将神话、民俗等材料与经史并重，发展了王国维的"二重证据"，将人类学的材料作为"第三重证据"，引起了学术界的关注与质疑；另外一个是"文学引发的人类学问题"，就早期的人类学而言，其关注的往往是异域世界的所谓"原始文化"，而随着时代的变迁、语境的转移，人类学将视野从异域拓展至包括本土在内的整个人类世界。在经典民族志中所倡导的科学的人类学也在不断地遭受质疑和挑战。人类学者、文学家身份的可能性转换亦使更多的学者开始反思二者之间的界线，有人类学者开始尝试用小说的形式撰写民族志，比如林耀华先生的《金翼》。

可以看到，作为与"文学人类学"有着内在逻辑关联的"文学问题"、"人类学问题"以及"文学与人类学问题"皆成为追溯"文学人类学问题"的源与流。不仅如此，将"源与流"追溯至 20 世纪初期中国的现实语境中，会发现"源与流"实际上体现为"多源与众流"，换言之，即具有明显的"在地性"特征。

就本书所要言说的场域"四川"而言，在文学创作界、评论界，出现了李劼人、巴金等作家，他们将目光转向普罗大众，即历史学所言的"小人物"身上，表面上是对日常生活和现实场景的书写，实际上是对普通人的命运以及社会、历史、文化等更为宏大的命题的关注。另外，在人类学研究领域，四川有一段中国人类学发展的独特学术史，即李绍明先生所讲的"中国人类学华西学派"。据林霽先生回忆，当时许多教会大学里设置了具有中国特色的课程，并且在中国文化的研究方面居于领先地位，哈佛—燕京学社和华西协和大学的情况就是如此。与此同时，"西学"或西方的知识，已经在中国本土化了[4]。

再者，就更广泛的文化语境来看，无论是在"文学"、"文史"、"心态史"、"地方心理"，还是在以"人类学"为代表的西方新学，"四川的文化界和全国比起来，还显示出不少特色"，"与中国东部和中部地区的典范便不尽相同"[5]。

4　顾学稼，林霽，伍宗华编：《中国教会大学史论丛》，成都科技大学出版社，1994年，林霽序言第 3 页。

5　王东杰：《国家与学术的地方互动——四川大学国立化进程（1925-1939）》，生活·读书·新知三联书店，2005 年，绪论第 4 页。

在传统之变和新学之兴的时代学术潮流中，"四川"视域之下的"文学问题"、"人类学问题"以及"文学与人类学问题"便具有了"在地"的种种表现与特征，成为回溯"文学人类学问题"在"多源与众流"方面的重要论域。

二、传统之变与新学之兴

19 至 20 世纪之交的中国社会正处于激烈的变革之中，一方面受到"西学东渐"的影响，一方面也在进行本土变革。在中外多重因素的推动下，不仅在政治上出现了光绪"新政"以及推翻这一政权的辛亥革命等，而且在文化上呈现出多领域、多层面的思想转型。整体上来说，19 世纪中期外国资本主义侵略势力开始由中国沿海向内陆地区推进，除了在政治上干涉清朝政务、经济上进行大肆掠夺外，还有一个明显的动向，即西方文化的入侵。大量的西方传教士、官员、商人、学者以及探险者陆续进入中国腹地。

这些人当中传教士可谓数量庞大的团体，追溯西方传教士在四川地区的活动轨迹，唐元时期即有波斯传入的"景教"，明朝 1640 年天主教传入四川，于清朝得以发展，至 1909 年天主教在川的外籍传教士数量达 180 人，为全国第一；基督教传入四川则晚于天主教，始入于 1868 年，至 1900 年已有 254 人在川活动[6]。此外，19 世纪末 20 世纪初日本对于长江上游地区的实地调查也逐渐增多，越来越多的日本人开始出入四川，《成都通览》有一表[7]详细记录了 1907-1908 年外国人在四川的游历往来，其中就有不少的日本人，他们的身份涉及领事、教员、教习、学生、农学士等。

这些来自不同国家的西方人、日本人，身份各异、目的不同。他们亲临"现场"，有些甚至在四川居处几年、十几年，历史记录显示他们与当地官员、文人学士、维新人物以及大量的普通民众都有或多或少、或隐或显的接触与交往。在此过程中，他们通过各种方式将本国文化及观念传播给当地人，如"文本"（文字扩展到实物）、社会活动、日常生活及人际交往等。这些外国人对四川及川人的影响，一与来源于书本报刊上的国外不同，亦与川人出国留学所感受的世界相异，体现为外国人在地的更直接、"零距离"的触碰与感知。

以上是就传教士这一外部因素而言，在四川内部，由于受到多重因素之影

---

6 参见贾大泉，陈世松主编：《四川通史·卷六·清》，四川人民出版社，2010 年，第 140 页。

7 该表为"成都之外国人游历来往表"，参见傅崇矩：《成都通览（上册）》，巴蜀书社，1987 年，第 62-70 页。

响，诸多带有四川特色的文化亦在此生发、成长起来。比如受有清以来移民运动的深刻影响，"移民文化"成为四川文化的显著特征之一。清康熙三十三年（1694年）《招民填川诏》颁布以后，便开始了旷日持久的移民入川运动。傅崇矩《成都通览》记载"现今之成都人，原籍皆外省也。外省人以湖广占其多数，陕西人次之，余皆从军入川，及游幕、游宦入川，置田宅而为土著者"[8]。当各地移民进入以后，如果他们一直保持原有的外来文化不变，那就是属于真正意义上的客家文化。移民的这种原有文化归属感对四川地域文化认同产生了深远的影响，至19世纪中叶以后，这种影响仍旧十分明显，1883年英国人立德沿长江从汉口直达重庆，在他们进入四川省第一个村庄培石村时，他询问一位当地人是否为本地人，那人否认自己为本地人，并说明他们是两个世纪前乾隆年代从江西迁至此地的。[9]

　　这种影响渗透于四川社会的各个层面，如郭沫若在回忆他的童年时代便谈及他的家乡即今天四川乐山当时的移民们强烈的地方观念与文化认同[10]，虽然这些内容属于郭沫若的个人回忆，但也可以视为对那个时代的写照之一。正如郭沫若在解释他为何要记录童年时代时所强调的"社会"与"时代"[11]那样，即反过来看，这样的时代与社会又造就了当时的"川人"形象与性格。以此观之，"移民文化"确为晚清民初时期影响"川人"外在形象及内在心态塑造的重要因素之一。

　　值得注意的是，外来文化对土著文化的影响并非只是单向的，在长期的生活中移民可能会逐渐适应四川地域特有的生态圈，受到土著文化的影响，而将原有的外来文化逐渐过渡为土著模式，即经历外来文化的本地化、土著化过程。土著化的含义并非是指血统基因上的变异，而是对地域的认同。土著与客

8　傅崇矩：《成都通览（上册）》，巴蜀书社，1987年，第109页。

9　（英）阿奇博尔德·约翰·立德：《扁舟过三峡》，黄立思译，云南人民出版社，2001年，第65-66页。

10　据郭沫若回忆，"乡里人的地方观念是很严重的，别的省份是怎样我不甚知道，在我们四川真是在大的一个封建社会中又包含着无数的小的封建社会"，"这些移民在那儿各个的构成自己的集团，各省人有各省人独特的祀神，独特的会馆，不怕已经经过了三百多年，这些地方观念都还没有打破，特别是原来的土著和客籍人的地方观念"。参见郭沫若：《郭沫若全集文学编第十一卷·沫若自传第一卷——少年时代》，人民文学出版社，1992年，第14-15页。

11　郭沫若写道，"我写的只是这样的社会生出了这样的一个人，或者也可以说有过这样的人生在这样的时代"。参见郭沫若：《郭沫若全集文学编第十一卷·沫若自传第一卷——少年时代》，人民文学出版社，1992年，第7页。

家是文化传播与交融过程中的一组相关现象，没有客家就无所谓土著，反之亦然。客家可以影响土著，土著也可改变客家，最大的改变就是客家转化成土著。[12]在这种双向互动与影响过程中，无论是土著文化还是客家文化，都很难再保有最原初的状态，这种"交融"所产生的文化又生发出新的地域文化，并进一步影响"川人"的地方认同模式。

清末川人的地方意识逐渐勃兴，当时的报刊上有很多与之相关的言论，如《蜀学报》上刊载文章《四川利害论》，撰者黄英认为四川物产丰饶、人口众多，"无事通商，有事用兵，均甚便也，此蜀之人士所挟以顾盼，自雄傲中原而藐欧西者也"，"四川为中原要地，据各省上游"[13]；《鹃声》杂志创刊者署名山河子弟发表《说鹃声》一文，亦指出四川之"风土"、"气候"、"历史"、"社会"、"文学"、"美术"之独特性[14]。可以说至民国时期，虽然四川一些移民聚居区仍旧保有原乡风俗习惯，但这些移民后裔对于"四川人"的身份归属已无疑问[15]。

除"移民文化"的影响外，四川社会新传统的形成还与其地理环境有关。地处西南的四川偏处一隅、自成单元，这样的地理格局不仅塑造了四川的自然环境，更使得四川的社会与文化风气自成一格，蜀中士子、四川学人的特有心态也与其颇有关联。清代四川被视为偏远地区，梁启超在《为川汉铁路事敬告全蜀父老》中对四川的看法是："我蜀僻处西陲，距离海岸最远，以交通之不便，故开化稍后于中原，而外力之侵入，受其影响者亦较迟。今日沿江、沿海各要区，已亡之羊，不可追矣，惟全蜀一片干净土，其地力之丰，民族之繁，天险之固，皆非他省可逮，识者谓若我族终有蜀，则中国虽亡，犹可以图存，非过言也。"[16]虽然梁氏强调了四川之于全国的重要性，但仍将四川视为"交通不便"、"开化较迟"且远离中原之地。

这种由四川"僻处西陲"引发的川人"边缘心态"影响持久，经常出现在

---

12 徐新建：《西南研究论》，云南教育出版社，1992年，第119-123页。

13 黄英：《四川利害论》，《蜀学报》1898年第8期，第31页。

14 其表示"四川之风土、四川之气候、四川之历史、四川之社会、四川之文学、四川之美术，无不与黄河流域、珠江流域及扬子江下游三河系绝不相混，如别辟一新天地"。参见山河子弟：《说鹃声》，载张枬，王忍之编：《辛亥革命前十年间时论选集第2卷》，生活·读书·新知三联书店，1963年，第564页。

15 对此，王东杰教授指出，据相关考证，大多数移民后裔自居为一个"四川人"，大约已经到了光绪时期甚至是清季民初。参见王东杰：《国中的"异乡"近代四川的文化、社会与地方认同》，北京师范大学出版社，2016年，第88页。

16 梁启超：《为川汉铁路事敬告全蜀父老》，《东浙杂志》1904年第3期，第6页。

后世学人的书写中，如郭沫若将家乡描写为"极偏僻的一个乡村"[17]；阳翰笙在介绍他的出生地时也说"高县位于川南，处川滇边境，比较偏僻"[18]；沙汀也曾向人提起他的家乡"四面是山，风气蔽塞得很。甚么新文化运动啦，我们根本就不知道有这回事"[19]。

不过，换一个角度看，也正因如此，川人学风更显独立。晚清中国社会处于激变之中，"此盖乾坤开辟以来未有之变迁"[20]，随着西潮的冲击以及科举制度的废除，社会、思想、学术都呈现出"正统衰落、边缘上升"[21]的整体趋势，即进入了一个求新求变的时代。四川学人对于"新学"的接受有明显的地域特征。一方面，在尊经书院主流汉学之外，四川亦有其他流派，学者对于学风变化的感受力较为敏锐；另一方面，晚清四川士子给人的一个重要印象即聪慧趋新[22]。晚清民初四川学术在国内的名声，泰半系于廖平一人[23]，各家也多将廖平视为王闿运的直接传人。但是廖平不欲依傍王闿运门墙，蜀人知之颇详，而其"未敢自信"，恐是久居"边地"所致，其实内心早有独立的意向[24]。吴虞本人也并不承认其学来自王闿运，他认为"王湘潭于经学乃半路出家，所为《春秋例表》，至于自己亦不能寻检。世或谓湘潭为讲今学，真冤枉也"[25]，表达了他的独立之心。

此时川人的"聪慧趋新"还体现在对海外求学的接受程度方面。20 世纪

---

17 郭沫若写道，"本是极偏僻的一个乡村，当然不能够要求它有多么美的人文的表现，但那儿也有十来颗秀才的顶戴，后来在最后一科还出过一位恩赐举人。这在邻近各乡看来是凤毛麟角般的事体了"。参见郭沫若：《郭沫若全集文学编第十一卷·沫若自传第一卷——少年时代》，人民文学出版社，1992 年，第 11 页。

18 阳翰笙：《出川之前（上）》，《新文学史料》1984 年第 3 期，第 24 页。

19 沙汀：《播种者》，载黄曼君，马光裕编：《沙汀研究资料》，中国社会科学出版社，1986 年，第 61 页。

20 金沙：《过去之四川》，《四川》1908 年第 1 期，第 25 页。

21 罗志田：《权势转移近代中国的思想、社会与学术》，湖北人民出版社，1999 年，第 18 页。

22 王东杰：《国中的"异乡"近代四川的文化、社会与地方认同》，北京师范大学出版社，2016 年，第 80 页。

23 王东杰：《国中的"异乡"近代四川的文化、社会与地方认同》，北京师范大学出版社，2016 年，第 71 页。

24 王东杰：《国中的"异乡"近代四川的文化、社会与地方认同》，北京师范大学出版社，2016 年，第 96 页。

25 吴虞：《爱智庐随笔》，载赵清，郑城编：《吴虞集》，四川人民出版社，1985 年，第 91 页。

初，川中留学风气日盛，留学地区主要为日本与欧美，1901 年川省派出第一批留日学生，此后越来越多的川人去往日本，据吴玉章回忆"最多的时候达二三千人"[26]；早期去往欧美的留学生较少，较早的有留美的谭其翥、任鸿隽等，至五四前后，川人出现了留学欧美的高峰期，主要是留法勤工俭学及留学苏联，据统计"四川留法勤工俭学人数最多时曾达 492 人，占全国的三分之一"[27]。

当时的四川受地理环境等因素影响，加上"防区制"的施行，四川域内大小军阀林立、割据争霸，致使四川长期处于战乱与动荡之中。在清代就已秘密存在的四川袍哥组织逐渐变得公开化，参加袍哥成为当时的一种社会风气。据有关部门 1949 年的统计，全川人口中有袍哥身份者占很大比重，职业和半职业袍哥有一千七百万人[28]。可以说，四川学人很多都在"袍哥文化"中浸润过，吴虞、沙汀、康白情、阳翰笙等人都与袍哥有着很深的渊源[29]。

综上所述，19 世纪末 20 世纪初由于历史、地理等诸多原因，四川社会的新传统逐渐成型，呈现出特有的地方形态。在文化领域，四川学人既受到移民文化的影响，又在地方意识勃兴过程中不断增强对四川的地域认同，这使得学人们的心态既复杂又矛盾，一方面晚清士人未在汉学正统中形成全国性影响，一方面"巴蜀文章冠天下"的辉煌历史与当下的黯淡形成鲜明对比，加之长期地域阻隔衍生出的"边缘人"心态，皆刺激着四川学人的神经。因此，当西潮与新知环涌，旧社会革故鼎新之际，川人遂易"闻风兴起"[30]，接受并追求新学，梁启超将此评说为"而日本各大报馆亦录其奏议，登其章程，竞著论说，谓中国人最有血性而能任事者莫如蜀"[31]。

在此种文化与思想转型之中，四川学人一方面承继了传统文人雅士的学风，一方面又在完成新城市知识分子的身份转变，成为近代中国从传统的士到现代的知识分子的社会大转变[32]之地方性呈现。其中最值得注意的是，在这多

---

26 吴玉章：《吴玉章回忆录》，中国青年出版社，1978 年，第 22 页。

27 何瑞明：《近代留欧美学生与四川科学事业》，《巴蜀史志》2003 年第 2 期，第 35 页。

28 赵清：《袍哥与土匪》，天津人民出版社，1990 年，第 2 页。

29 李怡：《现代四川文学的巴蜀文化阐释》，湖南教育出版社，1995 年，第 28 页。

30 李璜：《学钝室回忆录·上卷》，传记文学出版社，1979 年，第 218 页。

31 梁启超：《为川汉铁路事敬告全蜀父老》，《东浙杂志》1904 年第 3 期，第 4 页。

32 罗志田：《权势转移近代中国的思想、社会与学术》，湖北人民出版社，1999 年，第 192 页。

领域、多层面的思想与文化转型中存在着一种"从雅到俗"、"由礼及野"的范式转变，即体现为该时期四川学界在创作与研究中所体现出来的"民间"、"民族"转向，具体表现为对"俗"、"野"的关注，他们既将眼光投向底层大众，亦将研究领域扩展至多民族的范畴。

第二节　文学：从古义到新义再到广义

考察文学"从古义到新义再到广义"，实际上就是考察文学之变，换句话说，即考察文学的语词演变。为什么要考察其语词演变的具体情形呢？因为"文学"一词对中国文学人类学来说，是尤为关键的核心词，只有搞清楚了文学语词演变的过程，才能更好地对中国文学人类学的发展历程进行梳理。现代语词的演变过程漫长而复杂，晚清民初处于激变之中的中国社会，其语词变革承受中外古今多重因素之合力，在诸多领域呈现出深刻的社会思想转型，"文学"一词也在这场语词替换的思想转型中发生"词变"[33]，有了新的意涵。它由古代汉语中的诸多义项逐渐向西方语境下的文学观念转移，文学新义[34]被不断接受与使用，逐渐成为"一种形塑个人与社会的重要思想资源"[35]。在这场汉语语词的结构性变革中，词义的变革往往经由社会、思想、观念的转型而发生，其后反过来又会对社会、思想、观念等产生新的作用与反应。为了对中国文学人类学当中的"文学"一词进行更为深入的爬梳和讨论，本节经由不同的视角，如报刊《娱闲录》、外国人在地书写以及广义神话论、大文学观等，分别对应文学从古义到新义再到广义的概念之变。当然，这一结构并不是说后者对前者的完全取代和覆盖，应当说明的是，在中国语境中，文学的古义、新义、广义并不是一条线性发展的序列，而显示为一种在不同时期、不同情境下彼此影响、叠合存在的状态。

---

33 在徐新建教授看来，"词变"引起的不仅仅是词义的改变，而是在更深刻的观念及思想层面触发了结构性的转变，即"在一百多年的演变历程中，汉语的'文学'已由'关键词'变成了'结构词'，从而为西风东渐交汇下汉语表述体系的结构转型发挥新的分类作用"。参见徐新建：《"文学"词变：现代中国的新文学创建》，《文艺理论研究》2019 年第 3 期，第 11 页。

34 《新编现代汉语词典》只为"文学"列出了一个义项，即"用语言文字反映社会现实的艺术，包括小说、戏剧、诗歌、散文等"。参见字词语辞书编研组编：《新编现代汉语词典》，湖南教育出版社，2016 年，第 1214 页。

35 王汎森：《中国近代思想文化史研究的若干思考》，《新史学》2003 年第 4 期，第189 页。

一、概念之变：以报刊《娱闲录》为例

是时创办报刊成为传播"新学"的主要途径之一，近代传媒的兴起与发展同时促进了"文学"的变革，本雅明在议论长篇小说与讲故事的区别时也说："只有在印刷术发明之后，小说的广泛传播才变得可能。"[36]民国时期，鼓励民营的经济政策、印刷界实行的"三节"结算制以及地方维护自主权的衍生行为等因素均构成了出版业特有的"历史情境"，其中就存在着影响文学发展的"机制"[37]。

当时的报刊有川人在四川本地创办的刊物、川人留学生在国外创办之刊物以及川人在省外创办的刊物，这些报刊中有不少内容是关于"文学"的，涉及以文学新义为基础的小说、新诗、戏剧等作品创作、理论及译介问题探讨等。四川本地的报刊有诸如 1902 年傅崇矩办的《启蒙通俗报》，1903 年朱蕴章、杨庶堪的《广益丛报》，1910 年蒲殿俊任社长之《蜀报》，1914 年樊孔周《四川公报》特推的增刊《娱闲录》等，稍晚一点的有《草堂》(1922)、《文学丛刊》(1929) 等；留学生的则有 1905 年雷铁崖在日本创办的《鹃声》，该刊为 1907 年雷铁崖、吴玉章所办《四川》之前身，另有郭沫若、夏丏尊所办《学艺》(1917)，以及 1919 年周太玄在法国组织成立的"巴黎通讯社"及创办的《旅欧周刊》；川人在外省所办报刊如 1923 年在上海创刊的《浅草》等。这些报刊或所设栏目有关文学新义，或直接就是以文学新义为主旨的专刊。通过这些报刊，可以看到 20 世纪初文学语词演变是如何在四川及川人身上发生并展开的。

众多报刊中，作为《四川公报》增刊的《娱闲录》可被视为较早的文学专刊，要谈文学语词演变在四川之经过，一定绕不开《娱闲录》。该刊由四川公报社主办，作为《四川公报》的增刊单独发行，其后因《四川公报》更名《四川群报》，便改为《四川群报》副刊，不再单独发行，因此作为增刊的《娱闲录》实际上是于 1914 至 1915 年间发行的二十七期。适值袁世凯复辟帝制，报刊界遭受压制，报馆被封、报刊被停及记者被捕之事时有发生，可谓是"天灾人祸，相逼而来，愁叹之声，比户相应"，《娱闲录》便是诞生在这样的社会环

36　(德) 瓦尔特·本雅明：《讲故事的人——尼古拉·列斯科夫作品随感》，参见 (德) 瓦尔特·本雅明：《写作与救赎本雅明文选增订本》，李茂增等译，中国出版集团东方出版中心，2017 年，第 125 页。

37　李怡：《从"民国文学机制"到"大文学"观——在山东师范大学的演讲》，《当代文坛》2018 年第 3 期，第 75-76 页。

境之中。由是"命曰娱闲",一因"庄雅者难为功,诙谐恒易入",二须在"言禁之密如今日"之现状下"自免于世而图存",其中深意已不言自明,"盖有以知诸公之所谓娱者,其必有至不娱者在;所谓闲者,而其心乃天下之至不闲者矣"[38]。局势虽严酷,《娱闲录》仍产生了不小的社会影响,孙少荆在回忆1919年以前的成都报界情形时,便对《娱闲录》另眼相看[39]。

对于《娱闲录》的性质,《束阁生来简》提到"知尊社诸公将以日刊之暇,更录杂撰"[40],《汉语大词典》有"杂纂"[41]一条,释义有二:各类琐杂事物的辑述;汇集和编纂。据《娱闲录》主要栏目显示,其包括小说、剧谈、剧本、游戏文、笔记、文苑、杂俎、名胜志、益智集、异闻录、世界珍藏、灯虎、插画等[42],内容的确较"杂",但对比各栏目多期所占之比重,不难看出"小说"、"剧谈"、"剧本"等栏目占有了主要篇幅。

表1　《娱闲录》"小说"栏目更名

更名 栏目	第1-2期	第3-4期	第5-6期	第7-27期
小　说	小说	小说:短篇著作、长篇译著	小说:小说短篇、小说长篇	短篇小说、长篇小说

"剧谈"栏目从第2期至第11期未更名,第8期至第11期增加了"梨园

---

38 《束阁生来简》,《娱闲录》1914年第1期,第1页。

39 据孙少荆回忆:当时的小说和游戏文章,果然哄动一世。《四川公报》的势力,也受它的益处不少。这《娱闲录》发行时代,又算得是文人得志时代。只要知道当时成都事情的人,哪个不晓得吴爱智、方舫斋、刘觉奴(刘长述,刘光第长子)、李老懒(李劼人)、曾安素(名延年,号孝谷,成都人,中国话剧运动创始人之一)、李哲生、胡壁经堂(胡安澜)、何六朝金石造象堪侍者(何振义,字雨神,号与宸,庆符人)这几位记者先生。参见孙少荆:《1919年以前的成都报刊》,原标题《成都报界回想录》,四川省政协文史资料委员会编:《四川文史资料集粹第四卷文化教育科学编》,四川人民出版社,1996年,第247页。

40 《束阁生来简》,《娱闲录》1914年第1期,第1页。

41 汉语大词典编辑委员会编:《汉语大词典第11卷》,汉语大词典出版社,1994年,第880页。

42 《娱闲录》二十七期出现过的栏目有:名胜志、益智集、异闻录、笔记、世界珍藏、小说、谐薮、名优、名妓、杂俎、文苑、剧本、杂说、剧谈、勘误、插画、游戏文、附录、短篇小说、长篇小说、梨园丛录、时事小言、专件、时令讲演、中外新年习惯之调查、新年娱乐资料、艺坛片影、灯虎、杂录、余录、乡先哲遗墨展览、丛钞、弹词、琐谭。本书有关《娱闲录》的原文材料均来源于《全国报刊索引(专业版)》数据库。

从录"栏目，12 期开始将两个栏目合并为"艺坛片影"；"剧本"栏目除了第 2 期未设置以外，从未更名。

前文提及此一时期正是"文学"一词经由诸多义项向单一义项转移的过渡期，"文学"开始专门指称小说、戏剧、诗歌、散文等创作。通过对《娱闲录》栏目及内容的分析，其观念已具文学新义雏形。值得注意的是，依照《娱闲录》体例，每期都会登载昌福公司发行的图书广告，第一期就有林传甲的《中国文学史》（1904）[43]。关于林传甲的《中国文学史》，据他自述"将仿日本笹川种郎《中国文学史》之意以成书焉"[44]。

关于笹川种郎的这本书，有学者指出，"与古城版文学史相比，（笹川版）最突出的特点之一就是，将即使在中国本土也向来被轻视的小说、戏曲写进了文学史"[45]，更有学者把笹川种郎视为"中国俗文学研究的先驱"[46]，而林传甲所著文学史对小说是排斥的。以此对比《娱闲录》后发现，该刊记者不仅创作及翻译了大量小说，以及剧评、剧本等，且所撰之主题多表现出对社会底层、民间大众的关注，以及对社会现实的披露等。这些隐藏于实践背后的认知与心理潜台词正体现了《娱闲录》对文学新义逐步确立之经过。不过就《娱闲录》整体来看，不可否认的是记者们仍旧在文学新旧义之间摇摆不定，这也体现了当时学界对文学新旧义混用的普遍状态。

然而，为何要说《娱闲录》体现了文学新义呢？

第一，整体概念上《娱闲录》中的"文学"已不再仅为对文学古义的使用，而是包含了小说、戏剧在内的文学新义。

第二，就小说而言，已经有了现代小说的一些特征，比如从思想上反映了此一时期社会生活的各个方面，作品涉及广泛的社会群体，尤其是对社会底层的关注，这就是胡适讲的"言之有物"、"质者何？情与思二者而已"[47]；语言

---

43 其广告介绍为：是书为京师大学国文教员林传甲归云先生所著，仿日本早稻田大学，有中国文学史讲义之例。甄择往训，附以己意，于籀篆音义之变迁、经史子集之文体、汉魏唐宋之家法，列举纲要，义取简约，颇称完善。为师范之宝筏，尤教育之本根，诚文学家不可不读之书也。参见《娱闲录》1914 年第 1 期昌福公司广告页。

44 林传甲：《中国文学史》，上海科学书局，1914 年，第 1 页。

45 段江丽：《日本"中国文学史"中的〈红楼梦〉（一）——以笹川种郎为中心》，《红楼梦学刊》2013 年第 6 辑，第 229 页。

46 赵苗：《日本明治时期刊行的中国文学史研究》，大象出版社，2018 年，第 125 页。

47 本段三处引文皆源于胡适的《文学改良刍议》，参见胡适著，欧阳哲生编：《胡适

上则显示为小说创作中对白话文的重视与运用；开始从多方面尝试新的艺术手法，如现实主义、人物心理刻画、环境描写以及第一人称叙事模式等。

第三，就戏剧来说，提出了改良传统戏剧的新观点，将戏剧的美学与教育功能相结合，如"述古今之变迁，较中外之同异，借游戏而寓劝惩，论艺术而重美感"[48]，"戏曲者，最普通之教育也，亦最切要之教育也"[49]，"然情文斐然，尚是戏中应有之境界"[50]等，从现实主义的艺术原则对演员装扮、舞台布置、念白唱词提出了革新之要求。

最后，就记者而言，他们一方面是传统的文人雅士，一方面又是新的城市知识分子，《娱闲录》正揭示了处于新旧过渡时期的四川文人的心理转变[51]，即近代中国从传统的士到现代的知识分子的社会大转变[52]之地方性体现。

其实，在《娱闲录》之前四川就有刊物开设了与文学新义有关的栏目，只是并未有如此规模与体系。这些出现于清末民初的报刊对于四川地方社会文学意涵转变提供了重要支撑，同时为文学语词的继续发展做了准备与铺垫，比如李劼人早期的作品《儿时影》《夹壩》就发表在《娱闲录》，后来他逐渐成为四川乃至全国具有影响力的新文学倡导者与实践者；另外刘长述除了在《娱闲录》主笔及翻译了大量小说外，还于1915年出版了长篇白话小说《松冈小史》，被认为是"对四川文学乃至中国文学的最大贡献"、"是目前发现的四川最早的现代白话长篇小说"[53]。这些刊物、作品对文学的新尝试、新转变无疑是与四川后来出现的《草堂》《文学丛刊》等文学刊物息息相通的。在四川，"文学"语词由古义向新义的转变酝酿于晚清，于20世纪最初几年正式揭开帷幕，"质"

文集2·胡适文存二集》，北京大学出版社，1998年，第6-8页。胡适的这篇文章最初发表于1917年1月1日《新青年》第2卷第5号，文中提出了文学改良"八事"：须言之有物；不摹仿古人；须讲求文法；不作无病之呻吟；务去烂调套语；不用典；不讲对仗；不避俗字俗语。早于此文两三年创刊的《娱闲录》对于其中部分观点已有实践。

48 无瑕：《五十步轩剧谈序》，《娱闲录》1914年第2期，第41页。

49 庶庄：《理想之新戏目序》，《娱闲录》1915年第16期，第43页。

50 都鄙：《九月廿三夕之戏运》，《娱闲录》1914年第6期，第50页。

51 周鼎：《"世界亦舞台"：民初成都的戏剧与文人——以〈娱闲录〉(1914-1915)剧评为中心》，参见陈廷湘主编：《川大史学第2辑文化史卷》，四川大学出版社，2016年，第324页。

52 罗志田：《权势转移近代中国的思想、社会与学术》，湖北人民出版社，1999年，第192页。

53 陈俐，魏红珊：《觉奴：四川现代白话小说的先驱》，《中华文化论坛》2019年第4期，第117页。

的变化由此发生。

二、外国人在地书写的影响

经由上述，可以看到"文学"语词演变受到了地方社会历史与传统的影响，除此而外，引起这一转变的另外一层因素，暨源自于 19、20 世纪之交在四川工作与生活的外国人。考察他们在地书写的情况及影响，可将文学语词演变的过程还原得更加完整。该时期西方人与日本人留下了大量的"文本"，形式多样、内容庞杂。其中与文学相关的有数量众多的游记、日记；西人创办的报刊；以及延伸到考古、博物馆、建筑等领域的实物"文本"等。

西方国家对长江上游地区的踏察始于 19 世纪中叶，调查者们以游记、日记的形式对此予以记录。早期的实地调查以政客及军人为主，目的主要为商业扩张探路，此一时期的游记诸如：白拉克斯顿《长江五月：长江上游考察记事和中国目前叛乱介绍》（1862）、库伯《一个头带辫子、身着小袄的商业先锋的旅行记》（1871）、巴伯《华西旅行与研究》（1877）、吉尔《金沙江》（1880）、立德《扁舟过三峡》（1888）、帕克尔《沿扬子江而上》（1891）、霍西《华西三年》（1897）等[54]。

如果说西方人的前期踏察是以经济为主要目的，那后期的考察主要是以学者、作家、艺术家为主，他们记录的内容除了自然科学、经济以外，还有大量对自然景观与人文风物的记述，这些文字、图片以及影像资料也透露出他们的文化背景与精神诉求。诸如利特尔《穿过长江三峡：在华西经商和旅行》（1888）、哈特《华西：峨眉山旅行记》（1888）、马尼爱《游历四川成都纪》（1896）、比肖普《扬子江内外》（1899）、璧阁衔《在中国的一年》（1900）、莫理循《中国风情》（1902）等[55]。

其中法国人马尼爱撰写的《游历四川成都纪》最初发表于 1896 年 7 月的《巴黎时报》，后于 1897 年由杭州《经世报》寿蘐室主翻译刊载，1898 年《渝报》对其进行了转载。这篇游记在当时可以说是做到了实时翻译与实时传播[56]，

---

54 王晓伦：《近代西方在中国东半部的地理探险及主要游记》，《人文地理》2001 年第 1 期，第 47-48 页。

55 王晓伦：《近代西方在中国东半部的地理探险及主要游记》，《人文地理》2001 年第 1 期，第 48-49 页。

56 这一类实时翻译的还有诸如英人丁格尔的《丁格尔步行中国游记》，其中亦有他游历四川的记载。该游记由陈曾谷翻译，1912 年开始在《东方杂志》上连载。

经过《渝报》的转载宣传，使得更多的川人知晓了这篇游记。其作者马尼爱，是当时法国舆地会成员之一，作为典型的西方学者，他在游历中国诸地以后所书写的见闻和评价对时人有何意义？作为该文译者的寿蘐室主在游记开篇的按语中写下：

> 法国舆地会友马尼爱，游历中国各省，所至辄笔志之，累牍连篇，发登巴黎时报。虽其间不无贬语，然阅者苟能返己以思，亦未始非借镜之一助也。[57]

译者通过这段话想强调的是通过西人的"贬语"而照鉴国人自身，使之能为此而奋发图强，这是从内容所折射出来的精神层面而言。而关于内容所呈现的形式，从标题《游历四川成都纪》可以知晓，是在"游历"了"四川成都"以后所书写的一篇"纪"。"纪"一般又写作"记"，"记"是中国文人的一种书写传统，从司马迁的《史记》到徐霞客的《徐霞客游记》，标明了"记"这一书写形式在中国古代语境中的变化和拓展。

就"游记"作为旅行的记录这层意思而言，马尼爱和徐霞客的游记好像并没有什么不同，但译者寿蘐室主所使用的两个词，即"返己"和"借镜"则从一个较为隐含的层面宣示出二者的差异。"返己"的应有之义即是说还有一个与"己"相对应的"他"，经由"他"而返向"己"；"借镜"则一定有"镜面"和镜面所映照出来的另一面。由是，可以将这种差异总结为：第一，书写的语言差异。这篇游记为西人所写，唯有通过翻译才得以被更多中国人知悉，它不同于中国人，实际是用汉语书写的中国人所撰写的游记；第二，相异的内部视角。如果说西人游记中对"异文化"和"他者"世界的书写体现的是他们自地理探险到殖民扩张时那种"向外"的文化基因的话，那么"中国旅行文学呈现了一种按时间顺序进行的第一视角事实性叙述，它实际上是一种重要的'自传'形式"[58]，则显示出中国传统游记中的"向内"性。

对比该时期的日本，如果说在 19 世纪中后期，西方国家对长江上游的了解程度超过了日本的话，那么，自 20 世纪初期开始，情况发生了变化，即"日本对长江上游的踏察调查呈现后来居上的趋势"[59]。较具代表性的有竹添进一

---

57 （法）马尼爱：《游历四川成都纪》，寿蘐室主译，《经世报》1897 年第 5 期，第 5 页。

58 （美）何瞻：《中国传统游记文学》，《西安晚报》2021 年 5 月 15 日。

59 蓝勇：《近代日本对长江上游的踏察调查及影响》，《中国历史地理论丛》2005 年第 20 卷第 3 辑，第 127 页。

郎《栈云峡雨日记并诗草》（1879）、安东不二雄《支那漫游实记》（1892）、山川早水《巴蜀》（1909）、中野孤山《横跨中国大陆——游蜀杂俎》（1913）、米内山庸夫《云南四川踏查记》（1940）[60]等。

值得注意的是，竹添进一郎的文本是用古汉文书写，李鸿章、俞樾、钟文烝为其作序，另外书中还有不少中国文人的题跋、评语等，由此可见这本游记在中国文士阶层是有一定影响的。透过游记内容可知竹添的写作受到了《入蜀记》《吴船录》的影响，这两本书是南宋日记体游记的代表作，虽然二书都对民情风俗给予了关注，但就情感表达与记述形式而言，无法脱离中国传统文人的视野与趣味。因此竹添虽受二书影响，但也与二书有所不同，突出的表现即竹添对风土人情的观察视角，尤其是对底层普通民众的关注，如文中所记四川"民质直而剽悍，然五方杂处，匪类亦多。俗素信佛，挽近则骎骎入于祆教，全省教会盖至数十万云"[61]。另外一部较为重要的游记是山川早水的《巴蜀》，与竹添的游记相比，《巴蜀》的记录更为详实、深入，对社会现实与下层人物的观察认识也更全面，如书中对挑夫、旅店、葬俗、妓船、官场、民妓、纤夫、旌表前贤等内容皆有记载[62]。此外该书配有 150 多幅照片，这也是竹添文本所没有的。

综观以上游记，它们产生于在地经验基础之上，其特征体现为方法上的科学性，如线路探测、地质观测、动植物观察等；审美上的浪漫主义以及文化上强烈的宗教意识[63]；此外在内容上更多的关注社会经济、民生状态、社会底层。这些游记一方面证明西方与日本人同当地人的接触与往来，另外游记本身也蕴含着作者的文化背景和思想观念。这些外在特征与思想意蕴通过游记这一在地书写方式，对中国传统文学概念的变迁产生了较大的时代影响。

此类在地"文本"类型还有西方人在四川创办的刊物，如《华西教会新闻》（1899-1943）、《崇实报》（1904-1933[64]）、《华西教会报》（1907-1911）、《华西

60 实际上其行程时间为 1910 年。

61 （日）竹添进一郎著，张明杰整理：《栈云峡雨日记》，中华书局，2007 年，第 58 页。

62 蓝勇：《近代日本对长江上游的踏察调查及影响》，《中国历史地理论丛》2005 年第 20 卷第 3 辑，第 130 页。

63 比如西方人游记中对长江上游的整体印象，其"景色是从'如画'向'崇高'的过渡，除'如画的'田园风光外，更有神秘的三峡、急流、西部高山，少数民族也提供了浪漫性"。参见王晓伦：《近代西方在中国东半部的地理探险及主要游记》，《人文地理》2001 年第 1 期，第 49 页。

64 关于《崇实报》的停刊时间不详，现存最晚一期为 1933 年 9 月 8 日。参见蔡斐：《重庆近代新闻传播史稿 1897-1949》，重庆出版社，2017 年，第 32 页。

边疆研究学会杂志》（1922-1946）等。

《华西教会新闻》虽然主要是为宗教传播服务，但其内容涉猎广泛，不乏记录西部地区政治经济、社会文化、风俗人情、地理环境的文章，尤其是对四川地区语言、宗教、民族以及习俗的考察，涉及到民间信仰、仪式、神话、故事、谚语、俗语等考察对象。在对诸如此类的对象的解读中，可以清楚地看到这些传教士的观察视角与侧重点，比如裴焕章的文章《中秋节和天后崇拜》（1905）中关于中秋节、太阳、月亮的传说以及各地不同的祭月习俗，《占卜、算命和巫术》（1910）中所讲述的姜子牙的驱魔故事[65]，皆表现出他对民间及普罗大众的关注。《崇实报》虽然是天主教川东教区的机关报，但该报热衷的却是对中国政事的关注与评论[66]。《华西教会报》则使用白话文，是目前唯一可见的清末华西地区的中文教会期刊[67]。《华西边疆研究学会杂志》更倾向于学术研究，刊物内容涉及西部地区自然与人文等众多研究领域，对于该刊物以及所牵涉的华西协和大学、华西边疆研究学会等内容在其后章节再做详细论述，此处暂不展开。

对于此种关注与研究取向，一方面是出于对异域世界探知的需求与欲望，另外一方面是因为传教士的多重身份，他们在文本中所展示的考察、记录与研究的方法给予了一种提醒，即他们既是传教士，又可能是教育工作者、医生、科学研究者，其话语背后是西方大学，诸如剑桥大学、曼切斯特大学、爱丁堡大学、多伦多大学、哥伦比亚大学、耶鲁大学等不下二十所西方高等院校的文化体制与知识体系。他们对大众、民间以及少数民族的这种关注也体现在 20世纪 20 年代风行全国的"歌谣学运动"之中，姑且可以将他们视为此类研究的先行者，对此有学者指出"说也奇怪，最先开始这一方面工作的人，却是外国人"[68]。

1924 年《歌谣》周刊将搜集与研究的范围扩大至传说和故事，但是早在1905 年裴焕章就已经在《华西教会新闻》上发表有关中秋节传说的论述。西

---

65 白晓云：《传教士对中国西南宗教和民间信仰的考察——以〈华西教会新闻〉为中心》，《宗教学研究》2012 年第 2 期，第 213 页。

66 蔡斐：《重庆近代新闻传播史稿 1897-1949》，重庆出版社，2017 年，第 32 页。

67 陈建明：《近代基督教在华西地区文字事工研究》，四川大学博士学位论文，2006 年，第 70-71 页。

68 陈子展：《中国近代文学之变迁最近三十年中国文学史》，上海古籍出版社，2013 年，第 270 页。

方人对西南少数民族地区的研究时间就更早，吉尔在《金沙江》（1880）中写到"没有欧洲人，包括传教士曾到过松潘厅，它几乎在青海湖区的边界"[69]，1903 年德·格布里安将他对 Lolo 的考察写成了《经过未知的中国——罗罗的国土》一文，其后他还与多隆合作完成了《中国的非汉民族的文字》（1912），多隆更是撰写了诸如《彝藏禁区行》《中国西部的古迹》《中国的非汉民族的史料》《中国的非汉民族的语言》等多部考古学与民族学方面的专著[70]。

有关西方人与日本人留下的"文本"，以上已经介绍了游记及报刊两类，第三类与前两类有所不同，是伸延到考古、博物馆、建筑等领域的实物文本，这些实物文本背后充盈着西方与日本研究者的方法和理念，从另外一些层面对文学的概念之变产生了影响。

比如日本学者伊东忠太从 1901 年开始多次来华开展建筑调查活动，并有大量成果问世。在《中国建筑史》绪言中伊东忠太表达了他对"艺术"的见解，即"普通指雕刻、绘画、建筑等，若以广义解之，则诗与音乐、舞踊及其他特殊技艺，皆在其中"[71]，这里伊东忠太把"诗"与"艺术"连接起来，是在广义的艺术概念里关涉文学。此外查阅《中国纪行》中涉及四川地区的内容后发现，伊东忠太熟知竹添进一郎《栈云峡雨日记》（1879）的内容并对该文有所引用，考察期间伊东忠太对建筑的关注不仅仅局限于宫殿、庙宇、陵寝等中国传统古建筑，对城市、民居等亦有记录，比如他对成都公共厕所的描写与看法。建筑以外，他还对文献、历史、习俗、地理、物候等给予关注，如"八阵图"、新都知县祈天救日等[72]。伊东忠太同朱启钤等人倡议创立的"营造学社"成员多有交流，受学社邀请做过"中国建筑之研究"的讲演。1940 年营造学社迁至宜宾李庄，学社成员对西南川滇地区的民居以及墓葬进行了研究，对地方性建筑及其背后所蕴藏的风俗、礼仪、制度、阶级、经济、文化等内容予以了揭示。

伊东忠太曾经对成都地区的"窗格"有过简要描述[73]，而对此研究颇有建

---

69 王晓伦：《近代西方在中国东半部的地理探险及主要游记》，《人文地理》2001 年第 1 期，第 47 页。

70 （法）多隆：《彝藏禁区行》，辛玉等译，新疆人民出版社，1997 年，第 5-6 页。

71 （日）伊东忠太：《中国建筑史》，陈清泉译补，商务印书馆，1984 年，第 1 页。

72 （日）伊东忠太：《中国纪行伊东忠太建筑学考察手记》，薛雅明等译，中国画报出版社，2017 年，第 157、160-161 页。

73 其描述为：此地窗格极富变化之妙，大致可分为四角形、三角形，以及六角形、八角形数种。其中，还见有阿拉伯风格。参见（日）伊东忠太：《中国纪行伊东忠太建筑学考察手记》，薛雅明等译，中国画报出版社，2017 年，第 167 页。

树的要数西方学者戴谦和。1916 年，戴谦和与他的学生游览杜甫草堂时发现了一些精美的窗格造型，引起了他的兴趣。最初他只在成都范围收集一些古老城市建筑的窗格图案，后来为了收集更多的类型，他开始在四川各地旅行。他收集的窗格图案有几千种，上有汉代、下至明清。1937 年，他撰写的《中国窗格入门》（*A Grammar of Chinese Lattice*）英文两卷本由哈佛大学出版社出版，两卷共 469 页，其中有关中国窗格设计插图 2500 多幅。戴谦和对四川皮影戏及影偶的关注和收藏与他作为华西大学博物馆首任馆长的身份有关，他为其后两任馆长葛维汉与郑德坤的工作奠定了基础。在西方学者中，葛维汉亦对四川学术发展产生了影响。他将在中国西部的各项考察活动用日记的形式进行了详细的记录，退休回国后，他撰写了《川苗的歌曲和故事》[74]以及《羌族的习俗和宗教》[75]等书，对四川少数民族的歌谣、神话、宗教、信仰等有较为深入的研究。

　　除上述三种"文本"外，外国人的在地影响也蕴藏在他们和四川本地人接触时所发生的一系列社会活动、事件以及日常生活的细节之中，诸如传教、建立医院、设置学堂、创办印书馆、学术讲座、通过教会选派四川学生出国留学以及私人交往等。在此举两例以作说明，一是四川本土学者廖平，杨世文指出"从现有的资料来看，廖平经学一变、二变时期的著作，都是纯粹的经学著作，看不到西学的影响，但不能就此推断廖平在这个时期对西学没有关注"，"廖平仍然可以通过报刊、译书了解西学。另外四川地区的传教士也会赠阅一些西学书籍"[76]；二是华西协和大学西方教员徐维理，他出版了一本名为《龙骨》（*The Dragons Backbone*）的书，书中用文字及绘画记录了 20 世纪 20 年代成都普通民众的生活百态，其绘画出自成都画家俞子丹之手，俞子丹同时也是华西协和大学语言学校的中文教师，与徐维理夫妇私下多有交往。这样的例子还有很多，值得进行更为细致的梳理。

　　以上为 19 世纪末 20 世纪初外国人在四川的几种在地书写形式的扼要介绍，其中既有文字、照片，亦有影片、实物；既有直接使用汉文的书写，也有使用研究者本国语言的。这些书写文本内容博杂、形式多样，因而可以从中窥

---

74 David Crockett, Graham. *Songs and stories of the Ch'uan Miao*, Smithsonian Miscellaneous Collections, 1954.

75 David Crockett, Graham. *The customs and religion of the Ch'iang*, Smithsonian Miscellaneous Collections, 1958.

76 杨世文：《廖平与西学》，《儒藏》2013 年 10 月 27 日，http://gj.scu.edu.cn/jiaoliu/luntan/13828596411461.html。

见不少与文学相关的成分，文学新义在四川的逐步确立以及文学的转型，可以说是在"西学"在地传播的辐射范围内，或多或少、或隐或显地受到了这些书写文本的影响。

三、广义神话论与大文学观

题目所讲的广义神话论是指袁珂先生于上个世纪 80 年代提出的神话学说。据袁珂先生回忆，他的第一篇关于神话的论文是发表于 1948 至 1949 年，题为《〈山海经〉里的诸神》，但追溯袁先生的学术经历，实际上他早在成都华西大学的课程学习与毕业论文撰写的过程中就已经表现出了对于"文学"及"神话"的兴趣。在华西大学时袁先生受了许寿裳先生较大的影响，当时许先生在华西大学开设了"小说史"和"传记研究"两门专业课，"'传记研究'由许师自编讲义，'小说史'是用鲁迅《中国小说史略》做教材"，对于许先生所开设的课程，袁先生表示"兴趣尤深"[77]。

因此，袁先生完成的毕业论文《中国小说名著四种研究》即为文学研究，在论文的总论"中西小说之比较"中，尤其表现出对于通俗文体的关注，他指出："吾国小说，有二大分支：其一源溯魏晋神鬼志怪之书，至唐宋之传奇文而盛，迄明清之笔记小说而衰，士大夫之小说也。其一起于唐之变文与俗文，宋元之话本及拟话本因之，明清之讲史及章回小说又激其波涛，其势始于微末，终于宏大，影响递嬗，至今未绝，平民之小说也。"[78]基于大学时期的这段学术经历，其后袁先生在台湾开始从事神话方面的研究也就不足为奇。

在论文《〈山海经〉里的诸神》[79]中，袁先生基本上采用的是一种介绍的叙述方式，以材料列举的方法为主，可以将其视为一种材料整理，这种方法在1950 年版本的《中国古代神话》一书中得到了延用。以此观之，袁先生在初期神话研究中所显示出的神话观念还较为传统，他基本遵循着学界一贯的观点[80]，将中国古代神话的断限定在了"鲧禹治水"，在这之前的才被视为神话，

---

77 袁珂：《神话论文集·序》，参见袁珂：《神话论文集》，上海古籍出版社，1982 年，第 2 页。

78 袁珂：《中西小说之比较》，《东方杂志》1947 年第 17 期，第 38 页。

79 袁珂：《〈山海经〉里的诸神（上）》，《台湾文化》1948 年第 8 期，第 7-12 页；《〈山海经〉里的诸神（中）》，《台湾文化》1949 年第 1 期，第 1-7 页。

80 即"神话是产生于原始社会，到奴隶社会初期便登峰造极，自是而后它就走了下坡路，乃至于逐渐消亡、息灭"。参见袁珂：《从狭义的神话到广义的神话——〈中国神话传说词典〉序（节选）》，《社会科学战线》1982 年第 4 期，第 256 页。

其后的则算作传说。不过随着袁先生对中国古代神话材料的进一步挖掘整理，他逐渐发现这样的神话界定实际上存在着诸多的问题，在此过程中他也开始不断地反思一个问题：究竟什么是"神话"？

关于这一问题的思考反映在袁先生对 1950 年版的《中国古代神话》的订正和改写实践中[81]，可以看到此时袁珂先生对于"神话"的理解早已超越了他在研究初期持有的神话观，在其后的研究中袁先生亦对这种新的神话观进行了更为深入、丰富的研究和阐释，在他为《中国神话传说词典》一书所作的序中，他明确提出了"广义神话"的概念，这本词典是于 1985 年出版，这篇序则是写就于 1981 年下半年[82]，并于 1982 年发表。

在这篇题为《从狭义的神话到广义的神话》序言中，袁珂先生指出，原来的狭义的神话概念，不能准确地涵括神话的完整内涵，因此有必要对神话的概念进行重新的阐释与界定。不过，如何才能使关于神话的界定更能反映其历史发展事实与现状，袁先生则指明这是一个需要进一步思考的问题。虽然在这里袁先生并未对什么是广义的神话给予明确的界定和阐释，但是他列出了"广义神话"[83]应当包括的九个部分。这里暂且不去论议袁先生所提的九个部分是否准确地界定了神话的概念，比如第九部分少数民族的神话传说，显然与前面八个部分的划分标准并非在同一维度。对于这个问题，袁先生在

---

81 袁珂先生指出：在经过彻底改写的这本神话里，视野是大大的扩张了：不但运用进去了许多新的神话资料，并且连好些仙话和传说的资料也都运用进去。这在以前是不敢这么大胆运用的，后来从大诗人屈原的那篇神话、传说、仙话……无所不包的汪洋浩瀚的诗篇《天问》中，才悟出神话、传说和仙话实在不应该那么判然的划分，它们在古代人民的口头传说里，实际上恐怕也是彼此包容，划分不了的。因此我才从谨小慎微的窘境中放开手来，采取了一些历史传说和仙话的资料进去，这么一来神话的时代延长了，神话的领域扩大了，而且触类旁通，左右逢源的结构，连一些看来是哲学里的寓言的东西都复原成了神话资料而被运用进神话去：像《庄子》里的鲲鹏之变，黄帝遗失玄珠，藐姑射仙人……等等。参见袁珂：《中国古代神话·序》，袁珂：《中国古代神话》，中华书局，1960 年，第 10 页。

82 袁珂：《关于广义神话的探讨——读谷德明编〈中国少数民族神话〉》，《社会科学研究》1989 年第 1 期，第 118 页。

83 此外，在《神话研究的主体建构——广义神话》一文中，袁珂先生亦将其"广义神话"的范围定了 8 个部分，并提出"少数民族的神话是和汉民族神话同步的，包括它们的产生、流传、发展、演变，亦均和汉民族同步。它们各自成系统，亦均可纳入广义神话的范围"，参见袁珂著，贾雯鹤整理：《袁珂学述》，浙江人民出版社，1999 年，第 60 页。

之后的研究中也在不断调整、修正[84]。值得注意的是袁先生在这篇序言中所表达的不同于前人的学术视野，他说以往的老观念总是把"神话"和"古代"联系在一起，这影响着人们对于神话的动态认识，因为根据各个历史阶段的实际情况来看，"神话不仅仅产生于古代，即便在当代，也随时有产生新神话的可能"[85]。

据袁珂先生自述，在上述的这篇文章中他并未对"广义神话"作"十分清楚的阐述"，因此时隔不久他又撰写了《再论广义神话》一文，进一步对"广义神话"这个概念加以申说。他认为"'广义'者，自然是相对'狭义'而言"[86]，这里从袁先生为"广义"之"广"所设定的范围来看，有两方面的意义，第一个是将神话从古典派学者的神话销歇观中脱离出来，将神话视为一种会随着社会、经济发展而不断进行自我流变的一种文化现象，"未来神话的内容和表现形式将是怎样，谁也无法预知"，以此袁先生提出未来的神话可能会"走向科学幻想小说那样的途径"。对于当时有人将科学幻想小说提为"科学神话"，袁先生也表示将"科学"和"神话"直接联系起来的说法是相当有意思的。因为如果按照狭义的神话观来理解的话，"科学"和"神话"本是两个相悖的概念，而将两者直接关联这种关系和命名的出现，即为神话会随着时代的发展而不断衍生出新的内涵的最好证明。

第二个是将神话从单一领域及其研究范畴中脱离出来，使得神话以及神话研究成为了具有宽阔视野与交叉性质的跨学科、跨领域的新门类。因此对于当时学界普遍将"神话"一词的含义列在审美的文学艺术的范畴的做法，袁先生提出了其局限性，"在原始人类的思想观念中，它所包含的内容却比这个范

---

84 比如袁珂先生在《中国神话史》中用了两章的篇幅"对少数民族神话作了鸟瞰式的叙述"；编撰了一部"以少数民族神话为主体、包括汉族的《中国民族神话词典》"。对于这些新的学术实践，袁先生认为是"用事实来纠正我为《神话传说词典》所写旧序中将少数民族神话的次序权且列在第九、曾一再被指摘的错误"。参见袁珂：《关于广义神话的探讨——读谷德明编〈中国少数民族神话〉》，《社会科学研究》1989年第1期，第125页。

85 袁珂：《从狭义的神话到广义的神话——〈中国神话传说词典〉序（节选）》，《社会科学战线》1982年第4期，第258页。

86 主要包括两个层面，其一是指"经历的时间长，从原始社会贯串到整个阶级社会，直到不久以前，还有新的神话产生"；其二是指"涉及的方面广，从天文、地理、历史、医药、民俗、宗教、动物学、植物学、地质学、海洋学、气象学、文学、艺术……里，都可见到有神话的踪影"。参见袁珂：《再论广义神话》，《民间文学论坛》1984年第3期，第60页。

畴要阔大得多"[87]。对于神话研究，不仅可以从文艺的角度进行，更应该打开视野，看到神话的独特属性以及由此衍生出来的新研究范式，即跨学科研究，而这反过来又进一步要求神话观念的拓展以及神话范围的扩大。

由是，袁珂先生分别用了一个带有神话性质的、一个带有传说性质的词语来表达他对于"广义神话"的设想，前者为"无底洞"，它说明"神话至今还没有下限"；后者为"没遮拦"，它意指"神话本身具有多学科性、涉及的领域广袤"，在此二者所指涉的基础上，袁珂先生对神话作出了界定[88]。

其后袁先生不断地在他的撰述中阐释"广义神话"，讨论的范围逐渐扩大、内容也逐渐具象化。比如在文章《广义神话与模糊学》中，袁先生通过模糊学和模糊思维[89]的概念来分析他的"广义神话"论，神话思维"导致神话的起源和宗教的萌芽"，"从原始先民活物论的神话思维看，神话或者竟还略在宗教之先"，通过对这类"活物论"和"前万物有灵论"神话的追索，袁珂先生进一步提出"广义神话"所应指涉的范围[90]。另外还有一篇撰述是专门针对中国少数民族神话来讨论"广义神话"的，袁先生指出中国神话，尤其是中国少数民族神话，"大部分属于口头传说，故事化、文学化的倾向很大，更适宜用广义神话的观点去考察、研究"[91]。

如果说袁珂先生在上述文章中所谈论的"广义神话"还是在他一以贯之的"广义神话"范畴之中的话，那么他在为萧兵先生的论著《中国文化的精英——太阳英雄神话比较研究》[92]所作的评述[93]中阐发的"广义神话"，则是将"广

---

87 袁珂：《再论广义神话》，《民间文学论坛》1984年第3期，第61-64页。

88 袁珂先生这样定义"神话"：神话是非科学但却联系着科学的幻想的虚构，本身具有多学科的性质，它通过幻想的三棱镜反映现实并对现实采取革命的态度。参见袁珂：《再论广义神话》，《民间文学论坛》1984年第3期，第64-65页。

89 袁珂先生指出，"模糊思维必定和原始先民的原始思维关系密切；这当中，又和作为原始思维主干的神话思维关系最密切。神话思维的基本特征，就是物我混同"。参见袁珂：《广义神话与模糊学》，《云南社会科学》1988年第3期，第99-100页。

90 即"广义神话"的考察对象"必须上溯到原始社会前期，把这一部分属于神话起源时产生的神话也都包括在内"。参见袁珂：《广义神话与模糊学》，《云南社会科学》1988年第3期，第99-100页。

91 袁珂：《关于广义神话的探讨——读谷德明编〈中国少数民族神话〉》，《社会科学研究》1989年第1期，第123页。

92 萧兵：《中国文化的精英——太阳英雄神话比较研究》，上海文艺出版社，1989年。

93 袁珂先生评述该书为"运用比较神话学的方法，从文学和民俗学的观点，将古今中外的英雄神话，以太阳崇拜这个原始初民最显著的宗教观念为核心，溯源循流，作了细致深入的、既科学而又诗情澎沛的、非常有趣的比较，以见神话原是超越

义神话"的内涵与外延以及方法论上的变化推向了以"比较神话学"为理论及方法核心的又一新的层面。在这篇书评文章中，袁珂先生对萧先生的研究可谓是盛赞并表示出多方面的认同。如果说这些评价还只是针对萧兵先生的学术研究而言的话，那么袁先生在接下来的论述中将自己的研究与萧先生的研究做比较与关联则可见到袁先生对自己的研究方法的定位是与萧先生"同调"[94]的。

由此看来，袁珂先生认为他提出的"广义神话"与萧兵先生所采用的"比较神话学"方法以及所体现出来的神话观在学理上是一致的，不过"比较神话学"的视野较"广义神话"还要更为阔大。基于此，袁珂先生进一步明确了中国神话学今后的发展方向与趋势，即"多学科、多角度、多层次"的研究以及超越民族、跨越国家的世界眼光。

结合袁珂先生的上述观点，他所倡言的神话观，实际上是将神话从狭义的文学概念中脱离出来，过去狭义的文学观念已经无法囊括神话的全部内涵。其"广义神话"的提出，不仅是对神话认识的推进，同时也是对狭义文学观的一种反思和拓展。

民族界限、国家界限，'走向世界'的东西"。参见袁珂：《比较神话学运用的丰硕成果——读萧兵关于太阳英雄神话比较研究的一部新著》，《思想战线》1990年第4期，第42页。

94 袁珂先生对自己神话研究路子所作的精要回顾：我过去也作过一些中国神话的研究工作（包括整理），大大小小写了十来本书，但我的研究却是带着封闭式的意味的，目光只是停留在中国的范围以内。在先只是注意到古籍记载的汉民族神话，后来才逐渐把目光扩展到少数民族神话去，然而却因种种原因，研究未深，浅尝辄止。我采取的研究方法，大体上说来，仅仅是一个"纵贯"，将古今神话贯串起来，使它成为一个比较统一的整体了事，未遑注意到其他。就这样，我已经看到了神话在时间上继承和发展的不可分割性，因而提出"广义神话"这样一个概念。"神话"这个词儿，实在是含有非常广博的义蕴，在时间上和空间上它都是具有跨越性的，无法用任何僵固的模式去予以绳墨。萧兵同志比较神话学采取的方法主要是"横联"，这就大大开拓了神话的视野，恰好弥补了我"纵贯"的不足……萧兵同志博见多闻，知道世界神话陈陈相因以及它们彼此间"播化"、"交流"的关系，故不排斥广义神话之说，而将它纳入过渡性、次生性神话范围之中，以之互作比较，故能触处生机，通达无碍……萧兵同志在这部书中，既主要是"横联"，而当他论到某一具体人物和具体问题时，为了溯源循流，其间也不乏"纵贯"。真是上天下地，古今中外，东西南北，都成了他议论的话题。他所开拓的神话视野，比我更广阔多了。在这一点上，我们可以说是同调。参见袁珂：《比较神话学运用的丰硕成果——读萧兵关于太阳英雄神话比较研究的一部新著》，《思想战线》1990年第4期，第42-43页。

"神话"一词自 20 世纪初出现于中国学术界以来，就与"文学"的概念变迁有着密切的关联。神话的特殊属性，使其成为链接文学、民俗学以及人类学等众多学科领域的关键点。学者谭佳认为新时期的神话学研究，其"神话"不再只是文学或民间故事，"神话"已经成为反思中国现代学术话语、重新走进中国历史文化、理解当下中国的一条重要线索，甚至是不可或缺的重要视角；"神话"一词成为表述中华文明上下五千年的核心术语和关键词，体现并带动当下对中国的理解。[95]正是在对"神话"的重新理解阐释以及由此形成的新的研究范式的过程之中，神话学研究逐渐摆脱了古史辨派"古史神话层累观"和"文学本位的神话观"的影响与束缚，走上了从"狭义神话"到"广义神话"、从神话到文化的新发展理路。就文学人类学这一新兴的交叉学科而言，其一方面受到前辈学术的滋养，一方面以跨学科视野和交叉学科范式的锐意开拓，使得"神话"研究随着时代语境的变迁而不断焕发新的学术活力。

在此意义层面，广义神话与大文学观所强调的整体思维在学理上是共通的。"大文学"将文学的内涵外延扩张开来，开始在"本土与西方"、"书写与口传"以及"雅与俗"等多重关系中重新审视文学的历史、重新开掘出文学研究未来发展的方向。

"大文学"这个术语的出现，刘怀荣教授提出最早可能追溯至 1909 年日本学者儿岛献吉郎撰写的《支那大文学史》[96]，即《支那大文学史古代编》[97]。从该书的目录可以看出，儿岛献吉郎所谓的"大文学"实际上与"文学"、"文章诗歌"等词语是互通的，而他为何不用"文学"要用"大文学"呢？这可能与当时日本学界对于"文学"这一词汇概念的理解与定义已经发生了改变的背景有关。

考察"文学"一词在日本词义演变的概况后发现，当西方 literature 这一新概念传入日本时，日本利用从中国古代汉语中借用的"文学"一词与之对译，并赋予文学新的涵义。在此之前，"文学"一词在日本的使用情况与中国相似，文学拥有众多义项，比如"文之学"，即"以文章记录的学问"；"文与学"，即"文章，诗文与学问"；"在德川时代就用来作为各藩的藩校老师的一种称

---

95 谭佳主编：《神话中国：中国神话学的反思与开拓》，生活·读书·新知三联书店，2019 年，第 2 页。

96 刘怀荣：《近百年中国"大文学"研究及其理论反思》，《东方丛刊》2006 年第 2 期，第 54 页。

97 （日）儿岛献吉郎：《支那大文学史古代编》，富山房出版，1909 年。

呼"[98]，这种情况一直持续到德川时代末期，期间并未有太大变化。对于日本文学旧义向新义过渡的时间，学者铃木贞美认为是在明治维新以后。明治八年（1875年）福地樱痴发表《感叹日本文学的衰落》一文，他在文中探讨的"文学"即为新义项的文学，为"19世纪欧洲形成的 literature 概念找到了最适合日本的形式并且固定下来"的标志[99]。但是，即便是在明治维新以后的相当一段时期，文学的新旧义仍然处于混杂使用的状态，如末松谦澄《支那古文学简史》（1882）、儿岛献吉郎《支那文学史》（1891-1892）以及藤田丰八《支那文学史稿先秦文学》（1895）中的文学概念还相当宽泛[100]。因此，正如铃木贞美提出对于日本文学新旧义的交替转换是"追溯比原来所想象的更为复杂的过程，最后固定下来也是相当晚近的事"[101]，这一看法还是比较客观的。

由上述可知，既然此一时期"文学"一词在日本已经有新旧义之区隔，那么再用"文学"一词来归囊新旧义所指涉的全部范围可能就会出现一定的歧义，所以即便儿岛献吉郎在书中依然将"文学"、"大文学"等词汇概念混用，但"大文学"术语的使用确也显示出文学旧义向新义过渡的趋势。

中国学者将"大文学"这一术语用于文学史撰写较早的代表即为谢无量先生的《中国大文学史》（1918），谢先生虽未在书中对"大文学"的概念进行明确的解释，但他在开篇花了一章的篇幅来阐释"文学之定义"，且明确将"中国古来文学之定义"与"外国学者论文学之定义"分别予以阐述：以中国论，"今以文学为施于文章著述之通称"；以外国论，"欧美皆以文学属于艺（art）"[102]，再结合谢先生所列出的"文学"的分类，这里的文学可以说是无所不包，可见谢先生所指的"大文学"是在文学旧义的基础上，在文学新义已经出现并得以越来越广泛的使用的情况下，用"大文学"之"大"字区别于文学新义，这和儿岛献吉郎对"大文学"术语的使用情况相类似。

由此可见，由于文学新义的出现且大有替代所有旧义而固定下来的发展

98 （日）铃木贞美：《"文学"与"艺术"概念在日本的形成》，参见刘东主编：《艺术与跨界〈中国学术〉十年精选》，商务印书馆，2014年，第299-300页。

99 徐新建：《"文学"词变：现代中国的新文学创建》，《文艺理论研究》2019年第3期，第16页。

100 段江丽：《日本"中国文学史"中的〈红楼梦〉（一）——以笹川种郎为中心》，《红楼梦学刊》2013年第6辑，第227-228页。

101 （日）铃木贞美：《"文学"与"艺术"概念在日本的形成》，参见刘东主编：《艺术与跨界〈中国学术〉十年精选》，商务印书馆，2014年，第300页。

102 谢无量：《中国大文学史：全2册》，朝华出版社，2018年，第1-9页。

趋势，使得本来就包含多种意义的古代文学概念逐渐变为了只有单一义项的文学，即后来所谓的"纯文学"、"狭义文学"。但是可以看到的是，虽然文学的内涵发生了改变，然而依然有许多的创作实践与理论研究是跳脱于这样的文学概念之外，因此才会出现大量对于"宏观文学"、"广义文学"、"大文学"等观点的讨论[103]。

面对如此众多的讨论，那么究竟什么是"大文学"呢？这个"大"指的是什么？很明显的一点是新时期学者们所讨论的"大文学"早已与上个世纪初的"大文学"不同，新时期的"大文学"肯定不是对古已有之的文学概念的回归，而是以"古"为基础，但以"今"为前提，是对当今全球化语境下人类生存的现状以及将会走进的未来世界相呼应的"大文学"新观念。这一观念体现在当下许多学科的学术实践之中，比如中国现当代文学、比较文学、文学人类学、神话学等诸多学科。

综上所述，这种由大文学之"大"以及广义神话之"广"等语词所带来的不仅仅是学科领域的拓展或方法论的更新，亦是在更为广阔的社会历史语境中凸显着人们思考与应对世界的认知变革。

第三节　人类学：新学的兴起与传播

"人类学"是经由西方传入中国的新学科，其在西方世界的学派分野以及

---

103 据刘怀荣教授回顾，自 20 世纪 80 年代以来，"一批学者率先从中国古代文学领域开始了大文学的探索"，"这些探索主要包括大文学专题研究和大文学史写作两个方面"。比如在由傅璇琮先生主编的"大文学史观丛书"的总序中就有如下的观点论述，"应该打破文学史研究的、旧有的狭隘格局，开阔视野，把文化史、社会史的研究成果引入文学史的研究，打通与文学史相邻学科的间隔"，"'大'也有大的难处，因为这不仅需要观念和方法的更新，而且需要知识领域的拓展；不仅需要了解个别的文化门类，而且需要了解诸多文化门类间的联系；不仅需要了解某一时代文学与文化的联系，而且需要了解整个古代文化进程中这种联系的多种样式和繁复形态"。再如由陈伯海、董乃斌先生主编的"宏观文学史丛书"，在丛书总序中，两位先生指出丛书所选取的议题可能是"对民族文学传统和文学史观念的总体性思考"，但更多的是"就某一局部的文学现象作综合性论述，或者就文学与某一相关的学科领域展开交叉性研究"，在他们看来，"宏观"的核心在于"整体思维"，且要以"微观的、实证性的研究"做为基础。参见刘怀荣：《近百年中国"大文学"研究及其理论反思》，《东方丛刊》2006 年第 2 期，第 55 页；戴伟华：《唐代幕府与文学》，现代出版社，1990 年，第 1-2 页；陈伯海：《中国文学史之宏观》，中国社会科学出版社，1995 年，第 1-2 页。

理论研究长久地影响着中国人类学的发展。不过，应当看到的是，中国学人很早也开始了将人类学中国化、本土化的探索，中国学人在人类学田野调查中展开对自己国家与社会的研究也成为讨论人类学中国学派的论说起点[104]。

人类学在正式传入中国以前，其在西方语境中就已经显示出不同的理论流派。进入中国以后，其经历了漫长的中国化进程[105]，其中既有中国学者的努力探索，亦有早期西方学人的在地实践，这一进程因中国地域差异的影响而显现出复杂性与多样性。正如费孝通先生所言，即便是研究"自己的国家和社会"[106]，情况也并不简单，例如他对开弦弓村和"云南三村"的研究，二者的情况就完全不同。况且中国社会的结构组成除了乡村、场镇以及城市这些类型的划分外，还有另外一个层面，即历史悠久、情况复杂的多民族区域分布。举例来说，张增祺先生在《中国西南民族考古》一书中讲到他刚开始在西南民族考古中遇到的不同于中原地区考古的难题，即"族属"问题，西南地区"不仅近代是我国少数民族最多的地区，古代也是这样。他们的文化面貌是什么，一时谁也说不清楚"[107]。

对于西南的这种情形，林耀华先生曾说过："西南地区人杰地灵，民族众多，是人类学研究的理想之地，而且这里很早就形成了人类学、民族学研究的良好传统。抗战期间，一大批人类学者、社会学者云集以云南为核心的大西南，为我国人类学、民族学的发展储备了雄厚的力量。"[108]虽然此段论述林耀华先生是以云南这一地域来论说西南，但他提到的西南人类学研究传统同样在地域四川得到了发展与延续，并形成了属于四川人类学研究的学术传统和特征，李绍明先生将其概括为以"中国人类学华西学派"所显示的"地区学术传统"[109]。

---

104 费孝通：《重读〈江村经济·序言〉》，《北京大学学报（哲学社会科学版）》1996年第4期，第4-18页。

105 苏永前指出，"植根于中国本土的'金石证史'传统与'礼失而求诸野'思想，成为文学人类学的另一重要思想资源"。参见苏永前：《20世纪前期中国文学人类学实践研究》，中国社会科学出版社，2017年，第1页。

106 费孝通：《重读〈江村经济·序言〉》，《北京大学学报（哲学社会科学版）》1996年第4期，第7页。

107 张增祺：《中国西南民族考古》，云南人民出版社，1990年，第376页。

108 林耀华：《在高研班上的讲话》，参见王筑生：《前言：面向二十一世纪的中国人类学》，参见王筑生主编；林超民，杨慧副主编：《人类学与西南民族——国家教委昆明社会文化人类学高级研讨班论文集》，云南大学出版社，1998年，第1页。

109 王建民：《李绍明先生与近期西南人类学的发展》，《西南民族大学学报（人文社会科学版）》2010年第1期，第12页。

一、新学体制的建立

随着 19 世纪后期西方各教会学校开始在中国实施"联合办学"后，教会学校在中国的发展逐渐从以前的"各自为政，少有联系"向着具有一定规模的西方高等学校的建制发展。[110]教会大学的兴起与创建，成为引入和传播西方新学的一个重要渠道，就"人类学"而言，亦为其兴起与传播"确立了制度化的途径"[111]。在四川，尤以华西协和大学的影响较大，其主要表现为新学体制的建立，可以从学术机构的建立和学术团体的形成两个方面来考察这一体制建立的经过与情形。

（一）学术机构的建立

本小节所要谈论的学术机构主要有两个，一是华西协和大学；一是华西协和大学博物馆。如果说华西协和大学是通过大学体制这一总体来促进西方新学的兴起与传播，那么华西协和大学博物馆则因其专门的性质而与人类学在四川的兴起与传播有着密切的关联。

1. 华西协和大学

华西协和大学创建于 20 世纪初，由英、美、加拿大等国的在蓉传教士筹划创办。他们为何会选在四川成都呢？首先该地区是西方各国相互追逐利益的场所，其中四川更是中国地域广大、人口众多、物产富饶且具有重要战略地位的省份之一，控制四川对控制中国有着深远的影响；其次作为四川省会城市的成都，其地理位置"对千百万藏民、回民以及其他土著部族的影响"巨大，纵观其历史"自汉代文翁兴学至今，教化绵延，势力直达西南各省，宜置高等学府之重镇"[112]。华西协和大学之创建除了各国教会的积极筹划外，亦与中国历史潮流有关。《华西医科大学校史》写道："当时的中国，一方面深受帝国主义列强侵略，一方面维新变法失败后又兴起了革命。'废科举，兴学校'是社会经济政治变革的必然要求。"[113]

华西协和大学于 1910 年正式招生，与上海圣约翰大学、沪江大学，苏州

---

110 刘鉴唐：《近代教会学校教育与中国教育制度变革》，参见顾学稼，林霨，伍宗华编：《中国教会大学史论丛》，成都科技大学出版社，1994 年，第 17-20 页。

111 王铭铭：《西学"中国化"的历史困境——以人类学为中心的思考》，参见王铭铭：《王铭铭自选集》，广西师范大学出版社，2000 年，第 9 页。

112 罗中枢：《历史精神使命四川大学》，四川大学出版社，2009 年，第 143 页。

113 谭楷：《枫落华西坝》，天地出版社，2018 年，第 61-62 页。

东吴大学，广州岭南大学，北京协和医院、燕京大学，山东齐鲁大学，湖北文华大学，湖南雅礼大学，南京金陵大学等学校并列为全国十三所新教教会大学。初创时仅有文、理两科，后续增设了医、药、教育等科。文科包括了哲学、教育、西洋史、综合文科等学系，在哲学系、西洋史学系设有"人类及人种学"课程，与理科生物学系的设置相同；在综合文科系设有"社会学"课程；[114]在文科正科设有社会进化论等课程。[115]从课程设置可以看出，首先"人类及人种学"课程开设在了哲学系、西洋史学系，这说明了西方人类学与哲学、历史学的渊源关联；其次"人类学"课程在文科与理科中皆有设置，亦说明"科学与文学是人类学与生俱来的两翼"[116]。由此可见，在人类学初来中国时，可看到其较为"整体"的体现，只是在其后的中国化进程中，这种"整体性"逐渐被分为了不同的发展面向，学者们出于中国的实际情况和学术需要，将更多的目光聚焦在了社会学、民族学等方面，而人类学哲学的一面受到了忽视[117]，这就使人类学的"整体性"受到了割裂，而不能完整地体现出人类学的真正价值[118]。对人类学整体性的讨论，也成为目前学者对中国人类学以至世界人类学未来

114 参见《华西医科大学校史（1910-1986）》，四川教育出版社，1990 年，第 13-14 页；《四川大学史稿》第四卷《华西协和大学（1910-1949）》，四川大学出版社，2006 年，第 30-32 页。

115 高伦举：《社会学系》，《华西协和大学校刊》1949 年"文学院特刊"，第 13 页。

116 唐启翠，叶舒宪：《文学人类学新论——学科交叉的两大转向》，复旦大学出版社，2019 年，第 140 页。

117 对此，徐新建教授指出，在中国情景之下，"对'人'之存在的整体思考被局限于现实和历史的层面，对人类世界的阐发也被突出为对民族国家合法性的论证、对国际冲突的现实回应和对一国地位与利益的最大谋求。于是乎可称为'哲学人类学'的一大面向自然受到冷落，致使人类学在中国的演进长期缺乏基础性和终极性依托，如同悬浮在半空中的阁楼，虽不断应用，但摇晃不已"。参见徐新建：《回向"整体人类学"——以中国情景而论的简纲》，《思想战线》2008 年第 2 期，第 2 页。

118 这种价值一方面体现在中国人类学的未来发展中，徐新建教授指出，这"对于'中国的'人类学者来说，或许还能由此跳出'汉学'或'少数民族学'的局限，激发从自身传统和经验参与对整体和终极之'人'的讨论，思考作为整体的人类如何走向受制于当今学说影响的未来"；另外一方面则是由中国情境出发，对世界人类学发展的意义，因为即使是在西方世界，人类学依然面临着"对'人'之存在的追问与解答逐渐从形而上意义的终极思考，跌滑到现实对策的功利性应变和价值游离的相对主义阐发，从而致使自古希腊时代以来此学科长期积累的整体性学术资源和实证材料不断跌入被实用主义者任意肢解的陷阱"。参见徐新建：《回向"整体人类学"——以中国情景而论的简纲》，《思想战线》2008 年第 2 期，第 1、5 页。

发展方向的思考与推进。由华西协和大学这一"人类学"课程设置，可以看到这种"整体性"在人类学刚进入中国时的一种表现，这就从学术史的角度，为我们进一步讨论如何回向这种整体性，提供了回向的历史坐标和具体对象。

其后，华西协和大学的文科门类在发展中不断得到调整。1917 年文科正科改设社会学与经济学门；1918 年在正科第四组置社会门；1928 年设社会科学系，内分社会、经济、历史三组，开始有系主任的设置。1918 年，文科中的教育系独立成科；1932 年，教育科与文科合并成文学院；1933 年文学院正式设社会学系；1935 年社会学系与历史学系合并为历史社会学系；1940 年社会学系重新独立；1941 年由李安宅先生出任社会学系主任，使该校社会学另开生面。

2. 华西协和大学博物馆

华西协和大学博物馆是华西协和大学设立的一个重要的人类学研究机构。博物馆初创于 1914 年，这使华西协和大学成为中国高校中最先创办博物馆的私立高校[119]。美国学者戴谦和（D. S. Dye）为其创始人，最初名为华西协和大学博物部。今天我们通常所指的博物馆只是该馆的一部分，即古物博物馆（Museum of Archaeology, Art and Ethnology），其实它另外还有自然历史博物馆（The Natural History Museum）以及医学和口腔学博物馆（Museum of Medical and Dental Sciences）。因为古物博物馆成立时间最早，社会影响力最大，所以也将其称为华西协和大学博物馆。本节所要讨论的即为古物博物馆。据资料显示[120]，该博物馆馆址曾搬迁数次，其关于 1919 年以前的藏品具体位置并未有相关记录；1919 年以后，随着怀德堂（事务所）、合德堂（赫斐院）以及懋德堂相继建成，博物馆亦随之移动，由此可大约看到当年华西协和大学对博物馆的规划以及博物馆早期的发展过程。

博物馆由初创时期的不成熟，其后经历了迅速发展、稳步推进以及重新进入轨道多个时期，为中国西南地区的考古学、人类学研究以及博物馆建设[121]都

---

119 马建辉，王晓宁主编：《中国高校博物馆建设研究》，新华出版社，2014 年，第 8 页。

120 周蜀蓉：《发现边疆：华西边疆研究学会研究》，中华书局，2018 年，第 113 页；罗照田：《东方的西方：华西大学老建筑》，四川人民出版社，2018 年，第 71-72 页。

121 在四川、西南乃至全国范围，华西协和大学博物馆都是较早建立起来的现代博物馆之一，在中国近代博物馆史上占有重要地位。参见周蜀蓉：《发现边疆：华西边疆研究学会研究》，中华书局，2018 年，第 106 页。

起到了积极作用。博物馆的工作涉及到诸多方面，本节主要以当时的学者在与博物馆相关工作中展开的考古活动与人类学研究为考察对象，以呈现出华西坝上人类学研究的多元面向。

1914 年华西协和大学理事会决议筹建本校博物馆，以增进大学教学与科研实力，由理学院教授戴谦和负责。其时，收藏的标本文物多来自戴谦和、叶长青（J. H. Edgar）、陶然士（T. Torrance）等人的采集与收购，以及部分热心人士的捐赠[122]。1919 年，博物馆举办了首场向公众开放的展览[123]。1922 年随着华西边疆研究学会的成立，亦对博物馆的发展起到了很大的推进作用。学会成立后，组织了多次边疆考察活动，收集了大量的动植物标本以及民族民俗物品。其后学会与博物馆互为促进，至 1932 年时，博物馆的藏品达到了六千件。

首任馆长戴谦和实际上是理学出身，他曾就学于美国康奈尔大学、丹尼森大学，获理学博士学位。虽然他主要的研究领域是自然科学，但他同时对地理学、地质学、气象学、植物学、考古学、艺术学以及人类学也有研究。在人文领域方面，他在收集与分析建筑窗格以及编织腰带的图案方面颇有建树。在博物馆建设方面，戴谦和将理论与实践结合[124]，为其后历任馆长的博物馆工作奠定了基础。综观戴谦和的学术研究成果[125]，可以看到他在艺术、民俗以及考古研究方面的动向。1916 年戴谦和的杜甫草堂之行引发了他对窗格图案的兴趣，

---

122 初期博物馆收藏品类复杂，主要有地质标本（生物化石、人类学化石）、动植物标本，也有中国历史文物、民俗用品、民族文物、外国文物，以及中外近现代纪念品、历史文献、碑帖拓片、照片等。参见周蜀蓉：《发现边疆：华西边疆研究学会研究》，中华书局，2018 年，第 106 页。

123 在这场展览中，展出的物品包括两个罕见的中国碗、史前石器、峨眉山珊瑚化石、法国一战弹片遗物、美国印第安人赎罪圣物、古代陶器和钱币、北京和广州纪念品、景教碑拓片、汉碑照片等。参见 D. S. Dye. *The West Union University Museum*, West China Missionary News, No.6, 1920. p.18，周蜀蓉：《发现边疆：华西边疆研究学会研究》，中华书局，2018 年，第 112 页。

124 戴谦和把近代西方博物馆理论与模式介绍给华西学术界，是博物馆的奠基人和主要倡导者，多少年来，他的爱好和想象力、他的热情和精力维持着博物馆的生命，亦成为博物馆事业的开拓者。参见（加）黄思礼：《华西协和大学》，秦和平等译，珠海出版社，1999 年，第 133-134 页，转引自周蜀蓉：《发现边疆：华西边疆研究学会研究》，中华书局，2018 年，第 107 页。

125 基于戴谦和在《华西边疆研究学会杂志》上发表的 15 篇学术文章，参见四川大学博物馆整理：《华西边疆研究学会杂志整理影印全本》（*Journal of the West China Border Research Society*），中华书局，2014 年。

其后他在四川各地的旅行途中，也开始了窗格图案的收集。1937 年，他撰写的《中国窗格入门》（*A Grammar of Chinese Lattice*）英文两卷本[126]由哈佛大学出版社出版，两卷共 469 页，其中有关中国窗格设计插图 2500 多幅。另外一篇文章《四川古代石》[127]则显示出戴谦和在考古研究方面的方法与思考。文章开篇介绍了"圆、方形石工艺品及其祭坛在各洲大陆上的分布"；考察了四川的古冢及其所体现的天圆地方概念。通过戴谦和自述，他在四川地区进行了长达八年的田野调查并发现了几处祭坛遗址，比如他在邛州考察了一个天地祭坛，其"对称且具有代表性"；成都城南的一个祭天坛，根据当地流传的说法，这个祭坛在之前可能是专门为了某种军事仪式所建的土台；另外还有一处是原属于四川管辖区域，现在在陕西汉中的一个规模较大的天坛，"当地传说它是汉代的花台"。

戴谦和对四川旧石器和新石器时代早期文化以及成都平原新石器时代金属器物的使用进行了考古学的挖掘、调查与分析，在此过程中所使用的近现代考古学方法以及对考古对象的考察记录，为当时华西边疆研究学会以及华西协和大学博物馆积累了大量的研究成果。

此一时期对博物馆建设做了大量工作的还有叶长青和陶然士二人。叶长青很早就开始了边地考察[128]。他在人类学与考古学方面皆有研究，其中白石崇拜是叶长青研究的一个重要内容，在他对康藏地区的考察过程中，他对雅砻江、岷江以及金沙江沿线地区的白石分布情况进行了记录、分析与对比。具体研究内容可见其文章《白石考》《白石装饰图案》[129]以及《巴底、巴旺及非藏

---

126 1949 年，哈佛大学出版社再版此书；1974 年，多佛尔（Dover）出版社根据哈佛第二版将此书更名为《中国窗格设计》（*Chinese Lattice Designs*），在内容图版未做任何删减改变的情况下出了新版。

127 《四川古代石（器）——古代四川大地和石块的圆、方、角与弯曲构造》（*Some Ancient Circles, Squares, Angles and Curvesin Earth and in Stone in Szchwan, China*），参见（美）戴谦和：《四川古代石（器）——古代四川大地和石块的圆、方、角与弯曲构造》，沈允宁译，《四川文物》1995 年第 2 期，第 77-79 页。

128 1902 年至 1935 年间，叶长青曾多次赴康巴藏区即今所谓"藏彝走廊"地区进行考古和民族调查。参见李绍明：《略论中国人类学的华西学派》，《广西民族研究》2007 年第 3 期，第 46 页。

129 （澳）叶长青：《白石考》（*The White Stone*）、《白石装饰图案》（*White Stone Ornamental Designs*），参见四川大学博物馆整理：《华西边疆研究学会杂志整理影印全本》（*Journal of the West China Border Research Society*），中华书局，2014 年，第 81、88 页。

传佛教地区的神石崇拜》[130]。叶长青在四川地区的考察范围较为广泛[131]，正是在这些地方，他获得了大量的古物制品[132]，其中一些器物属于史前文化，一些只是后来人们磨制的石器，其成果发表在《中国石器时代》[133]一文中。对于叶长青在考古方面的研究，戴谦和将其称为"首次在中国的地层原位发现并且报道了这些手工艺品的出土情况"[134]。

另外一位陶然士虽然没有受过专业的人类学训练，但他凭借着对宗教的热情与在中国内地西南少数民族地区的长期生活经验与实地考察，在文化人类学、考古学以及宗教学研究方面颇有建树。尤其是在羌族研究方面，他进行过大量的考察与论述，有《羌族的历史、习俗和宗教：中国西部的土著居民》[135]《羌族宗教》[136]等成果问世。

1932年葛维汉（D. C. Graham）接任博物馆馆长一职，他对博物馆的藏品进行清点，认为博物馆有"最好的汉墓随葬品"、"现存最好的中国古币"、"稀有的铜器"、"精美的刺绣"以及"一些石器、早期的铁器、铜器和玉器"，但是博物馆在某些方面的收藏还存在着不足，比如宗教文物、民族文物以及原住民文物等。葛维汉之所以得出这样的结论，很重要的一个原因是他受到过专业的人类学训练[137]。葛维汉按照三大部类来安排博物馆的格局，即考古

130 （澳）叶长青：《巴底、巴旺及非藏传佛教地区的神石崇拜》(Litholatry in the Badiand Bawang, and some Non-lamaist Regions)，《教务杂志》(The Chinese Recorder) 1923年第45期，第229页。参见冯宪华：《近代内地会传教士叶长青与川边社会：以〈教务杂志〉史料为中心的介绍探讨》，《西藏研究》2010年第6期，第63-64页。

131 其考察路线由叙府至嘉定、从灌县至杂谷脑、由雅州到打箭炉以及打箭炉之外一带。

132 如刀器、刮削器、石斧、磨石以及石头碎片。

133 （澳）叶长青：《中国石器时代》(The Stone Age in China)，参见四川大学博物馆整理：《华西边疆研究学会杂志整理影印全本》(Journal of the West China Border Research Society)，中华书局，2014年，第307页。

134 （美）戴谦和：《四川古代石（器）——古代四川大地和石块的圆、方、角与弯曲构造》，沈允宁译，《四川文物》1995年第2期，第79页。

135 （英）陶然士：《羌族的历史、习俗和宗教：中国西部的土著居民》，陈斯惠译，汶川县档案馆，1987年，第19页。

136 （英）陶然士：《羌族宗教》(The Religion of the Chiang)，蒋庆华译，四川大学博物馆内部印发，第35页。

137 追溯葛维汉的学术背景可知，他在惠特曼学院和戈尔格特—罗切斯特神学院获得了学士学位，1920年在芝加哥大学获得宗教心理学硕士学位，1927年他重返芝加哥大学，在爱德华·萨丕尔（Edward Sapir）的指导下学习初民心理学，在费·库伯·柯尔（Fay Cooper Cole）的指导下学习文化人类学，他以《四川省的宗教》

（Archaeology）、艺术（Art）和民族学（Ethnology），并以此格局作为藏品收集、展览的依据与框架，李绍明先生将其称为"一种民族志的叙述"，且提示说这一部分是不包括汉族的民俗实物，汉族的部分放在了民俗学陈列室，如花轿、茶具、戏服等[138]。这样的编排布局不得不说是与葛维汉的学术背景密切相关的。

值得注意的是，葛维汉的人类学考察活动早在他出任馆长一职之前很多年就已经开始，接任馆长职务后考察活动也一直延续。接任馆长后，葛维汉一直致力于将博物馆建设与人类学田野调查、研究紧密结合。1934年，葛维汉、林名均等人开启了汉州（广汉）月亮湾遗址，即广汉三星堆遗址的考古发掘工作[139]，他们共收集到600多件器物，其中有石璧、石刀、玉刀、玉剑、玉凿、玉璧、玉片、陶片、绿松石、绿石、穿孔玉珠等。广汉考古发掘的这些器物对于研究古蜀文化以及古蜀与中原之关系等重大问题提供了丰富的资源[140]，通过对这些出土物的分析，葛维汉认为"当时四川文化生命力已受华北和中原文化之影响"，尤其是在广汉文化遗址中发现的石斧、石刀、石凿以及陶器上的刻纹与印纹等与殷墟遗址的出土物有相同之处[141]，另外他引用安特生（J. G.

为题完成了博士学位论文。1931年他又跟随柯尔学习考古学，此后又师从哈佛大学恩斯特·虎顿（Earnest Hooton）学习文化人类学和考古学。关于葛维汉的学术背景，李绍明教授认为"他受美国著名人类学者博厄斯（Franz Boas）影响甚深，美国人类学历史学派的观点与方法多体现于他的著作及其在华大博物馆的展览中，可视其为历史学派的学者"。参见李绍明：《略论中国人类学的华西学派》，《广西民族研究》2007年第3期，第47页。

138 李绍明口述，伍婷婷等记录整理：《变革社会中的人生与学术》，世界图书出版公司北京公司，2009年，第57页。

139 据葛维汉考古报告介绍，此次考古发掘"旨在更清楚地了解地层关系，准确记载每件珍贵器物的方位和深度，保存这次发掘充实而详细的记录，以便能更多地揭示出当地的历史和重视那些埋藏的文化"。参见（美）葛维汉：《汉州（广汉）发掘简报》，沈允宁译，陈宗祥校，李绍明，周蜀蓉选编：《葛维汉民族学考古学论著》，巴蜀书社，2004年，第180页。

140 葛维汉指出"随葬器物可以帮助我们了解古代的葬俗、社会和宗教习俗；玉、石器以及器物上的纹饰，颇能引起考古学家的兴趣；出土的大量陶片，为研究四川古代陶器提供了重要资料"。参见（美）葛维汉：《汉州（广汉）发掘简报》，沈允宁译，陈宗祥校，李绍明，周蜀蓉选编：《葛维汉民族学考古学论著》，巴蜀书社，2004年，第182页。

141 据此，葛维汉推断，"广汉的非汉族人民受华北和中原地区的早期文化影响颇深，或者是四川的汉人或汉文化比前人所定的时期还要早些"。对于葛维汉的推断，郭沫若回应道："在广汉发现的工艺品，如方玉、玉璧、玉刀等，一般与华北和中原

Andersson）的看法，即认为广汉和河南仰韶遗址的出土物极为相似。

三星堆遗址的发掘亦引起了中国学人的关注，考古工作结束不久，郭沫若先生来信希望能够取得广汉发掘的图片及器物图形，在给林名均先生的信中，郭先生肯定了博物馆在西南考古工作中的开拓之功，指出若想让考古工作产生价值，除了科学、迅速地发掘外，还应注意"碑铭、古代建筑、雕刻艺术、墓葬、土著居民的岩洞"的研究以及"探索四川史前文化，包括民族、风俗习惯以及认清它们与我国其他地区的文化接触"这些重要的问题。

综观葛维汉在博物馆工作中的理念及方法，明显受到博厄斯（Franz Boas）观念[142]的影响。博厄斯试图将19世纪后半期民族学所形成的"古典进化论者"以及"人文地理学者"两派别加以调和，以建立一个新的人类学系统[143]。具体的研究方法为"对相关的部落进行详细的比较，显示文化交融、语言借词现象以及文化形式交换的结果，通过追踪文化交流线路，追溯居住在某个特定地区的部落历史发展情况"[144]。

从葛维汉1921至1942年的多次田野调查可知，他的方法即对一个村寨进行几次短期的考察，一般每次时间不超过三个月，并尽可能多地搜集信息与物品，然后再去另外一个村寨。他对搜集和翻译的大量材料都没有解释，而且对这些材料也没有得出明确的结论。如1930年，葛维汉为研究叙府的寺庙而

地区的出土器物极相似。这就证明，西蜀（四川）文化很早就与华北、中原有文化接触"。参见（美）葛维汉：《汉州（广汉）发掘简报》，沈允宁译，陈宗祥校，李绍明，周蜀蓉选编：《葛维汉民族学考古学论著》，巴蜀书社，2004年，第188、196-197页。

142 博厄斯认为一个文化的历史表明了这种文化模式的起源，只有通过了解这些起源，才能理解这种文化。不了解文化的历史以及这些风俗、艺术形式的发展过程，人类学家就会对文化的进化得出错误的结论。因此他理解这些文化的方式就是尽可能多地按照其原始形态搜集材料，他搜集了大量的文字材料用以说明这些文化的特点。比如他搜集了大量夸库特尔人（Kwaqiutl）的文字材料，其中大多数是没有作任何解释和整理的直接翻译记录，他认为这些材料对于了解这些文化是必要的，面对这些初民社会的现实环境，最应该做的就是保存好这些文化、语言及艺术形式。并指出当人类学家能够更好地理解这些文化时，才可以对这些材料进行恰当地解释。

143 博厄斯认为："固然不应轻视重建历史，但为了透彻地研究个人，就必须着重研究人们生活于其中的文化。"参见 F. Boas. *Race, Language and Culture*, New York: Macmillan, 1982. p. 269.

144 （美）苏珊·R·布朗：《在中国的文化人类学家——大卫·克罗克特·葛维汉》，饶锦译，参见李绍明，周蜀蓉选编：《葛维汉民族学考古学论著》，巴蜀书社，2004年，第223页。

进行资料搜集，他撰写了四页目录，内容包括寺庙中供奉的 171 尊神灵及其法力的简介。他的目的是统计寺庙的数量，调查佛教寺庙、道教寺庙或儒家庙宇各自的数量，以及寺庙中不同的神，这些神出现的频率、他们的法力及功能。调查后他得出一系列数据，比如一座寺庙里的神像数量由 1 尊到 1048 尊不等。后来由于扩建公路有些寺庙被毁坏了，因此，他进行这项研究的目的是为了从可能会被拆掉的寺庙中拯救一些材料。葛维汉在文章结尾处指出他所搜集的这些有关寺庙与神像的材料无须解释，它们能够进行自我说明。[145]

因此，葛维汉在为博物馆的布局及体系规划中带有明显的"博厄斯"特征，也就非常明显了。这使得博物馆在实物收集方面的工作做得十分细致，但大多停留在记录与描写的层面。李绍明先生对此做过评价，他认为葛维汉在博物馆陈列方面"摆得非常细"，这和葛维汉民族志记录方式相同，这种做法的好处是"能看到完整的东西"，但是亦使得"重点不太突出"[146]，如果没有对所展示的文化有深入研究的话，往往很难理清头绪。

不过，葛维汉的理念与工作方式的确为博物馆的有序发展以及在此基础上为教学与科研带来了便利与提升，因此郑德坤先生在接任馆长职务时，认为"他（葛维汉）的体系是科学的"[147]，遂继续按照葛维汉的体系开展博物馆工作。郑德坤先生是于 1941 年接过馆长工作的，他是继戴谦和、葛维汉之后的第三任馆长，亦是第一位中国人馆长。接任后，他和林名均、梁钊韬、苏立文、宋蜀青、宋蜀华诸位先生一起，继续推进博物馆建设，组织系列考古发掘，亦在此基础上展开对巴蜀文化、古蜀文明的进一步研究。

郑德坤先生早年在燕京大学求学时，曾在顾颉刚、容庚、洪煨莲、张星烺等人的指导下整理了几种中国古代的舆地之书，如对《山海经》的研究；硕士毕业留任燕大后，继续从事《山海经》《水经注》等古文献的研究，并开始了古物鉴赏的学习，如听裴文中先生讲述发现猿人之经过；跟随容庚、顾颉刚二先生赴河北、河南、山东等地探访古代遗迹；参与中研院史语所的安阳发掘等。

145 （美）苏珊·R·布朗：《在中国的文化人类学家——大卫·克罗克特·葛维汉》，饶锦译，参见李绍明，周蜀蓉选编：《葛维汉民族学考古学论著》，巴蜀书社，2004年，第 253-254 页。

146 李绍明口述，伍婷婷等记录整理：《变革社会中的人生与学术》，世界图书北京出版公司，2009 年，第 58 页。

147 李绍明口述，伍婷婷等记录整理：《变革社会中的人生与学术》，世界图书北京出版公司，2009 年，第 58 页。

1932 年出版《中国明器》一书，该书是中国学者研究明器的最早的著作，通过对文献资料和实物材料的互为印证，论述了从仰韶文化到明清各个时期明器的组合状况、风格特征，并且从社会生活、宗教文化、工艺技术等方面对形成此种状况的原因进行了探讨[148]。1934 年任教于厦门大学，讲授中国文化史以及中国通史；1936 年，任教于华西协和大学，讲授中国历史课程，同时从事田野考古、馆藏整理及展览等工作。1938 年赴美国哈佛大学，攻读考古学及博物馆管理，1941 年获得博士学位后返回四川，任华西协和大学博物馆馆长一职。[149]

　　从郑德坤先生任馆长之前的学术经历来看，他在中国古史、古器物史以及考古学、博物馆学方面已经有大量的学术积累与田野实践，这些经验亦体现在郑先生对博物馆发展的规划与实践之中。接任之初，郑先生制定了博物馆"第一个五年发展规划"[150]，从规划内容强调"乡土教材"以及"教育本位化"这两点来看，就已经明确显示出中国学人在当时的时代背景之下，其所进行的学术活动与行为往往与家国未来之运命紧密关联，这即是与外国人在中国所进行的学术研究目的最大的区别之一。

　　事实上，在 1935 年的时候，北京、上海、南京的十位教授联名发表了《中国本位的文化建设宣言》（通称为"十教授宣言"或"一十宣言"），对当时中国文化中存在的"盲目复古"和"盲目西化"两种动向进行了讨论，由此引起了一场持续了一年多的关于中国文化建设的大论辩。在这场中国本位文化建设的运动中，有几个尤其明显的特征，即"文化上的民族主义"，"科学化"以及"建设大众的文化"[151]。在教育方面，有学者发文指出要使"学校生活中国本位化"，"学生在学校里的生活，不能离开中国社会太远"[152]，在郑德坤先生

---

148 郑德坤，沈维钧：《中国明器》，上海文艺出版社，1992 年，第 1 页。

149 黄文宗：《序言：郑德坤的生平》，参见郑德坤：《郑德坤古史论集选》，商务印书馆，2007 年，第 1-4 页。

150 郑德坤先生指出"该计划目的在整理标本，作系统之陈列，且与文学院课程配合，以作实物教学之提倡，务达利用乡土教材，以促进吾国教育之本位化"。参见郑德坤先生讲演，刘盛舆先生笔记之《五年来之华西大学博物馆》，华西大学博物馆油印本，1947 年，转引自霍巍：《郑德坤先生与四川大学博物馆》，载于郑德坤：《郑德坤古史论集选》，商务印书馆，2007 年，第 764 页。

151 宋小庆等著：《关于中国本位文化问题的讨论》，百花洲文艺出版社，2004 年，第 9、190-266 页。

152 王丰园：《我对于改革教育的意见》，《文化与教育》1936 年第 111 期，第 20-21 页。

看来，乡土教材的建设与使用正是促成中国教育本位化的有效途径。有学者总结了多种"乡土教材"的涵义，认为它是"结合当地的实际特点而编写"，且"反映本乡本土实际的教学材料"，比如乡土历史、地理、美术、音乐以及志书等等[153]，这个定义基本上是把"乡土教材"归为一种文字材料，但按照郑德坤先生的说法，"乡土教材"的范围还更大，亦包括博物馆"标本"等实物。由此可以看出，郑先生的视野是十分开阔的，他的观念不仅停留于博物馆建设本身，而是能够结合当时的现实情况，将其与学校教学、中国教育紧密结合，一方面使"乡土教材"的内涵得以扩展，一方面使博物馆的工作更具现实意义。

1941 年至 1946 年，郑先生率博物馆参加了汉墓、唐墓、王建墓以及文庙旧址等处的考古发掘工作，且组织多次田野调查，收集到大量的实物标本。在此基础上，对博物馆的陈列与布展进行了创新与改革，使博物馆形成了以"中国石器与雕刻"、"中国金属器"、"四川陶瓷器"、"华东和华北陶瓷器"、"西藏文物"、"西南民族用具"以及"其它艺术品"七大部，这一格局基本得以沿用，成为其后四川大学博物馆陈列布展的参照基础。前面提到郑德坤先生十分重视博物馆的教育功能，他依托博物馆开展了多次展览活动，如"馆藏灯影展"、"羌族文物与图片展"、"古玉展"、"藏画展"、"佛教雕刻展"、"陶瓷展"、"古代名纸展"、"华西丰富多元文化图片展"以及"英国刻画展"、"美国建筑展"等众多展览。[154]正是在博物馆的组织与推动下，四川逐渐出现了各类博物馆面向大众举办的边疆风物展，在当时形成了一个展示边疆的"展览集合体"[155]，其中最引人注目的要数以庄学本先生所提供之物为基础的"西康摄影展"。

博物馆在此一时期的发展亦离不开郑先生与馆内诸先生的学术研究与成果发布。郑先生可谓是学术研究的主力军，著有《华西的史前石器》《四川史前文化》《巴蜀之交通与实业》《四川汉代崖墓调查》《中国文化的形成》《古玉通论》[156]等论文，亦撰有《西藏图画》《蜀陶概说》《中国名纸目录》《理番版

153 李新：《百年中国乡土教材研究》，知识产权出版社，2015 年，第 7-8 页。

154 参见霍巍：《郑德坤先生与四川大学博物馆》，载于郑德坤：《郑德坤古史论集选》，商务印书馆，2007 年，第 764-765 页；周蜀蓉：《发现边疆：华西边疆研究学会研究》，中华书局，2018 年，第 120-121 页。

155 安琪：《博物馆民族志中国西南地区的物象叙事与族群历史》，民族出版社，2014 年，第 89 页。

156 郑德坤：《华西的史前石器》，《说文月刊》1942 年第 7 期，第 84-93 页；《四川史前文化》，《学思》1942 年第 9 期，第 5-27 页；《巴蜀之交通与实业》，《学思》1943 年第 11 期，第 9-21 页；《四川汉代崖墓调查》，《川康建设》1944 年第 5/6 期，第

岩葬》《四川古代小史》《王建墓》《四川考古学》《四川钱币导言》《四川古代文化史》等著作，与梁钊韬先生合著《西南民族导言》，与苏立文先生合著《西藏文化导言》[157]等。林名均先生则是在葛维汉任馆长时期就已经从事博物馆方面的学术研究了，他撰有《川南僰人考》《威州的民歌》《广汉古代遗物之发现及其发掘》《四川治水者与水神》《四川威州彩陶发现记》[158]等多篇论文。据统计，该时期经由博物馆出版的书刊达 24 种，其中手册丛刊 10 种，抽印丛刊 10 种，译丛 2 种，专刊 2 种。[159]

综上所述，博物馆由最初的西方人主导，到后来逐渐由中国学人主导的建设与发展过程中，均对西南边疆地区进行了深入的实地考察与研究，推进了人类学、民族学、考古学等新兴学科在四川的发展，比如当时的四川以华西协和大学博物馆为先导，陆续建成了成都市通俗教育博物馆、中国西部科学院附设公共博物馆、省立四川博物馆、希成博物馆等[160]，其时博物馆群的出现，与当时的西南边疆研究互为补充、共同发展。此外，博物馆所开启的西南民族考古作为中国民族考古学的重要内容，为中国现代考古学的兴起与发展提供了新的路径。据周大鸣教授论述，在上个世纪初，人类学与考古学等新兴学科的本土化进程中，这些学科互相影响、交叉，形成了"民族考古"之研究范式，当时又有从"考古学印证民族学"以及"民族学印证考古学"两条路径，华西协和大学之葛维汉、郑德坤、冯汉骥诸先生则倾向于后一条路径[161]，他们在四川所进行的一系列民族考古活动，作为中国民族学与考古学互为交叉的先期探索与实践之组成部分，为 20 世纪 80 年代以降的中国"民族考古学"这一新兴

41-54 页；《中国文化的形成》，《文史杂志》1945 年第 3/4 期，第 10-89 页；《古玉通论》，《文史杂志》1945 年第 9/10 期，第 44-48 页。

157 周蜀蓉：《发现边疆：华西边疆研究学会研究》，中华书局，2018 年，第 126 页。

158 林名均：《川南僰人考》，《文史教学》1941 年第 1 期，第 37-41 页；《威州的民歌》，《边疆研究通讯》1942 年第 3 期，第 3-10 页；《广汉古代遗物之发现及其发掘》，《说文月刊》1942 年第 7 期，第 94-102 页；《四川治水者与水神》，《说文月刊》1943 年第 9 期，第 77-135 页；《四川威州彩陶发现记》，《说文月刊》1944 年第 4卷合刊本，第 15-19 页。

159 《华西大学古物博物馆出版书目》，载《华西文物》（创刊号），1951 年 9 月，参见周蜀蓉：《发现边疆：华西边疆研究学会研究》，中华书局，2018 年，第 126 页。

160 安琪：《博物馆民族志中国西南地区的物象叙事与族群历史》，民族出版社，2014年，第 74 页。

161 周大鸣：《中国民族考古学的形成与考古学的本土化》，《东南文化》2001 年第 3期，第 8-14 页。

学科的形成与讨论奠定了基础。

（二）学术团体的形成

新学体制的确立，除了上述提到的学术机构的建立外，还有一个重要的内容即学术团体的形成。当时，在人类学研究方面颇具影响力的即"华西边疆研究学会"（West China Border Research Society）。该学会正是在华西协和大学以及博物馆的前期基础上组建成形的。

学会成立于 1922 年 3 月 24 日，挂靠华西协和大学，办公机构设在博物馆内，发起人是时任华西协和大学医学教授的莫尔思（W. R. Morse）[162]。初期学会成员以外籍人士为主，随着学会影响力的扩大，越来越多的中国学者加入该学会[163]。据周蜀蓉统计，从 1939 至 1950 年，学会共选举出十一届执委会，其中担任会长的西方学者六人，中国学者五人；副会长的西方学者五人，中国学者六人。担任过会长一职的中国学者有方叔轩、侯宝璋、李安宅、刘承钊、蓝天鹤。[164]

该学会属于学术研究机构，其关注的地域在中国西南[165]。其学术活动具

---

[162] 其他发起人还有戴谦和（D. S. Dye）、詹尚华（A. E. Johns）、傅士德（C. L. Foster）、冬雅德（E. Dome）、司特图（H. N. Steptoe）、布礼士（A. J. Brace）、缪尔（J. R. Muir）、路门（G. B. Neumann）、胡祖遗（E. C. Wilford）、李哲士（S. H. Liljestrand）和彭普乐（T. E. Plewman），共计 12 人。在 4 月 21 日的会议上，通过了学会委员会起草的章程，决定由莫尔思出任第一任学会主席，副主席为赫立德（G. G. Helde），秘书为冬雅德（当年 12 月布礼士接替了回国休假的冬雅德出任秘书），会计为费尔朴（D. L. Phelps），执行委员为詹姆斯·赫特森（James Hutson），叶长青（J. H. Edgar）为第一位荣誉会员。参见《学会创建及第一年计划》（*Organization and First Year's Program*），《华西边疆研究学会杂志整理影印全本》（*Journal of the West China Border Research Society*），四川大学博物馆整理，中华书局，2014 年，第 11 页。

[163] 葛维汉（D. C. Graham）曾于 1943 年总结道："华西边疆研究学会成立于一九二二年，迄今已有二十余年之历史……回溯本会最初成立之时，中国学者尚未注意中国西部边疆之研究，以致本会会员，□皆西人，论著讲演亦由西人担负。以后，尤其是最近，中国朋友对于中国西部边疆研究，□加注意，故中国会员，日渐增加，而本会职员，论文著述，学术讲演亦多由中国学者负担起责任。今后中国西部边疆工作，更□重要，本会仍愿一本初衷，提倡研究，并借讲演与刊物，将此研究贡献于□□。"参见（美）葛维汉：《华西边疆研究学会》，《中央日报·华西大学边疆研究专页》1943 年 1 月 15 日。

[164] 周蜀蓉：《发现边疆：华西边疆研究学会研究》，中华书局，2018 年，第 42 页。

[165] 学会旨在促进中国西部边疆和西南各省的科学研究，重点对中国西南边疆和西南各省的地质、地理、经济、历史、文化、社会组织、民族进行科学的考察和研究，

体可以分为六类：第一类是调查、发掘和科学研究；第二类是举办学术讲演会；第三类是出版了刊物《华西边疆研究学会杂志》；第四类是展览的举办；第五类是图书馆建设；第六类是与国外大学及博物馆的交流。

其中《华西边疆研究学会杂志》可以说是代表了民国时期中国西南地区最高水平的学术刊物[166]。2014 年，中华书局出版了《华西边疆研究学会杂志整理影印全本》[167]，该书整理了学会中外成员叶长青、陶然士、莫尔思、布礼士、葛维汉、戴谦和、方文培、郑德坤、冯汉骥、闻宥以及林耀华等人在该刊物上发表的有关中国西部地区自然地理和社会人文的学术研究成果。自该刊物创办时间算起，距今已经有百年历史，它历经战乱，诸多藏本都已散佚，仅在世界著名汉学机构和个别大学图书馆中有部分保存，目前只有四川大学博物馆还收藏有全套该刊原件，其中数卷已成孤本。因此，《华西边疆研究学会杂志整理影印全本》的出版意义非凡，对后世学者了解该时期的学术研究情况提供了完整、清晰的原始材料。

二、华西坝的人类学研究

华西坝人类学研究的兴起与发展可以说是历史必然性与偶然性的结合。说它具有必然性，是因为随着西方国家在全球范围内殖民活动的展开，人类学等西方现代学科传入或被引进中国是历史的必然。华西坝所位属的四川区域就整个中国而言，其作用与地位早就被西方入侵者所知晓重视，因此可以看到无论是军官政客、探险家，还是传教士、学者都较早地在这片区域留下过大量踪迹。而历史的偶然，则是指抗日战争爆发以后，大量的高校及科研院所内迁，通过对这段内迁史的梳理后发现，无论是迁至华西坝的众多教会学校，还是迁至李庄的中研院史语所，在当时既混乱又危急的历史情境中，由于受到诸多限

包括自然科学和社会科学两方面。自然科学涉及到地理、地质、动物、植物、医药、农业等；社会科学则包含了人类学、民族学、考古学、历史学、语言学、社会学等。关于华西边疆研究学会的研究范畴，葛维汉指出："最初一年……工作目标乃在□研究中国西部边疆汉人以外□风俗习惯、社会环境等。嗣后会员逐渐增多，近已超过二百五十人，而研究目标亦扩大为研究整个中国西部边疆的自然环境和文化。"参见（美）葛维汉：《华西边疆研究学会》，《中央日报·华西大学边疆研究专页》1943 年 1 月 15 日。

166 该刊于 1922 年创刊，1923 年出版，至 1946 年停刊，22 年内共出版 16 期 20 册，增刊 2 册，发表论文 300 多篇，作者 140 余位。

167 该书一套共十册，由四川大学博物馆整理。

制，对于具体的搬迁地，事实上他们并未有太多的选择，这就使迁至四川区域的高校与科研院所带有很大的随机性，或者更准确的说，带有特殊的时代性。

对华西坝人类学研究的这段历史，已经有学者从"学派"[168]或"研究风格"[169]等不同层面对其展开了论述。通过这些论述，说明了这段学术史的重要性和与当下连接后所显示出来的现实意义。具体而言，人类学这样的西方学科在经过了百余年中国化进程，并与中国本土文化日益交融以后，其目前所遭遇的"困境"[170]以及未来的方向为何，有关于此的探讨，如徐新建教授提出中国人类学需要在今后的发展中"回向整体人类学"[171]；再如以人类学为基础而大量出现的各类交叉学科，像文学人类学、艺术人类学、审美人类学、音乐人类学等等，这些学科的"人类学性"体现在哪里？该如何体现？面对这些困惑，学术史探寻或许能够成为解惑的钥匙之一。

有鉴于此，本章讨论文学人类学的本土传统及其学理源流，对这一段学术史的回顾与整理就非常重要，它生动地呈现出该时期中国学人对西方人类学理论的在地化探索。通过梳理，以下具体从两个方面展开：其一，该时期学人对边疆民族的研究；其二，该时期学人的考古人类学研究。

---

168 如李绍明先生所论述的中国人类学华西学派，即是以 20 世纪初到 50 年代在成都建立的华西协和大学为中心的学派。参见李绍明：《略论中国人类学的华西学派》，《广西民族研究》2007 年第 3 期，第 43 页。

169 如王铭铭教授指出："1937 年至 1945 年抗日战争期间，汉语学术中心西移。在族群关系复杂的地区，边疆政策的研究凸显出了它的重要性，而与此同时，西南地区与盟国的合作，也促成了当时西方学派所难以概括的大量研究风格的成长。"参见王铭铭：《西学"中国化"的历史困境——以人类学为中心的思考》，王铭铭：《王铭铭自选集》，广西师范大学出版社，2000 年，第 18 页。

170 关于"困境"，王铭铭教授指出："正是近代中国民族—国家建构内在的困境——尤其是民族—国家理想与中华文明体系的多元性矛盾，促使汉语人类学长期以来坚持发展一种'异文化研究内部化'的研究类型，而这也正是人类学在中国'本土化'的核心内涵。"参见王铭铭：《西学"中国化"的历史困境——以人类学为中心的思考》，王铭铭：《王铭铭自选集》，广西师范大学出版社，2000 年，第 4 页。

171 徐新建教授认为："作为从西方引进的知识范式，人类学在中国主要以进化论为根基，强调英美的科学实证倾向，忽略了人类学自'两希'传统以来的哲学根底，因而导致更多偏重于社会学与民族学。如今需要从回向人类学的学理整体，关注哲学人类学，并由此发掘中国多民族经验中对人的研究，从而不仅仅对'汉学'和'少数民族学'而是对真正意义上的人类学作出贡献。"参见徐新建：《回向"整体人类学"——以中国情景而论的简纲》，《思想战线》2008 年第 2 期，第 1 页。

（一）该时期学人对边疆民族的研究

首先需要说明这里所讲的"该时期"大致是指由中国学人主导华西坝人类学研究的时期，正如前文所引葛维汉的总结，最初在华西坝开展人类学研究是以西方人为主，随着国内国际局势的变化以及人类学研究的扩大和深入，越来越多的中国学者开始关注边疆，并运用西方新学的知识来研究边疆文化、提出建设边疆方针等。其中，尤以李安宅组建的华西边疆研究所、任乃强组建的康藏研究社影响较大。另外，当时的成都国立四川大学在法学院中设立了西南社会研究所，所长胡鉴民，虽然其时的四川大学和华西协和大学还是彼此独立的两所学校，但是就人类学研究而言，两校在教师、课程、讲座、田野等诸多方面都有交叉与合作，可以说彼此之间存在着密切的关联，因此也把这部分内容置于华西坝人类学研究范围中一并考察。

再者，还应当注意在当时的历史情形中，还有一项内容是华西坝人类学研究的重要组成，即 20 世纪 30、40 年代学术机构的内迁。具体而言，是指南京金陵大学、金陵女子文理学院、中央大学医学院；济南齐鲁大学；北京燕京大学、协和医学院及护士专科学校；苏州东吴大学生物系等[172]先后迁到成都华西坝上，与华西协和大学联合办学的历史经历。正是在此种情形之下，以西北、西南为主要地域展开的中国边疆研究开始活跃起来，其中与边疆研究关联紧密的人类学研究得到了较大的发展。学界对边疆研究的日益重视以及内迁高校中人类学、社会学人才力量的加入[173]，共同拓展了华西协和大学的西南人类学研究局面，"华西学派由此得以形成并获得发展"[174]。

1. 华西边疆研究所

1940 年 9 月，李安宅聘任为华西大学社会学系教授。1941 年兼任社会学系主任，他将社会服务以及社会研究作为办学的宗旨与目标，综观他在华西大学社会学系的工作，可以将其归纳为课程设置、师资建设、组织社会实践以及

---

172 李绍明：《略论中国人类学的华西学派》，《广西民族研究》2007 年第 3 期，第 47 页。

173 内迁华西坝的高校中金陵大学、金陵女子文理学院、燕京大学以及齐鲁大学"均设有社会学系，开设有社会学、人类学课程，人类学方面知名学者有如徐益棠、柯象峰、马长寿、林耀华、李有义（短期）以及陈永龄等均为此一阶段华西人类学的发展做出了重要贡献"。参见李绍明：《略论中国人类学的华西学派》，《广西民族研究》2007 年第 3 期，第 47 页。

174 李绍明：《略论中国人类学的华西学派》，《广西民族研究》2007 年第 3 期，第 47 页。

人才培养几个方面[175]。1942 年李安宅向华西大学校长张凌高提议筹建华西边疆研究所，经学校同意，张凌高校长兼该所所长，李安宅任副所长并主持工作。此时李安宅还兼任了成都燕京大学社会学系主任，不久即由林耀华接任。

可以看到，李安宅在社会学系的工作并不是独立的，而是与他的研究紧密结合，亦与他所筹建的华西边疆研究所有密切的关联。据高伦举介绍，社会学系为了提高区域研究水准，七年来与华西边疆研究所密切合作，在训练人才以及实地服务之指导方面皆有深远配合[176]。1942 年华西边疆研究所成立以后，作为一个专门的人类学研究机构，它以西南边疆民族，尤其是康藏地区，即今天所说的"藏羌彝走廊"区域为研究范畴，且聘任了任乃强、谢国安、刘立千、玉文华、于式玉等人为专研人员，[177]研究所又因华西大学华西边疆研究学会的历史传统，以及与华西大学社会学系资源互享、人员互通，各方面的因素使得华西边疆研究所成为当时一个研究力量相当强的人类学专门机构。

华西边疆研究所成立以后，组织过多次边疆考察。如 1942 年李安宅、于式玉到甘肃夏河太子山做田野调查，考察太子山山神祭祀活动，顺此对黑错、临潭以及卓尼一带进行了考察，此次考察李安宅撰有《藏民祭太子山典礼观光记》[178]一文，不仅对整个考察活动的经过做了详细的记录，且对祭祀山神的来

---

175 课程设置方面，在社会学下开设藏人历史地理和边疆政策两门课程，在社会行政组必修科目中，设置了中国社会制度史、妇女工作、边疆民族问题、边疆教育和边疆社会工作、边疆行政等课程。此后课程设置进一步完善，如 1943-1944 学年度李安宅先生讲授的课程有社会制度、社会学原理、经济社会学、宗教社会学、农村社会学；姜蕴刚先生担任的课程有中国社会学史、政治社会学、西洋社会思想史；冯汉骥先生开设有人类学、西南民族学、现代社会学原理与方法；任乃强先生有康藏史地课程等。师资建设方面，1942 年社会学系教师有李安宅、姜蕴刚、梁仲华、冯汉骥、蒋旨昂、曹燕仪、冯德美、许衍梁，至 1946 年教师队伍有所变化，增加了罗荣宗、徐蕴辉、孙则让、谷韫玉、葛维汉、梁文瑞、赵适、梁猷堂、阮立卿、程国辉等人，师资力量不断增强，且术业有专攻，覆盖了较多的研究领域；组织社会实践方面，如建立石羊场社会研习站；人才培养方面，其时社会学系的学生规模已达八十四人，其中女学生三十四人。参见藏乃措：《民国时期华西边疆研究所考述》，陕西师范大学硕士学位论文，2013 年，第 19-21 页，转引自汪洪亮：《抗战建国与边疆学术：华西坝教会五大学的边疆研究》，中华书局，2020 年，第 85、90 页；高伦举：《社会学系》，《华西协和大学校刊》1949 年"文学院特刊"，第 13 页。

176 高伦举：《社会学系》，《华西协和大学校刊》1949 年"文学院特刊"，第 14 页。

177 李绍明：《略论中国人类学的华西学派》，《广西民族研究》2007 年第 3 期，第 48 页。

178 李安宅：《藏民祭太子山典礼观光记》，《华文月刊》1942 年第 2 期，第 33-46 页。

历、传说、礼仪等做了大量的介绍与描述；成果亦有于式玉的《黑错、临潭、卓尼一带旅行日记》[179]，对行程亦进行了十分详尽的记录。又如1943年蒋旨昂、于式玉到川西理番县黑水地区做民族调查，考察结果有蒋旨昂的《黑水社区政治》[180]《黑水头人与百姓》[181]以及于式玉的《麻窝衙门》[182]《记黑水旅行》[183]《黑水民风》[184]等文章。再如1944年，研究所组织人员分南北两路去往西康德格[185]进行实地考察，此行中李安宅聘请谢国安加入了华西边疆研究所[186]。历时半年后，李安宅撰写了《喇嘛教萨迦派》《西康德格之历史与人口》《本教——说藏语人民的魔力般的宗教信仰》等文章[187]以及《藏族宗教史之实地研究》一书的部分内容，另外亦有任乃强撰写的《西康地图谱》[188]《德格土司世谱》[189]《喇嘛教与西康政治》[190]系列文章。

从华西边疆研究所的系列学术活动来看，其研究的大背景亦与当时的国际局势与中国政治环境有关，正如在《华西边疆研究所缘起》中所言及"十数年来之乡村建设运动，即有国内固有文化，包括生产与组织，而促其积极改造者，其口号一为'到乡村去'，一为'到边疆去'……深入国力之基层也，到乡村为改进旧者，到边疆为建设新者，旧基础为常态设施之范围，新基础因无成规可循，所应努力者尤多"，可见当时李安宅就对人类学在中国的研究作了区分，一个是以乡村农耕社会为主的社区研究；一个是以边疆非农耕社会为主的边政研究。

对于边疆，李安宅谈道："诚以农耕牧畜之不同，乃正统文化与附从文化

---

179 于式玉：《黑错、临潭、卓尼一带旅行日记》，参见李安宅，于式玉：《李安宅、于式玉藏学文论选》，中国藏学出版社，2002年，第446页。

180 蒋旨昂：《黑水社区政治》，《边政公论》1944年第2期，第14-48页。

181 蒋旨昂：《黑水头人与百姓》，《大学月刊》1944年第3/4期，第66-70页。

182 于式玉：《麻窝衙门》，《边政公论》1944年第6期，第36-64页。

183 于式玉：《记黑水旅行》，《旅行杂志》1944年第10期，第59-86页。

184 于式玉：《黑水民风》，《康导月刊》1945年第5/6期，第9-21页。

185 德格为藏民文化之中心，不但为喇嘛教各宗派之荟萃所，而伟大之印经院尤驰名。

186 《社会系珍闻·李主任暑期赴德格》，《华西协和大学校刊》复刊第2卷第1期，1944年，第9页，参见汪洪亮：《抗战建国与边疆学术：华西坝教会五大学的边疆研究》，中华书局，2020年，第94-95页。

187 参见李安宅遗著整理委员会：《李安宅藏学文论选》，中国藏学出版社，1992年。

188 任乃强：《西康地图谱》，《康导月刊》1944年第1期，第53-74页。

189 任乃强：《德格土司世谱》，《康藏研究月刊》1947年第13期，第15-23页。

190 未刊稿，转引自李绍明：《略论中国人类学的华西学派》，《广西民族研究》2007年第3期，第52页。

之所以分也"[191]。虽然文中仍将边疆文化称为"附从文化"，但已经完全从"一点四方"之以地理位置远近论与中原之亲疏关系的思维模式中跳脱出来，认为文化的不同除了地理位置的因素外，更与不同的生产方式、经济模式、生活方式相关。为了更好地了解这种文化，更好地从事边疆事业、解决边疆问题、扩大边疆宣传、组织边疆研究，李安宅撰写了《边疆社会工作》[192]一书，于1944年出版，该书成为指导边疆工作与研究的主要书目之一。

华西边疆研究所除了在实地考察、学术研究上卓有成绩外，在此过程中还培养了一批人类学研究的人才。如当时研究所的助理研究员玉文华、陈宗祥、黄明信等人，他们在藏族、彝族等民族研究方面均做出了很大的成绩。如玉文华当时负责了成都南郊红牌楼农村社会服务站工作以及担任德格小学校长，后在西南民族学院民族研究所工作，参加了中央民族调查组赴凉山的社会调查。为中国人类学会会员，成都社会学会顾问，四川省地名学会顾问。撰有《西北民歌》《隆凹——一个藏族部落》《文化生态学的概念及方法》《论图腾》《城南乡调查报告》《巴普调查报告》《尔吉萨呷调查报告》等。[193]而陈宗祥则是负责当时另外一个田野点，即小凉山马边的边民生活指导所的工作，他搜集了近百册彝文经典，正是这一时期的工作与学习奠定了他其后研究的基础，陈宗祥是我国较早介绍并研究藏族史诗《格萨尔》的学者之一，也是研究《白狼歌》较有影响力的学者之一[194]，在民族学研究方面颇有建树；再如以僧人身份在拉卜楞寺学习了八年的黄明信，成为了名副其实的藏学大家，在藏文翻译、古籍整理、藏传佛教史、因明学、藏历各方面均有研究，其代表作被整理为《黄明信藏学文集》三卷本以及《拉卜楞寺研究论集》等相继出版。[195]

2. 康藏研究社

除了华西边疆研究所外，当时对边疆民族进行了大量研究的还有康藏研究社，虽然康藏研究社与华西边疆研究所是两个不同的研究机构，但二者之间

---

191 《华西边疆研究所缘起》，《中国边疆》1942年第2期，第9-10页。

192 李安宅：《边疆社会工作》，中华书局，1944年。

193 周伟洲主编：《中国当代历史学学者辞典》，西北大学出版社，1993年，第384页；陈虹主编：《中国少数民族专家学者辞典》，辽宁民族出版社，1994年，第272页。

194 陈宗祥答；覃影，张强问：《70年致力于民族学研究的学者——西南民族大学陈宗祥先生专访》，《民族学刊》2012年第3期，第4-18页。

195 有关黄明信先生著作的更多介绍参见丹曲：《安多历史文化探微》，甘肃民族出版社，2014年，第52-59页。

依然有着密切的关联，比如作为康藏研究社[196]组织者与发起人的任乃强，他也是华西边疆研究所的成员。

出于对史地问题的关注，任乃强很早就开始了对康藏地区的实地考察，其中一些研究对于西康建省起到了很大的促进作用。1935 年刘文辉在筹备西康建省事宜时，即请任乃强代拟《川康边政施行计划书》《条陈经康大计》等报告。西康建省委员会在雅安成立后，刘文辉推荐任乃强成为建省委员，1938 年为建委会撰写《西康建省委员会实施工作计划书》，争取到将宁、雅两地划归西康。筹备建省期间，任乃强又去到西康各县考察，如 1937 年他与一名技师从炉城到新都桥、塔公一带实地勘测修筑飞机场的条件。1939 年西康正式建省后，任乃强退出政坛，担任西康通志馆筹备主任，一心致力于西康的文化建设。直到 1942 年通志馆工作即将完成时，忽被西康当局派人接替。即便如此，在筹备西康建省到退出西康工作整个过程中，任乃强有大量的撰述问世，如《西康省通志撰修纲要》《泸定导游》《天芦宝札记》《康藏史地大纲》《百万分之一康藏标准全图》《樊敏碑考》《康藏问题之关键》《西康蕴藏之富力与建设途径》《论边腹变迁与西康前途》《记西康奇药独一味》等。[197]

由于通志馆的工作被接替，任乃强遂于 1943 年受聘于华西大学，成为华西边疆研究所研究员。1944 年华西边疆研究所组织了赴西康德格地区的考察，主要是针对当地的寺庙与土司进行研究，其后任乃强撰写了《"藏三国"的初步介绍》[198]《关于"藏三国"》[199]《德格土司世谱》[200]等文章。其实这并不是任乃强介绍与研究"格萨尔"的最早撰述，在由《四川日报》登载的《西康诡异录》中即有关于"格萨尔"的记录[201]，如"藏三国"一条为介绍"藏三国"流行情况，指出其为藏族民间流行的一种有唱词的文学艺术，内容与《三国演

---

196 这是"中国第一个专门从事藏学研究的民间学术团体"，他们出版了《康藏研究月刊》，"在国际藏学界赢得了极大声誉"。参见任乃强著，任新建编：《川大史学任乃强卷》，四川大学出版社，2006 年，第 3 页。

197 任新建：《经世致用——任乃强与西康建省》，参见任新建，周源主编：《任乃强先生纪念文集——任乃强与康藏研究》，中国藏学出版社，2011 年，第 91-103 页。

198 任乃强：《"藏三国"的初步介绍》，《边政公论》1945 年第 4/5/6 期，第 21-33 页。

199 任乃强：《关于"藏三国"》，《康导月刊》1947 年第 9/10 期，第 38-39 页。

200 任乃强：《德格土司世谱》，《康藏研究月刊》1947 年第 13 期，第 15-23 页。

201 这些记录成为我国最早以汉语介绍"格萨尔"的文章和第一篇"格萨尔"汉译本，具有划时代的意义。参见任新建：《任乃强先生与〈格萨尔〉》，任新建，周源主编：《任乃强先生纪念文集——任乃强与康藏研究》，中国藏学出版社，2011 年，第 127 页。

义》无关；再如"藏三国举例"一条模拟说唱者语调，用汉文翻译了一段"格萨尔"，内容取自"格萨尔"中《降伏妖魔》一章。

1946 年转教于四川大学的任乃强，又与谢国安、刘立千一起创立了一个专门从事藏学研究的民间学术团体，即康藏研究社，出版刊物《康藏研究月刊》。该刊自 1946 年 10 月创刊出版，至 1949 年 9 月停刊，共出版了 29 期，对推进抗战结束到新中国成立这一时期的康藏研究起到了很大的作用。如果说李安宅建立的华西边疆研究所代表的是中国边疆研究由西方人为主逐渐转移至以中国学人为主的话，那么任乃强建立的康藏研究社，以及其后四川大学边疆研究学会[202]的建立，则可以被视为本土学人所开创的以康藏研究为主的综合性研究。因此李绍明才会说即便抗战结束后各学术机构回迁对华西坝的人类学研究造成一定程度的影响，但是由于华西坝人类学已经形成了自身的特点与优势，该学科得以继续向前发展，迄至 1951 年，成都人类学的空气仍然非常活跃。[203]

虽然任乃强、谢国安皆为华西边疆研究所成员，但他们所关注的领域以及所使用的方法与李安宅并不完全一致，康藏研究社成立后，形成了研究康藏的新学术团体[204]。事实上这也涉及到任乃强学术发展理路的源流，他的民族研究即始于对史地问题的关注。而作为康藏研究社的专属刊物《康藏研究月刊》，其意义并非仅限于当时在学界产生的影响，刊物本身亦成为后世学者研究史学、民族学、人类学[205]以及学人研究的第一手资料[206]，影响得以延续。除任乃强在上面发表了大量文章外[207]，亦有研究社其他成员的大量文章，如谢国

---

[202] 1947 年在四川大学和华西大学胡鉴民、罗荣宗等教授的支持下成立。

[203] 李绍明：《略论中国人类学的华西学派》，《广西民族研究》2007 年第 3 期，第 49 页。

[204] 这个"新"体现在：团体的成员较少受到民族研究理论，尤其是西方社会科学的研究理论约束，更多倾向于在地理和历史氛围中审视一个族群的社会与文化。参见徐振燕：《任乃强的西南图景——对一位二十世纪前期民族学家的研究》，中央民族大学博士学位论文，2011 年，第 110 页。

[205] 《康藏研究月刊》文类多样，有论文、译著、考察报告、政策建议、图书评介、游记、传记等；内容丰富，涉及康藏政治、宗教、历史、地理、民族、文化、语言、社会、风俗、经济、图书各方面。参见任新建：《康藏研究社介绍》，《中国藏学》1996 年第 3 期，第 24 页。

[206] 谢敏：《〈康藏研究月刊〉述略》，参见任新建，周源主编：《任乃强先生纪念文集——任乃强与康藏研究》，中国藏学出版社，2011 年，第 236 页。

[207] 任乃强：《冈底斯与昆仑》，《康藏研究月刊》1946 年第 1 期，第 3-8 页；《论宁远

安、刘立千、戴新三、岭光电、闻宥、李思纯等先生。

　　谢国安是我国近代藏学研究的大家，是现代藏学研究以及将藏学推向世界的先驱之一。他原名作巴多吉，父亲为蒙古族，母亲为藏族。10 岁即在拉萨哲蚌寺学经半年，后人小学读书，跟随一位来自扎什伦布寺的僧人学习藏文，后进入瑞典教会在大吉岭开办的学校学习英文、印度文和藏文，课余时间跟随固木寺一位格西学习佛法。15 岁跟随德格竹庆寺喇嘛莲花宝赴各地朝拜，在此期间他们从印度贝拿勒斯的菩提迦牙开始，经尼泊尔，到藏北羌塘、阿里地区，谢国安因此有机会接触与了解到各地风貌与民俗，这一经历也为他后来撰写《西藏四大圣湖》《康藏高原的顶部：羌塘》《再谈羌塘风俗》《论西藏的闷域》《阿里三围》[208]等文章奠定了基础。1920 年后谢国安相继担任了康定师范、国立师专的藏文教师，刘立千即投身其门下，成为了谢国安的得力助手。[209]

　　1926 年，《藏人言藏》（*A Tibetan on Tibet*）一书由英人孔贝（G. A. Combe）在英国出版，该书有李安宅的中文选译[210]，以及邓小咏的中译本《藏人言藏孔贝康藏闻见录》[211]。这本书的主体部分皆由谢国安口述，论述了他在旅行途中

　　　区之经建步骤》，《康藏研究月刊》1946 年第 3 期，第 2-9 页；《隋唐之女国》，《康藏研究月刊》1947 年第 5 期，第 12-26 页；《西藏的自然区划》，《康藏研究月刊》1947 年第 8 期，第 2-11 页；《黄河入川与俄洛界务》，《康藏研究月刊》1947 年第 11 期，第 2-13 页；《关于格萨到中国的事》，《康藏研究月刊》1947 年第 12 期，第 26-28 页；《献与大积石山探测队》，《康藏研究月刊》1948 年第 17 期，第 2-11 页；《康藏标准地图提要》，《康藏研究月刊》1948 年第 20 期，第 29-32 页；《西藏问题的历程与现况》，《康藏研究月刊》1948 年第 22 期，第 2-5 页；《天全散记》，《康藏研究月刊》1949 年第 24 期，第 26-30 页；《从大禹生地说到边疆人物》，《康藏研究月刊》1949 年第 25 期，第 2-9 页；《天全土司世系》，《康藏研究月刊》1949 年第 26 期，第 15-22 页。

208 谢国安：《西藏四大圣湖》，《康藏研究月刊》1946 年第 2 期，第 2-5 页；《康藏高原的顶部：羌塘》，《康藏研究月刊》1946 年第 3 期，第 24-31 页；《再谈羌塘风俗》，《康藏研究月刊》1947 年第 5 期，第 6-12 页；《论西藏的闷域》，《康藏研究月刊》1947 年第 7 期，第 18-22 页；《阿里三围》，《康藏研究月刊》1947 年第 14 期，第 2-6 页。

209 刘立千，陈宗祥，任新建：《我国老一辈藏学家谢国安》，参见杨岭多吉主编：《四川藏学研究（三）》，四川民族出版社，1995 年，第 311-322 页。

210 李安宅将其评价为"这样穿透数种文化而返观本土文化的纪录，不论其为正确与否，都是研究文化接触的绝好材料"，谢国安做到了"侃侃而谈，不为任何人作辩护"且"经验丰富"。参见李安宅译：《藏人论藏（上）》，《边政公论》1942 年第 7/8 期，第 95-102 页；《藏人论藏（续）》，《边政公论》1942 年第 9/10 期，第 70-80 页。

211 （英）孔贝：《藏人言藏孔贝康藏闻见录》，邓小咏译，四川民族出版社；中国社会科学出版社，2002 年。

所经历的藏区地理、名胜、风俗以及社会等内容，引起了西方藏学界以及文化人类学界的关注。另外，谢国安亦为我国早期研究藏族史诗《格萨尔》的先驱之一，法国学者石泰安（Rolf Alfred Stein）以及艾尔费（M. Helffer）等人在撰述中对谢国安的观点和论述多有引用。

此外像刘立千，亦在《康藏研究月刊》上发表作品，其所译藏文典籍《玛巴译师传》[212]《西藏宗教源流简史》[213]是国内汉译藏文经典方面的代表译著，另撰有《西藏密宗漫谈》[214]等文章；还有戴新三《布达拉的跳神大会》《扎什伦布寺小志》《后藏环游记》[215]等；岭光电《倮苏概述》《我对雷波夷人的观感》[216]；王恩洋《对康藏研究之期望》[217]；岑仲勉《从女国地位再讨论附国即吐蕃》[218]；闻宥《谈倮㑩字典》[219]；庄学本《大积石山及其附近之气象暨山川民物》[220]；彭公侯译《"藏三国"本事》[221]；李思纯译《川滇之藏边》《川边之打箭炉地区》《川边霍尔地区与瞻对》《里塘与巴塘》[222]等。综观《康藏研究月刊》发表之文章，其"敢于发表不同观点之文以求争鸣"[223]，它承载着中国本土学人对于康藏研究的希冀与开拓，为民族学、人类学、史学、文学以及民俗学等学科在华西坝形成并发展为"兼容并蓄"又"自成一格"的学术风格与治学方

---

212 刘立千译：《玛巴译师传》，《康藏研究月刊》1946 年第 1 期，第 8-12 页。

213 功德海著，刘立千译：《西藏宗教源流简史》，《康藏研究月刊》1949 年第 26 期，第 2-15 页。

214 刘立千：《西藏密宗漫谈》，《康藏研究月刊》1949 年第 25 期，第 14-30 页。

215 戴新三：《布达拉的跳神大会》，《康藏研究月刊》1947 年第 5 期，第 1-6 页；《扎什伦布寺小志》，《康藏研究月刊》1947 年第 7 期，第 2-10 页；《后藏环游记》，《康藏研究月刊》1947 年第 8 期，第 18-20 页。

216 岭光电：《倮苏概述》，《康藏研究月刊》1947 年第 7 期，第 13-17 页；《我对雷波夷人的观感》，《康藏研究月刊》1947 年第 11 期，第 27-32 页。

217 王恩洋：《对康藏研究之期望》，《康藏研究月刊》1947 年第 4 期，第 2-4 页。

218 岑仲勉：《从女国地位再讨论附国即吐蕃》，《康藏研究月刊》1947 年第 10 期，第 6-22 页。

219 闻宥：《谈倮㑩字典》，《康藏研究月刊》1948 年第 17 期，第 14-15 页。

220 庄学本：《大积石山及其附近之气象暨山川民物》，《康藏研究月刊》1948 年第 18 期，第 7-13 页。

221 （德）弗兰克（A. H. Francke）：《"藏三国"本事》，彭公侯译，《康藏研究月刊》1947 年第 4 期，第 28-32 页。

222 （法）古纯仁（Francois Gore）：《川滇之藏边》，李思纯译，《康藏研究月刊》1948 年第 15 期，第 5-13 页；《川边之打箭炉地区》1948 年第 16 期，第 2-11 页；《川边霍尔地区与瞻对》1948 年第 18 期，第 21-28 页；《里塘与巴塘》1948 年第 19 期，第 26-31 页。

223 任新建：《康藏研究社介绍》，《中国藏学》1996 年第 3 期，第 24-25 页。

法打下了坚实的基础。

3. 四川大学

除上述外，本小节开篇时提到当时的华西大学和四川大学是两个互相独立的高校，然而因为两校在人类学研究方面的诸多关联，亦把当时四川大学的相关情况置于华西坝人类学研究中一并考察。对于当时二校人类学研究的具体情形，徐益棠有过一段评论[224]，可见客观地来看，二者之间还是存在着一定的差距。虽然其时四川大学在人类学研究方面的规模和影响没有华西大学那么大，但作为这一段学术史的组成部分，还是有必要在这里做一回顾和梳理。

是时四川大学开展了人类学研究的机构除了徐益棠提到的法学院西南社会研究所以外，在历史系、教育系亦开设有人类学相关课程，比如1936年来到四川大学担任教育系教授的胡鉴民，主要讲授社会学和心理学几门课程[225]；文学院历史系开设有人类学课程，任课教师有胡鉴民、冯汉骥等[226]。

胡鉴民对边疆民族的研究主要体现在他对羌族的研究。在《羌族之信仰与习为》一文中，胡鉴民介绍他考察所获得的材料，即有地理分布、物质生活、社会制度、信仰习为等各方面。在他看来，羌族文化当中最值得挖掘与书写的就是"凡值岁时祭祀或冠婚丧事，羌族的一切文化宝藏——巫术、仪式、历史传说、民族神话与歌舞"。在信仰方面，认为羌族还处于灵气崇拜（animism）和拜物（fetishism）的阶段，据此他指出陶然士认为羌族为一神教信仰的说法"实属歪曲之见解"；在习为方面，他注意到了一个异例，即在羌人社会中，

---

224 徐益棠指出：成都国立四川大学在新校长任鸿隽指导之下，于法学院中成立一西南社会研究所，以教授胡鉴民主其事，惜任校长不久去职，该研究所亦停顿焉。而私立华西大学之边疆研究学会反于是时积极扩充，该会成立于民国十一年，会员仅十六人，且大都为西人；民国十二年，辑印杂志第一期，仅六十八页，以后每隔二三年或三四年出版一次，内容极简陋；至十九年，会员增至七十六人，二十一年以后，杂志每年刊印一次，篇幅亦渐增多；二十三年以后，会员日见增加，杂志内容亦日见精彩，国际间亦渐有其相当的地位矣。华大与川大同在一城，而两校边疆研究事业之进退如此，吾人于此有深慨焉。参见徐益棠：《十年来中国边疆民族研究之回顾与前瞻——为边政公论出版及中国民族学会七周纪念而作》，潘蛟主编：《中国社会文化人类学民族学百年文选上》，知识产权出版社，2009年，第367页。

225 彭崇实：《胡鉴民》，参见任一民主编：《四川近现代人物传第六辑》，四川大学出版社，1990年，第369页。

226 李绍明：《略论中国人类学的华西学派》，《广西民族研究》2007年第3期，第49页。

端公虽然是精神领袖一般的存在，"但是其中也有许多重要节目与端公无涉，又如求雨的习为，似应为端公的拿手好戏，但在羌族却完全为民众的行为"[227]。

在该文结论部分，可以看到胡鉴民对于民族社会学的一些看法与构想，他指出"高级文化民族的宗教常为一种玄想的哲学化的东西，想要解答人生与宇宙的最后的问题；原始民族的信仰则与此绝无关系，它只是与日常生活或实际生活连带的问题。巫师并不研究神学，而他却是应付实际问题的专家。所以民族习为的分析是了解原始信仰的惟一的途径"[228]，对于这段叙述，暂且不去管这种将文化划分为"高级"和"原始"的看法是否恰当，至少可以说明的是对于羌人及其文化的研究，给予了胡鉴民社会学研究的材料及理论的反馈，使他在后续的民族研究中逐渐形成一种跨学科、跨门类的综合研究模式。如在理论上，他广泛运用西方各派学说，结构功能学派、传播学派、历史学派等理论观点在他的论述中皆有体现，此外，他还在研究中跨越社会学、民族学、人类学、宗教学、民俗学、历史学以及民间文学各学科，以跨学科的方式对边疆民族研究进行探索。

这种跨学科研究方法还体现在他的文章《羌民的经济活动型式》当中，对于羌民的经济活动情况，胡鉴民不仅关注其经济生产类型，进而还对其经济行为方式以及由此体现出的迷信经济习为给予了大量的分析论述[229]。再如《苗人的家族与婚姻习俗琐记》一文，虽然文中的材料大多是通过对贵州桐梓苗人杨鸣安的访谈与口述而得来，但是这样的研究方法已经与当时的一些研究不同，暨已经不是"书本旧资料之整理者"，而是"直接录自苗胞之口述"[230]，通过对苗人氏族、家庭以及婚姻的描述，分析指出苗人社会还保留着氏族遗风，但同时家族制度也已确立。此外，在文章《西周社会性质问题》的讨论中，胡鉴民指出如若要"论定一个社会的性质"，其论证的方式则需要"把社会作为一

---

227 胡鉴民：《羌族之信仰与习为》，原载金陵大学中国文化研究所《边疆研究论丛》1941 年 12 月版，参见李文海主编：《民国时期社会调查丛编一编少数民族卷》，福建教育出版社，2014 年，第 543-563 页。

228 胡鉴民：《羌族之信仰与习为》，原载金陵大学中国文化研究所《边疆研究论丛》1941 年 12 月版，参见李文海主编：《民国时期社会调查丛编一编少数民族卷》，福建教育出版社，2014 年，第 558-559 页。

229 胡鉴民：《羌民的经济活动型式》，《民族学研究集刊》1944 年第 4 期，第 34-60 页。

230 胡鉴民：《苗人的家族与婚姻习俗琐记》，《国立四川大学校刊》1946 年第 3 期，第 1 页。

个整体来考虑"[231]。

胡鉴民在四川大学除了教学、科研以及调查外，还和华西大学的学人一起组建了四川大学边疆研究学会，主办了《中国边疆》以及《西南边疆》等刊物[232]，这些学术平台成为其时人类学在成都交流与发展的阵地之组成。

4. 20 世纪 30、40 年代内迁的高校与学术机构

最后，再对 20 世纪 30、40 年代因特殊历史事件而大量内迁的学术机构在华西坝开展的人类学及边疆民族研究，以及他们对形成华西坝人类学研究这一整体所起到的促进作用进行回顾与论述，主要涉及三所高校，即金陵大学、燕京大学以及齐鲁大学。

金陵大学

金陵大学在社会学课程设置方面起步较早，1909 年汇文书院与宏育书院合并为金陵大学时，其所设文科中就包含了社会学门；且"边疆研究，向为本院社会进行事业，历年来承教育部之补助，聘请讲座，添设课程"[233]。内迁后，因抗战所需，金陵大学实施了系列举措，扩充社会学系，增设边疆社会学组、边疆社会研究室，增聘卫惠林为该组教授兼研究室主任，编辑《边疆研究通讯》等。当时社会学系教学组除了边疆社会学组外，还有普通社会学组、都市社会学组、乡村社会学组以及社会福利行政组。

此外，内迁后金陵大学还有一个部门在边疆民族研究方面多有成果，这个部门就是金陵大学中国文化研究所。关于该所的由来，可以追溯至由霍尔遗产基金资助得以成立的哈佛燕京学社，霍尔在遗嘱中提出希望将财产用于东方文化的研究。因此当时除金陵大学受其津贴外，燕京大学、齐鲁大学、华西协和大学、岭南大学等都在津贴名单中，如 1940 年华西大学亦成立中国文化研究所，所长为闻宥。内迁之前，金陵大学的中国文化研究所之研究为综合性研究，范围涉及历史学、考古学、文学、文献学等。内迁后研究所除了继续先前的研究工作外，亦"考察民族，调查各民族之状况，并深入夷地采集资料，以

---

231 胡鉴民：《西周社会性质问题》，原载《四川大学学报（哲学社会科学版）》1957 年第 2 期，参见四川大学历史文化学院编：《川大史学中国古代史卷》，四川大学出版社，2006 年，第 66 页。

232 李绍明：《略论中国人类学的华西学派》，《广西民族研究》2007 年第 3 期，第 49 页。

233 南京大学高教研究所校史编写组：《金陵大学史料集》，南京大学出版社，1989 年，第 163-164 页。

供民族学家之研究"[234]。为集中研究力量，金陵、齐鲁、华西、燕京四大学中国文化研究所联合出版了《中国文化研究汇刊》，1941 年发刊，1950 年停刊，共 9 卷。

当时，徐益棠既是金陵大学社会学系教授，由他和卫惠林共同主持 1941 年创设的边疆社会研究室工作；亦为中国文化研究所专任研究员，在此下创办《边疆研究论丛》，1941 年创刊，1948 年停刊，共 3 期；另外他的专著《雷波小凉山之倮民》作为"金陵大学中国文化研究所丛刊（乙种）"之一于 1944 年出版。此外，他还以中国民族学会成员的身份展开民族学、人类学调查研究工作，抗战全面爆发后，中国民族学会的活动宣告暂停，1941 年在成都华西坝重新成立起来，由徐益棠暂时负责书记一职，其通信处设于金陵大学。自中国民族学会创会以来，一直都在为筹办学会自己的刊物《民族学报》而努力，但因各种原因未能实现，"但由徐益棠等人以私人名义于 1938 年创刊的《西南边疆》则坚持办下来"，"逐渐成为学会的机关刊物，持续发刊至 1944 年"[235]。

除徐益棠外，其时兼任在蓉时期金陵大学文学院社会系主任的柯象峰亦在边疆民族调查研究方面做了大量工作。1938 年，文学院获得西康建委会资助，组织了西康社会调查团，由柯象峰主持，徐益棠协助，此次调查被柯象峰称为"我国学术团体赴康之第一次工作"[236]，在其撰写的日记《西康纪行》中详细记录了此次考察的经历[237]。1939 年，柯象峰又率领团队赴峨边县考察彝民生活，深入当地村子[238]，参与观察当地婚丧仪礼以及度岁习俗等，并搜集大量标本，亦摄有照片。

1940 年，柯象峰与徐益棠受当时四川省府之委托[239]，去往雷波、马边、屏山以及峨边各县考察。关于此次考察的目的，时任四川省教育厅厅长的郭有守提到了两个方面，一是"普施医药，宣传慰问，借以引起边民对于政府之信

---

234 李小缘：《金陵大学中国文化研究所概况》，参见徐雁执行主编：《李小缘纪念文集（一八九八——二零零八年）》，南京大学信息管理系出版，2007 年，第 301 页。

235 孙喆：《江山多娇：抗战时期的边政与边疆研究》，岳麓书社，2015 年，第 232 页。

236 柯象峰：《西康纪行》，《边政公论》1941 年第 3/4 期，第 177 页。

237 据统计，此次考察搜集文物标本 52 件，照片 283 张，"虽未足云广泛，然于关心西康社会者，不无可供参考之处"。参见南京大学高教研究所校史编写组：《金陵大学史料集》，南京大学出版社，1989 年，第 167 页。

238 具体为：每日除随时观察该村夷民生活概况外，并以问答方式，向各夷究询其政治、经济、文化、社会组织各方之特质。参见南京大学高教研究所校史编写组：《金陵大学史料集》，南京大学出版社，1989 年，第 167 页。

239 二人分别担任省府边区施教团正、副团长。

仰"；一是"对各地社会状况，风俗民情，古迹名胜，经济物产等，皆详为调查"[240]。其调查成果汇集为《雷马屏峨纪略》一书，1941年由四川省府教育厅出版，其中就有徐益棠的重要撰述《雷波小凉山倮族调查》。首先从这篇文章的标题中可以看到徐益棠将当时的彝族称为"倮"，当是用的当地自称，因"四川、贵州和云南等省部分地区彝族自称为'诺苏'"[241]，文中他将这些人称为"倮民"，但亦可见"夷"之他称用法，多源于当时官府的统称，如"省立夷民小学"。此外徐益棠在文中详细交代了此次田野考察的行程路线，对雷波县的社会形态进行了概述，其内容包括当地的自然环境、社会环境，亦对雷波县附近彝民之文化进行了考察论述，诸如物质文化、社会组织、精神生活等。整篇文章基本上采取的是一种概览式的写法，其原因徐益棠在结论中亦已讲明："此次调查为时极短，且所调查之范围，亦极有限，只限于雷波附郭一二百方里内之区域，遗漏滋多，只保留待将来。"[242]

因此，徐益棠于1944年出版的专书《雷波小凉山之倮民》可以看作是在这篇田野考察报告的基础上增补扩展的，只是囿于各方面的原因，徐益棠在撰写专著时也没有机会再去做第二次的考察，该书仍以第一次的田野调查作为基础。在该书"自序"中，徐益棠作过说明："此稿搁置经年，本拟再作第二次考察，重为增校，只以人事仓卒，材料恐多散佚，而物价奇昂，重游又不知何日，姑先整理印行，以待补正。"[243]可以看到在这部专著中，徐益棠将其内容划分得更为细致，如"地理环境"部分就有"沿革与疆域"、"地形地质与土壤"、"气候"、"农牧资源"、"倮民的迁徙与分布"多项内容；亦将"居处"、"饮食"、"服饰"、"生计"、"财产"、"婚姻"、"阶级制度与政治"、"战争"、"生与死"、"宗教与巫术"等内容分章论述；最后还附有"倮民文献丛辑"，如《请神经》《送死者经》《点算经》《出门禁忌书》《天象吉凶书》《约加尼》（歌谣），图片以及图片解说等。

对于边疆民族研究工作，徐益棠曾在文章《十年来中国边疆民族研究之回

---

240 郭有守：《雷马屏峨纪略·序》，参见李文海主编：《民国时期社会调查丛编二编少数民族卷》，福建教育出版社，2014年，第310页。

241 辞海编辑委员会：《辞海民族分册》，上海辞书出版社，1982年，第40页。

242 徐益棠：《雷波小凉山倮族调查》，文章见于1941年出版的《雷马屏峨纪略》，参见李文海主编：《民国时期社会调查丛编二编少数民族卷》，福建教育出版社，2014年，第370页。

243 徐益棠：《雷波小凉山之倮民》，私立金陵大学中国文化研究所出版，1944年，第1页。

顾与前瞻》中回顾了民族学在中国的发展历程[244]，承认已经取得了一定进展，但亦指出"此种纯粹的学术之著作，与实际的边疆问题，并未发生如何联系，于边疆问题之解决，仍未有丝毫裨益"，因此他认为如若要科学地建设民族学，在方法上应该"读书与考察并重"，既重视文献材料的收集整理，亦需在实地调查方面着力；内容上"主科与辅科俱进"，其范围甚大[245]，但同时他亦提出我国疆域广阔、民族复杂，一个人很难做到"通盘研究"，所以他希望可以"专习一目"或者"专研一族"[246]。

徐益棠当时对民族学的认识以及所提出的建设民族学的方法都在民族学学科其后的发展中皆有所讨论，他的这篇文章发表于雷波县考察之后不久，虽然在此之前他已经对广西瑶族有过考察，但不得不说迁到四川成都后，使得他有了更近距离接触边疆民族之条件，亦能更多地发现边疆民族研究之存在的问题，他的这些观点的提出与他在四川的学术经历不无关系。

1942 年金陵大学社会学系聘请马长寿担任该系教授，在此任职期间，马长寿对川边藏、羌、彝各族进行了多次考察，并发表了大量撰述。但是马长寿的这些学术研究工作是从他早期在中央博物院筹备处开展川康民族调查时就已经开始了。抗日战争全面爆发后，中央博物院亦不断内迁，经历了 1938 年迁重庆、1939 年迁昆明，1940 年迁李庄的过程。但在内迁前对川康地区的调查研究已在进行，"鉴于西南民族之待研讨，边疆文化之待搜集"[247]，在 1936年即筹备组织川康民族考察团，由马长寿负责。可见马长寿在任职于金陵大学

---

244 20 世纪 20 年代的中国，对于边疆的学术研究"大都为纯粹之自然科学"，"边疆上之实际问题，常被视为属于外交或内政之问题"，因此"其时边疆学术之综合的研究，尚无人注意，而民族学在我国之幼稚，在当时亦毋庸讳言"。参见徐益棠：《十年来中国边疆民族研究之回顾与前瞻——为边政公论出版及中国民族学会七周纪念而作》，潘蛟主编：《中国社会文化人类学民族学百年文选上》，知识产权出版社，2009 年，第 363、364、380 页。

245 自体质以至文化，就理论以至应用，凡语言心理，社会，人文地理，古生物学，考古等科，皆与民族学有密切之关联。参见徐益棠：《十年来中国边疆民族研究之回顾与前瞻——为边政公论出版及中国民族学会七周纪念而作》，潘蛟主编：《中国社会文化人类学民族学百年文选上》，知识产权出版社，2009 年，第 363、364、380 页。

246 徐益棠：《十年来中国边疆民族研究之回顾与前瞻——为边政公论出版及中国民族学会七周纪念而作》，参见潘蛟主编：《中国社会文化人类学民族学百年文选上》，知识产权出版社，2009 年，第 363、364、380 页。

247 谭旦同：《中央博物院廿五年之经过》，中华丛书编审委员会出版，1960 年，第 92页。

前，已经从事了六年的川康民族研究。据马长寿的学生周伟洲介绍，解放前马长寿的工作主要是由中央博物院时期以及各大学任教时期构成，其任职高校也包括了华西大学[248]。

1937 年马长寿团队一行由成都出发，去到了汶川、茂县、理县、松潘、"雷马屏峨"、昭觉、西昌等地，历时 9 月余；休整几个月后，又于 1938 年冬，继续去往西康、越西以及"尼帝、斯补、埃绒"三土司区域，历 4 月。正是基于这两期的田野考察，马长寿整理完成了"约八十万言"[249]的《凉山罗彝考察报告》[250]，以及发表了大量重要论文[251]。

马长寿该时期的川边民族研究，所涉及的问题非常广泛，他结合自身所学，运用科学的民族学、人类学方法，将文献研究与田野考察相结合，亦十分重视体质人类学、语言人类学在研究中的作用。李绍明曾专门撰文阐述马长寿在中国西南民族研究领域的贡献，将其研究分为西南民族分类、藏族研究、彝族研究三大部分，其中每一部分的研究亦有所侧重，比如在西南民族分类的研究中，重点又对康藏民族的分类作研究；对藏族的研究尤其注重社会组织的讨论，另外还对嘉戎藏区钵教以及嘉戎社会史多有研究；对彝族的研究关注族谱、家谱等系谱研究，此外还有彝族史、南诏史的专门研究。[252]

燕京大学

对于上述提及的金陵大学、中央博物院的人类学研究，学界有将其称为中

---

248 周伟洲：《马长寿教授的学术和治学方法》，参见王宗维，周伟洲编：《马长寿纪念文集》，西北大学出版社，1993 年，第 56 页。

249 谭旦同：《中央博物院廿五年之经过》，中华丛书编审委员会出版，1960 年，第 97 页。

250 马长寿：《凉山罗彝考察报告》，巴蜀书社，2006 年。

251 马长寿：《中国西南民族分类》，《民族学研究集刊》1936 年第 1 期，第 177 页；《中国古代花甲生藏之起源与再现》，《民族学研究集刊》1936 年第 1 期，第 261 页；《川康边境之民族分布及其文化特质》，《边疆问题》1939 年第 3 期，第 3 页；《四川古代僚族问题》，《青年中国季刊》1940 年第 1 期，第 169 页；《苗瑶之起源神话》，《民族学研究集刊》1940 年第 2 期，第 235 页；《四川古代民族历史考证》，《青年中国季刊》1941 年第 2 期，第 164 页；《川康民族分类：四川博物馆川康边疆民族文物标本说明》，《边疆研究通讯》1942 年第 5/6 期，第 2 页；《钵教源流》，《民族学研究集刊》1943 年第 3 期，第 69 页；《嘉戎民族社会史》，《民族学研究集刊》1944 年第 4 期，第 61 页；《凉山罗夷的族谱》，《民族学研究集刊》1946 年第 5 期，第 81 页；《康藏民族之分类体质种属及其社会组织》，《民族学研究集刊》1946 年第 5 期，第 44 页。

252 李绍明，冯敏：《马长寿先生对中国西南民族研究的贡献》，参见王宗维，周伟洲编：《马长寿纪念文集》，西北大学出版社，1993 年，第 36-55 页。

国人类学"南派"的说法，而以燕京大学社会学系为基础的人类学研究者们，则被称为"北派"。然而抗战以后，这种将中国人类学划分为"南、北"两派的传统逐渐被打破，随着高校及科研机构的西迁，西南的学术地位得以凸显，"中国的学术有了一个很大的转向，这在各个学科领域都有表现，民族学人类学自不例外"[253]，此时民族学人类学的一个重要转向即是从社区、乡村扩展至边地、边疆；从汉人社会扩展至多民族社会的研究。这一转向在燕京大学社会学系主任林耀华这里，体现得较为明显。

虽然林耀华在四川展开民族研究之前，已经于1940年完成了在哈佛大学的博士论文《贵州苗民》（*Miao-Man Peoples of Kweichow*），但他主要研究的方向还在于汉人社会、社区研究，如他的硕士论文《义序的宗族研究》以及完成于1941年的人类学名著《金翼》。关于其后的学术转向，林耀华有一段自述："要讲我从中国汉人家族的社会研究转向对少数民族的研究的缘起，就不能不先讲日本侵略给中国社会和学术进程造成的破坏性影响……正是这场战争把我从一个研究汉人社会的社会人类学者变成了主要研究少数民族的民族学者。"[254]

1942年燕京大学迁往成都后，在吴文藻的引荐下，林耀华开始担任燕京大学社会学系教授，并兼任该系主任。以此为契机，林耀华便开始了他的西南少数民族研究；且培养了陈永龄、宋蜀华、李绍明等一大批学术人才，如当时既在燕京大学攻读硕士研究生，亦为林耀华助教的陈永龄，于1945年暑假赴嘉戎地区做田野调查，在林耀华指导下于1947年完成了硕士论文《四川理县藏族（嘉戎）土司制度下的社会》[255]。据林耀华回忆"成都燕大分校那几年是我一生中最忙碌的时期"，"1943、1944、1945三年夏天，我先后去了凉山彝族地区、甘孜和阿坝藏族地区做调查，分别写成《凉山彝家》和《四土嘉戎》……还有《康北藏民的社会状况》等十余篇论文"[256]。《凉山彝家》一经出版，便受到各方关注，日本著名的民族学家鸟居龙藏在为该书撰写的书评中提出："全书则以罗罗之mental culture为叙述中心，并自社会学上，文化人类学上之观点以论述之。"在评述结尾，鸟居龙藏亦提醒林耀华注意"即彼等之各家

253 潘守永：《林耀华评传》，民族出版社，2009年，第167页。
254 林耀华：《林耀华学述》，浙江人民出版社，1999年，第57页。
255 张亚辉：《民族志视野下的藏边世界：土地与社会》，《西南民族大学学报（人文社会科学版）》2014年第11期，第4页。
256 林耀华：《林耀华学述》，浙江人民出版社，1999年，第62-63页。

中，有相传之罗罗文献，彼等有固有之一种文字，用以记述其神话传说……想林氏对此项资料亦必有所研究，甚望今后能由此等文献上，继续社会学、人类学之研究而发表其结果也"[257]。

在林耀华担任成都燕京大学社会学系主任之前，该职是由李安宅兼任，李安宅当时亦受聘为华西大学社会学系教授兼主任。其后两位先生因合作开展川西多民族研究，遂成立了川康少数民族研究基地，有力地推动了华西坝上的人类学研究。此外，当时"魁阁"成员之一的李有义也曾短期参与了华西坝上的川边考察活动，据李有义自述："1941 年夏，我被邀到成都去参加华西四所大学合组的大学生边疆服务团，利用暑假两个多月时间走遍四川西北部，当时称为第十六专区，即今日阿坝藏族自治州的黑水地区。这是我第一次亲历一个藏族地区，回来后我写了《黑水纪行》等文章，在旅行杂志上发表。"[258]除李有义此处提到的这篇文章外，该时期田野调查的重要成果还有诸如《杂谷脑的汉藏贸易》[259]等文章。正如李有义陈述这是他第一次亲历藏区，这次经历也为他以后在藏学领域的研究奠定了基础。

齐鲁大学

除上述提及的高校外，内迁的高校中还有齐鲁大学较早设立了社会学系，该系采取与他系合办的形式，最初与经济系合办，称为"社会经济系"；后与历史系合并，称为"历史社会系"，分历史和社会两组。从齐鲁大学社会学系的学术传统来看，其主要是以"乡村社会学的教学研究为特色"[260]，当然也十分重视乡村实践。

另外，齐鲁大学于 1930 年秋成立了国学研究所，在内迁至成都后，聘请了顾颉刚担任国学研究所主任。联系顾颉刚的学术经历，当年作为北京大学研究所国学门的一员，他除了作古史的研究外，亦有民俗的研究，包括故事、神道、社会以及歌谣等[261]，如 1924 年与风俗调查会同事在妙峰山的调查，其报告《妙峰山进香专号》由《京报副刊》连载发表。1929 年受聘燕京大学后，组

---

257 林耀华：《凉山彝家的巨变》，商务印书馆，1995 年，第 277-278 页。
258 李有义：《九十自述》，参见李有义等著；格勒，张江华编：《李有义与藏学研究：李有义教授九十诞辰纪念文集》，中国藏学出版社，2003 年，第 25 页。
259 李有义：《杂谷脑的汉藏贸易》，《西南边疆》1942 年第 15 期，第 1-10 页；《杂谷脑喇嘛寺的经济组织》，《边政公论》1942 年第 9/10 期，第 17-25 页。
260 汪洪亮：《殊途同归：华西坝教会五大学的边疆学术传统》，《四川师范大学学报（社会科学版）》2019 年第 1 期，第 165 页。
261 刘俐娜编：《顾颉刚自述》，河南人民出版社，2005 年，第 124 页。

织了"禹贡学会",出有《禹贡》半月刊,作为研究地理沿革以及边疆地理的学术机构,对边疆问题、民族史以及文化史颇为注意,加之其后的西北实地考察以及在《益世报》上编辑《边疆周刊》,发表《中华民族是一个》的文章等。

有了这些前期的学术基础与经历,顾颉刚在齐鲁大学国学研究所的工作中自然而然地就有了边疆研究的意识与能动性。1939 年顾颉刚在成都组织创办了"中国边疆学会",又与当时在陕西以及重庆的"中国边疆学会"合并,成立了一个以重庆为总会,陕西、四川为分会的"中国边疆学会",其后又在云南、西康、甘肃设立分会,出版刊物有总会的《边疆月刊》以及各分会的《边疆周刊》。因此有学者指出:"正是顾颉刚重视边疆研究,抗战时期齐鲁大学的国学研究所才在边疆研究方面较有成绩。"[262]

20 世纪 30、40 年代学术机构的内迁,其意义不仅仅在于使得抗战时期的华西坝成为了成都、四川乃至全国的民族学研究中心,更因为当时各学术机构以联合办学、合办刊物、共建机构、共组考察活动等方式开展学术研究,使得这里的学术氛围最为活跃,亦可视为对一种新的办学、教学以及学术研究模式的探索与实践。而且可以看到的是这种新模式所带来的影响并非仅限于当时当地,在其后高校的教学改革中亦产生了延续性影响。如燕京大学社会学系迁回北京以后,积极安排调整相关课程,将原有课程体系中的中国边疆民族学课程改为了民族志和边疆社区,新增的课程亦是在抗战时期积累的新知识,有的则是直接来源于田野考察[263]。

综上所述,该时期学人对边疆民族的研究逐渐由早期西方人主导的局面转为以中国学人为主导,在李安宅、任乃强、胡鉴民、林耀华、徐益棠、马长寿、顾颉刚等一大批学者的积极开拓与艰苦探索之下,各高校、机构、团体纷纷展开合作,共同促进了边疆民族研究、华西坝人类学研究的发展,成为考察人类学在中国的一个重要阶段。

(二)该时期学人的考古人类学研究

这里所讲的考古人类学研究,指的是该时期华西坝上的考古人类学研究,如前面述及的华西协和大学博物馆、华西边疆研究学会等皆有考古活动和学术研究的开展。此处再以中国学者冯汉骥的考古人类学研究为例,进一步考察

---

262 汪洪亮:《抗战建国与边疆学术:华西坝教会五大学的边疆研究》,中华书局,2020 年,第 66 页。

263 潘守永:《林耀华评传》,民族出版社,2009 年,第 127 页。

该时期中国学者在考古人类学方面的开拓与进展。

关于冯汉骥，李绍明将其称为"西南考古学和民族学的奠基人"[264]，足以见冯汉骥学术之影响力。在童恩正为其撰写的传记性文章中，追溯了冯汉骥早年间的求学经历与学术交往，这些都为他后来所走的学术道路提供了方向与准备。与同时代的许多人一样，冯汉骥最初接受的是传统的国学启蒙教育，其后中学与大学的教育均在教会学校进行，大学学习文科，兼修图书馆科，毕业后曾在湖北省图书馆以及厦门大学图书馆任职。厦门大学期间，因与鲁迅的交游，遂对中国典籍以及文物考古产生兴趣，且因经常协助秉志做生物学标本采集、研究等工作，积累了生物学、人类学知识。1931 至 1936 年，冯汉骥求学美国，分别在哈佛大学和宾夕法尼亚大学的人类学系学习，并获得了人类学哲学博士学位。在此期间，他受美国人类学家狄克逊（R. B. Dixon）文化进化论、哈罗威尔（Hallowell）文化心理学等理论的影响较大。[265]

留学期间，冯汉骥撰写了《中国神话与弗格森博士》（*Chinese Mythology and Dr. Ferguson*）、《中国倮倮的历史起源与文化》（*The Lolo of China: Their History and Cultural Relations*）、《以蛊著称之中国巫术》（*The Black Magic in China Knownas Ku*）、《玉皇的起源》（*The Origin of Yü Huang*）、《作为中国亲属制构成部分的从子女称》（*Teknonymy as a Formative Factor in the Chinese Kinship System*）、《中国亲属制》（*The Chinese Kinship System*）[266]等著作文章。其中《中国倮倮的历史起源与文化》是他在宾夕法尼亚大学完成的硕士论文；另外《中国亲属制》是他在人类学最关键的领域之一，即亲属制度与称谓问题方面的力作，在当时的学术界产生了较大影响。

在《中国亲属制》书中，冯汉骥确定了亲属称谓的两个构成原则[267]，由着这两个原则，亦阐明了他研究中国亲属制的方法，"主要是历史的和语言学的

264 李绍明：《冯汉骥：西南考古学和民族学的奠基人》，《中国民族报》2009 年 6 月 26 日，第 8 版：世界大会专题报道。

265 童恩正：《冯汉骥小传》，参见冯汉骥著，张勋燎，白彬编：《川大史学冯汉骥卷》，四川大学出版社，2006 年，第 517-518 页。

266 冯汉骥著，张勋燎，白彬编：《川大史学冯汉骥英文卷》，四川大学出版社，2014 年。

267 即"语言学"和"社会学"两大原则，"从语言学来看，亲属称谓是按汉语的句法规则组成的"；"从社会学看，亲属称谓的语义是由其反映的亲属关系以及所处的语境来决定的"。参见冯汉骥：《中国亲属称谓指南》，徐志诚译，上海文艺出版社，1989 年，第 1、4 页。

方法"。"历史"方面，"从基本的中文文献里收集到的称谓词为依据"，[268]其中就包括了《春秋·公羊传》《左传》《尔雅》《仪礼》《礼记》《汉书》《白虎通》《通典》《颜氏家训》等大量古代典籍，且通过对族外婚、交表婚、姊妹同婚、收继婚以及从儿称等影响亲属制的因素的分析，将其置于当代人类学"类分式亲属制"（Classificatory）与"叙述式亲属制"（Descriptive）之理论中考察，"使若干千古聚讼的问题得到科学而合理的解释"[269]。不过在这本书里，冯汉骥并未对"类分式"和"叙述式"做过多的阐述，其后在 1941 年发表的《由中国亲属名词上所见之中国古代婚姻制》文章中，做了详细的介绍论述。通过对摩尔根（L. H. Morgan）的撰述《人类中之血族与姻族之系统》（*Systems of Consanguinity and Affinity of the Human Family*），肯定了摩尔根在"发现亲属名词与社会制度之关系"之中的成绩，认为在摩尔根之后，研究亲属制度的"类分式"与"叙述式"原理为人类学、社会学领域所普遍使用，但因"二式"在实践之中亦有诸多问题，因此关于亲属制度研究的争论亦不断出现。[270]

对于摩尔根、里弗斯（W. H. R. Rivers）以及冯汉骥在研究亲属制度时所使用的具体方法，费孝通提出了一些不同的看法[271]，并引用马林诺夫斯基（Malinowski）的观点，强调"处境"的作用，认为亲属关系的称谓或"表示某人身份"，或"表达说话人对亲属的感情和态度"，因此需要"直接观察称谓究竟是如何使用的，然后才能充分地分析"，在此过程中，还应注意"实际应用时的现实性"，比如书面语的称谓系统在社会持续不断的变化之中使得实际上实行的称谓系统与之相去甚远。[272]

以现在的眼光来看，冯汉骥的《中国亲属制》之材料、观点以及方法多少受到了时代的限制，但他能够将现代人类学的观念理论运用到对中国古代典

268 冯汉骥：《中国亲属称谓指南》，徐志诚译，上海文艺出版社，1989 年，第 1、4 页。

269 童恩正：《冯汉骥小传》，参见冯汉骥著，张勋燎，白彬编：《川大史学冯汉骥卷》，四川大学出版社，2006 年，第 518 页。

270 冯汉骥：《由中国亲属名词上所见之中国古代婚姻制》，《齐鲁学报》1941 第 1 期，第 122-139 页。

271 费孝通认为"弄清楚亲属称谓的结构分析至多只能作为研究整个亲属系统问题的一部分，如果仅仅提供一个称呼表是没有什么用处的，因为这不能说明它们的社会意义"，"对亲属称谓的分析还不足以了解亲属关系的组织情况"。参见费孝通：《关于中国亲属称谓的一点说明》，费孝通：《江村经济》，戴可景译，北京联合出版公司，2018 年，第 242-243、254 页。

272 费孝通：《关于中国亲属称谓的一点说明》，参见费孝通：《江村经济》，戴可景译，北京联合出版公司，2018 年，第 242-243、254 页。

籍的考证之中，通过对亲属称谓这一表层结构入手，探讨其与中国古代宗法制、婚姻制、亲属制之深层关联，其研究理路即是对中国传统考据学的一种更新，虽然他在该书导论中并未指出他使用了人类学或社会学的方法，但从他的综述以及其后所发表的文章内容来看，确为人类学之研究范畴。

1937 年冯汉骥回国后，受聘于四川大学，担任历史学系教授。1938 年暑假，在四川大学西南社会科学研究所[273]资助下，前往松潘、茂县、汶川、理县等地做羌族考察，收集了大量民族学资料，其中就有对石棺墓分布的初步调查，在汶川县雁门乡萝葡砦清理了一座编号为 SLM1 的残墓[274]。对于此次整理的简况，曾有《岷江上游的石棺葬文化》[275]一文发表。据其自述，该文限于当时条件，时有错误，推论亦有不妥之处。因此，1973 年他又结合前后两次的调查[276]与清理的材料，整理了《岷江上游的石棺葬》[277]一文，发表在《考古学报》上，童恩正将这一研究成果称为"首次科学地报道了此类墓葬，开创了川西高原考古发掘研究之先声"[278]。这一问题的确引起了学界的广泛关注，1955 年《文物参考资料》于第 7 期的"文物工作报导"版面刊登了一则李绍明的报道，即《四川理县发现很多石棺葬》[279]，对此做过简短的介绍；陈宗祥通过对这些石棺葬的考察，进一步探源该地区的历史与族属问题[280]，此后亦不断有学人展开相关讨论。

1939 年时值教育部组织川康科学考察团，冯汉骥任社会组组长，对康藏地区的民族历史与分类做了大量调查，撰有《西康之古代民族》一文；1941 年四川省博物馆开始筹建，时称四川博物馆，冯汉骥任筹备主任，主持筹建工作；

---

273 该所由当时国立四川大学校长任鸿隽指导创办，设于法学院中，由胡鉴民主持工作。

274 冯汉骥：《岷江上游的石棺葬》，参见段渝主编：《冯汉骥论考古学》，上海科学技术文献出版社，2008 年，第 58 页。

275 冯汉骥：《岷江上游的石棺葬文化》，参见徐文彬编辑：《重庆市博物馆历史、考古文集 1950-1984》，重庆市博物馆，1984 年，第 139-152 页。

276 第二次调查为 1964 年 3 月，由四川大学历史学系童恩正赴茂、理、汶地区的调查。

277 冯汉骥，童恩正：《岷江上游的石棺葬》，《考古学报》1973 年第 2 期，第 41-59 页。

278 童恩正：《冯汉骥小传》，参见冯汉骥著，张勋燎，白彬编：《川大史学冯汉骥卷》，四川大学出版社，2006 年，第 519 页。

279 李绍明：《四川理县发现很多石棺葬》，《文物参考资料》1955 年第 7 期，第 166 页。

280 陈宗祥：《岷江上游石棺葬的族属初探》，《西南民族大学学报（人文社科版）》1981 年第 1 期，第 18-27 页。

1943 年，受邀担任华西大学社会学系教授，1944 年代理该系主任，期间多次受邀于华西边疆研究所做教学、田野、讲座等学术活动。

　　此一时期的考古工作，以 1942 至 1943 年的前蜀王建墓考古发掘最为重要，其影响力之大[281]，"开启了中国古代帝王陵寝考古发掘与研究的先河"[282]。围绕此次考古发掘，冯汉骥撰写了一系列文章[283]，1964 年文物出版社首版了《前蜀王建墓发掘报告》一书，据冯汉骥介绍，此次发现的永陵，并非传说中或记载中所说的王建墓，而是一般所指为汉司马相如的琴台。1940 年市政修建时就已发现，当时并未具备发掘条件，直至 1941 年四川博物馆成立，才开始拟定对琴台的发掘工作。而正式发掘是在 1942 年 9 月，参加第一期发掘工作的人员除了他本人以外，还有刘复章、林名均诸位。正是在此期的发掘整理中发现了玉册，墓主身份得以确认。第二期的发掘工作是在 1943 年 3 月进行，由当时中央研究院历史语言研究所以及中央博物院筹备处共同组织"琴台整理工作团"，由吴金鼎领导协助工作，参加二期发掘的工作人员除一期的以外，还有王振铎、王文林等人。发掘工作清理出来的文物统一运至四川博物馆保存、整理。[284]

　　发掘报告中，冯汉骥不仅对墓室的结构、雕刻以及出土文物等作了详细的叙述，还对墓室的某些细部结构做了科学的复原。同时，他结合古代文献，对主要的雕刻和古物做了考证与研究。由于涉猎广泛，其在考古中运用了综合性的研究方法，因此该报告不仅是考古学领域之中的重要成果，亦为研究唐、五代时期的历史、音乐、建筑、雕刻、工艺、美术等提供了大量参考。

　　1951 年西南博物院在重庆成立，徐中舒任院长，冯汉骥任副院长；1953 年西南人民科学馆并入，更名为西南博物院自然博物馆，冯汉骥兼馆长。博物院成立后，组织了对成渝铁路、宝成铁路、成阿公路、黔北川南革命根据地、云贵川康少数民族地区、成都羊子山、昭化宝轮院、巴县冬笋坝以及重庆市郊等地的文物收集与考古发掘活动。

281　"像这种规模较大的地下墓室的发掘，不但在西南是首次，就是全国范围以内，也是没有先例的"。参见童恩正：《冯汉骥小传》，冯汉骥著，张勋燎，白彬编：《川大史学冯汉骥卷》，四川大学出版社，2006 年，第 519 页。

282　冯汉骥：《前蜀王建墓发掘报告》，文物出版社，2002 年，第 1 页。

283　如：《王建陵墓的发现与发掘》《相如琴台与王建永陵》《架头考》《前蜀王建墓内石刻伎乐考》《前蜀王建墓出土的平脱漆器及银铅胎漆器》等。

284　冯汉骥：《前蜀王建墓发掘报告》，文物出版社，2002 年，第 1-2 页。

其中，影响较大的要数 1951 年在成渝铁路沿线的资阳黄鳝溪出土的旧石器时代人类头骨化石，经冯汉骥、裴文中、吴汝康等专家研究后，将其命名为"资阳人"。对于此次考古发现的意义，翦伯赞指出其"不仅对中国旧石器时代人类的分布提出了新的问题，对旧石器时代人类体质的研究，也提出了新的问题。在人类发展的过程中，资阳人应该安排在什么地方？这就是向人类学家提出的新问题"[285]，对重新探讨中国人类起源问题产生了重要影响。对此，冯汉骥在《关于资阳人的几个问题》中详细讨论了资阳人头骨化石问题以及出土地层问题，运用考古学的方法对学界广泛关注的"资阳人"问题进行了研究，并提出了他最关心的问题，即"到底人头骨是在哪一层出土的"。这一问题之所以关键，是因为出土物与原始地层之间的关系决定了对其断代只能依据出土物本身，而不能再联系旁的一些共存物[286]。

此外，1953 至 1955 年对成都羊子山古墓群的发掘，亦对考古界有较大影响，发现了西周至明清各代墓葬 200 余座，出土文物中尤以画像砖和画像石最引人关注。冯汉骥所撰《四川的画像砖墓及画像砖》从画像砖的发现经过、画像砖墓的建筑制式、成都地区所出土画像砖与邻近各市县的地域差异、画像砖的制作、年代以及内容等多个方面对四川的画像砖及画像砖墓进行了详细的介绍与论述，并指出在研究画像砖时需要用一种互为关联的眼光[287]。另外 1954 年在巴县冬笋坝古墓群以及昭化宝轮院墓葬的发掘整理中，发现了多座船棺葬，为研究巴蜀古史提供了新的依据[288]。

如上所述，在考古人类学研究方面[289]，冯汉骥将民族调查与考古发掘并

---

285 翦伯赞：《考古发现与历史研究》，《文物》1954 年第 9 期，第 48-49 页。

286 冯汉骥：《关于资阳人的几个问题》，参见冯汉骥：《求证历史的印迹：冯汉骥考古学论集》，生活·读书·新知三联书店，2018 年，第 4、6 页。

287 冯汉骥指出："在研究这些画砖时，除了研究它的整个内容之外，还须注意它在每个墓中相关的关系，如此方能明了它的整个意义。"参见冯汉骥：《四川的画像砖墓及画像砖》，《文物》1961 年第 11 期，第 42 页。

288 对此冯汉骥撰有《四川古代的船棺葬》，为当时的重要成果之一。参见冯汉骥：《四川古代的船棺葬》，《考古学报》1958 年第 2 期，第 77-95，145-152 页。

289 1955 年西南博物院撤销后，冯汉骥开始担任四川省博物馆馆长，兼四川大学历史系考古教研室主任。此一时期，他继续从事四川考古研究，并整理王建墓发掘报告。发表了《关于"楚公蒙"戈的真伪并略论四川"巴蜀"时期的兵器》《王建墓内出土"大带"考》等文章，对于巴蜀兵器的分类、断代，唐五代时期典章制度的考证，提出了许多有价值的论述与意见。参见童恩正：《冯汉骥小传》，冯汉骥著，张勋燎，白彬编：《川大史学冯汉骥卷》，四川大学出版社，2006 年，第 521 页。

重, 在资料的整理与使用方面, 主张先从类型学分析入手, 再探讨其社会意义; 对于文献材料不偏于一隅, 除先秦典籍、正史丛书外, 亦对稗官野史、笔记小说等加以利用分析; 且十分重视学科之间的交叉与综合, 将考古学、文化人类学、民族学、民俗学、生物学、地理学、地质学各学科打通[290], 综合地运用在他的研究实践中。

客观地说, 华西坝的人类学研究兴起于西方教会大学所建立起来的教育、教学体制, 西方学人早期的在地研究为人类学在中国的传播与发展做了铺垫, 其后中国学人在家国忧患的时局下, 努力将诸如人类学这样的西方新学运用于中国的现实境况之中, 为人类学的中国化探索贡献了积极力量。回到这段学术史当中, 发现其中一些内容与今天学界所重视和关注的议题密切相关, 比如前面已经讲过的"整体人类学"、"人类学性"、"跨学科研究范式"等等, 说明在当下来讨论这一本土传统及其学理源流, 依然显示出它的学理价值和现实意义。

三、中研院史语所在李庄

这里所要谈的中研院史语所, 正如前面提到抗战时期内迁至华西坝的系列学校一样, 也是构成此一时期人类学在地传播的重要内容。和迁往华西坝的众多教会学校所不同的是, 迁往李庄的史语所在当时是隶属于国立中央研究院, 简称"中研院", 是民国时期最大的和最重要的科研机构[291]。史语所李庄时期的人类学研究既是抗战时期中国学人在地研究的一部分, 同时也和当时华西坝上的人类学研究两相呼应, 从人类学研究这一面向反映了其时国家与地方学术的在地互动。以下就从两个方面分别展开论述: 第一, 抗战时期的在地研究; 第二, 与华西坝的在地互动。

(一) 抗战时期的"在地"研究

史语所, 全称历史语言研究所, 1928 年 10 月 22 日在广州成立, 傅斯年为首任所长。1929 年 6 月史语所迁至北平, 1933 年 3 月迁至上海, 1934 年 10 月迁至南京。抗日战争时期, 史语所先迁湖南长沙, 再迁云南昆明, 1940 年 9

---

290 童恩正:《冯汉骥小传》, 参见冯汉骥著, 张勋燎, 白彬编:《川大史学冯汉骥卷》, 四川大学出版社, 2006 年, 第 522-523 页。

291 "中研院"下设气象研究所、天文研究所、物理研究所、化学研究所、工程研究所、地质研究所、社会科学研究所、历史语言研究所以及自然历史博物馆筹备处等单位。

月迁至四川省南溪县李庄，1946 年 11 月迁回南京，1948 年底迁往台湾。由此可以看出，在 1948 年以前，史语所停驻一地时间最长的地方正是在四川李庄。史语所成立初期下设三个小组，第一组历史学组，组长陈寅恪；第二组语言学组，组长赵元任；第三组考古学组，组长李济。1934 年将社会科学研究所民族学组归并，增设第四组，即人类学组[292]，组长吴定良。

　　此处主要讨论的是 1940 至 1946 年史语所考古学组以及人类学组在四川李庄开展的调查活动与学术研究。需要说明的是，这一段学术历程既和考古学组、人类学组迁往李庄之前的学术研究一脉相承，又在新田野调查基础上有所创新和推进。前者诸如考古学组李济继续陶片的整理与研究，董作宾继续整理安阳殷墟出土的甲骨，梁思永继续侯家庄大墓的研究，人类学组吴定良整理殷墟出土的人头骨，凌纯声、芮逸夫筹划少数民族风土人情调查等；后者诸如酝酿对牧马山墓葬的大规模发掘，组织川康古迹考察团对四川、西康两省的古迹做大规模调查与发掘，在成都发掘前蜀王建墓，以及组织川康民族调查团等。

1. 考古学组"在四川"

　　史语所是新中国成立前进行田野考古最多的科研机构[293]，这与当时的时代背景有关。1911 年辛亥革命后，受西学影响的中国知识分子逐渐将"田野方法"做为一种治学手段加以运用。1916 年"地质调查所"在北京成立，所长为著名地质学家丁文江，在英国受过教育的他十分倡导西方科学。后来"地质调查所"的工作领域逐渐扩展到对古生物学以及史前考古的考察研究[294]。另

---

292 其后人类学组希望能从史语所分出，单独成立体质人类学研究所，但终未正式独立建所。

293 史语所在 1949 年以前的田野考古工作主要有 1928-1937 年在河南安阳殷墟的 15 次发掘，共获甲骨两万多片；与山东省有关部门组成山东古迹研究会，完成了对济南龙山镇城子崖、滕县及日照县的发掘，发现了以黑陶为特征的龙山文化，为中国史前文化序列的建立和商文化起源的探索提供了最重要的依据；以及在云南、四川、河西走廊、关中地区开展的考古调查与考古发掘工作。1949 年以前主办的刊物有《国立中央研究院历史语言研究所集刊》《国立中央研究院历史语言研究所人类学集刊》，出版《安阳发掘报告》4 册（1929-1933）、《田野考古报告》4 册（1936-1949）以及考古报告《城子崖》等，其中《田野考古报告》于 1947 年改名为《中国考古学报》。

294 此时大学的课程已开设地理学和古生物学，大学生也知道了"田野工作"是获得第一手科学知识的方法。参见李济：《安阳》，河北教育出版社，2000 年，第 41 页。

外，王国维也在《古史新证》中提出"二重证据法"，强调"地下资料"的重
要性[295]。由此可见地质学使用的"田野方法"已经影响到了受传统教育的学
者。此一时期西方一些科学家也在中国开展田野工作，对现代考古学引进中国
起到促进作用，成为导致中国现代考古学产生和发展的因素之一。当时史语所
所长傅斯年提出一句口号"上穷碧落下黄泉，动手动脚找东西"，就是强调"体
力劳动"的重要性，他认为中国传统教育的不足就在于人为地把体力劳动与脑
力劳动分开，要想得到获取科学知识的新方法，就必须"走路和活动去寻找资
料"[296]。

1940 年 9 月以后，史语所陆续迁往四川李庄。其时，李济除了要负责史
语所的工作外，还肩负着中央博物院筹备处主任的职务与工作。此外当时亦在
李庄的中国营造学社为解决经费问题，在李济的帮助下将营造学社改为中央
博物院筹备处下属的古建筑研究所，挂靠其名下。可以说当时史语所在西南的
研究有许多部分是与中央博物院筹备处、中国营造学社等机构合作进行的，因
此亦会论及博物院以及营造学社的一些情况。

抗战爆发后，史语所西迁长沙，博物院迁重庆；1938 年史语所又迁桂林、
昆明，博物院部分人员亦迁至昆明，此时由李济代理史语所所长一职。据资料
显示，因时局与驻地的变动，李济遂为博物院的发展制定了新的规划，即"西
南考古计划"[297]，新的考古计划地点包括了云南、川康、广西以及贵州。具体
到"川康"，亦拟定了详细的考察线路与目标：

> （甲）由昆明而北，经滇境之会泽、昭通等地，以及四川省之
> 宜宾、隆昌、永川以达重庆，沿途寻求与云南相似之古迹，及特有
> 之遗址；

---

295 王国维指出："吾辈生于今日，幸于纸上之材料外，更得地下之新材
料。由此种材料，我辈固得据以补正纸上之材料，亦得证明古书之某部分全为实录，即百家不
雅驯之言亦不无表示一面之事实。此二重证据法，惟在今日始得为之。虽古书之
未得证明者，不能加以否定，而其已得证明者，不能不加以肯定：可断言也。"参
见王国维：《王国维考古学文辑》，凤凰出版社，2008 年，第 25 页。

296 李济：《安阳》，河北教育出版社，2000 年，第 58 页。

297 该计划指出："过去十余年来，华北考古之结果，证明中华远古之文化，确有一部
分来自西南，吾人为欲了解全部中国文化之渊源起见，现拟按照下列计划，从事
西南考古。兹拟实地调查西南古迹，凭借吾人所熟知之汉族遗物为线索，先求汉
族遗迹之分布，再就地层先后，以推求汉化以前之他族文化，及汉化以后所产出
之特色。"参见谭旦同：《中央博物院廿五年之经过》，中华丛书编审委员会出版，
1960 年，第 77-78 页。

（乙）以重庆为中心，详细研究附近各县之古迹，借以认清各
期文化之特点；

（丙）自重庆往成都沿途调查；

（丁）以成都为中心，作大规模之调查，约计东达巫山，西至
康省之理化、巴安，南及峨眉，北到昭化、广元。[298]

迁至李庄后，史语所、博物院先是对其附近的古迹进行了勘查，在宋嘴发
现了 36 座崖墓；在南溪县城北土陵发现古墓 20 座；在宜宾勘查了崖墓及花砖
墓 4 座，并由此推断四川崖墓所蕴藏之考古价值尤为重要。

关于四川崖墓的最早研究，据李绍明介绍，是始于 1877 年英国学者巴伯
（E. C. Baber）在四川岷江中下游一带所做的考古调查，其在撰述《中国西部旅
行研究》（*Travel and Research in the Interiorly China*）中较为详细地介绍了四川
犍为一带被当地人称为"蛮子洞"的"崖窟陵"情况。[299]其后还有许多外国学
者对四川崖墓做过考察与研究，比如日本学者鸟居龙藏、英国人陶然士、法国
考古学者维克多·色伽兰（Vieter Segalen）、基尔贝特·法占（Gilbetde Voisins）、
瑞典学者奥斯瓦尔德·西伦以及英国学者贝福特（G. H. Becliord）等。而中国
学者对四川崖墓的研究在史语所以及中央博物院筹备处以前，即有金陵大学
商承祚、四川学人杨枝高以及中央大学金毓黻、常任侠做有相关研究。[300]

1941 年，在李济的组织下，发起了由史语所、博物院以及营造学社合组
的"川康古迹考察团"，由吴金鼎率领，前往四川彭山进行考古发掘工作，在
此期间先后参与发掘团工作的成员有曾昭燏、王介忱、陈明达、夏鼐、高去寻
以及赵青芳等人。当时因崖墓损坏情况较为严重，发掘团遂先采集陶片，分类
比较，并就已经敞口之崖洞进行清理，由营造学社陈明达对已开之崖洞测绘平
面图。随着考察规模的扩大，发掘团将整个彭山崖墓带分为三区，即砦子山区、
李家沟区以及豆茅房沟。在豆茅房沟发现墓门雕刻 7 处，其中保存较完整的有
3 处。尤其引人关注的是高去寻在砦子山区 PS550 墓葬中发现的"对吻"浮
雕，对此高去寻专门撰文阐释了这种现象，认为其体现的是"汉代的一种巫
术"，"汉时人之观念以秘戏乃污秽之事，可破坏若干清洁之事，可污及鬼神，

---

298 谭旦同：《中央博物院廿五年之经过》，中华丛书编审委员会出版，1960 年，第 78-
79 页。

299 李绍明：《〈四川崖墓艺术〉序》，参见范小平：《四川崖墓艺术》，巴蜀书社，2006
年，第 7 页。

300 范小平：《四川崖墓艺术》，巴蜀书社，2006 年，第 11-16 页。

墓中之秘戏图乃代秘戏之图影,此种图影可污及若干有害于墓葬之外力。此种破坏墓葬之恶势力见必生畏而去矣。故余以为汉墓中之有此,乃为保护墓葬或死者之尸体及灵魂之一种巫术上之使用也"[301]。

彭山考古的重要发现,即在崖墓与砖墓发掘两方面。具体来说,在崖洞葬制的考定方面,就发掘的74座崖墓来看,将其判定为东汉时期的古墓,且修正了"蛮子洞"的来历与说法;在砖墓发掘方面,发现大量花砖,如"操蛇神人"浮雕,巨耳长舌、双目凸出,此类雕刻在考古学上有重大价值;再如经由邓少琴提醒而引起注意的双洞式花砖墓,从中发现了种类较多的花砖,其图案除了几何花样外,还有龙凤、狩猎、炊事、进膳、男女侍从、宫殿、车马、西王母以及九尾狐等复杂图案,另外还在一圆形砖柱上发现了盘龙及人物图案。

此外,在彭山考古发掘期间,还有一些由此延伸开来的考古活动,比如牧马山古墓群的发现与发掘。一方面发掘团在牧马山相传为古代江口镇所在地,俗称"老江口"的地方发现了汉代村落居住遗址;另一方面则为夯土墓的发现,所获之物尤以玉片最引人关注,共计出土大小玉片五十余片,花纹以斜方格内夹涡纹为主,另外出土物还有五铢钱、陶器、漆器、铜器等。据介绍,牧马山古墓群未见于地方志记载,当地人将其视为天然形成的"龙墩",国内外金石家、考古家尚无人注意此地,可以说这是发掘团在四川最重要的发现之一。

2. 考古学组"在西部"

在李庄期间,考古学组的"在地"研究所涉范围广及整个西部地区,包括西北和西南。其中一项考察活动是1942年史语所、中央博物院筹备处与重庆中华教育基金会下辖的地理研究所三机构合组"西北史地考察团",拟对西北甘肃、青海、宁夏、新疆等地进行实地考察。史语所和博物院的工作主要分为三组进行:第一组敦煌组,由向达担任组长。据石璋如介绍,向达是博物院当时从西南联大聘请而来的;第二组为历史组,由劳干担任组长,该组工作主要是对汉代遗迹的考察,以及汉简的收集;第三组为史前组,由石璋如任组长,该组通过重走瑞典学者安特生(J. G. Andersson)曾经的考察路线,以调查洮河流域的史前遗存。1943年,西北史地考察工作由石璋如负责,主要对陕西的古迹进行了考察,共发现遗址66处;1944年则是由向达与夏鼐共同负责,在甘肃各地进行了调查发掘;1945年的工作由夏鼐主持,其中值得注意的是,

---

301 高去寻:《崖墓中所见汉代的一种巫术》,《古今论衡》1999年第2期,第133-140页。

在临洮考察的史前文化遗迹，发现遗址 39 处，"于安特生氏所定甘肃史前六期文化，除马厂、沙井二期外，其他四期，皆有极重要之新发现，可纠正安氏甘肃彩陶文化系统之错误，使甘肃之史前史改观"[302]。

有关西北史地考察的成果，亦颇为可观。比如向达在考察期间撰写的文章《论敦煌千佛洞的管理研究以及其他连带的几个问题》，文中向达花了大量的篇幅来介绍敦煌千佛洞，比如它的历史、演变、遭受破坏的情况、价值以及应采取的保护与管理措施等[303]。这些论述与观点引起了时人对敦煌的关注，在当时产生了较大的社会影响。此外，向达还发表了《记敦煌石室出晋天福十年写本〈寿昌县地境〉》[304]，1943 年由他本人抄录于敦煌鸣沙山下，以及《西征小记》《敦煌艺术概论》《莫高、榆林二窟杂考》[305]等撰述。

再如石璋如撰有《敦煌千佛洞遗碑及其相关的石窟考》[306]，以及 1996 年由台湾史语所出版的"田野工作报告之三"，三卷本的《莫高窟形》，第一册为洞窟形制的记录，对各窟的尺寸数据、洞窟内容有详细记载；第二册是"窟图暨附录"，有每窟的平面图与剖面图；第三册是"图版"，为当年石璋如与劳干在洞窟调查时所拍摄的 437 幅照片。因石璋如有殷墟遗址考古发掘时期所积累的田野经验，这使得他在西北的考察中能更加自觉地运用科学的考古学方法，其研究成果亦代表了那个时期敦煌研究的较高水平。劳干则是在居延汉简的研究方面做出了重大贡献，1943 年出版了四卷本的《居延汉简考释释文》，1944 年继续出版了《居延汉简考释序目》，此外亦有《敦煌长史武斑碑校释》

302 谭旦同：《中央博物院廿五年之经过》，中华丛书编审委员会出版，1960 年，第 139-140 页。

303 在对文章的总结中，向达明确提出：第一，敦煌千佛洞应收归国有；第二，国有后，应交由纯粹学术机关管理，设立千佛洞管理所；第三，敦煌艺术应注重比较研究；第四，在保护技术成熟之前，在千佛洞做研究或临摹工作的人，不可轻易动手剥离画面；第五，在河西设立学术机构的工作站，从事历史、考古、地理、气象、地质、森林以及人类学调查研究工作。参见向达：《论敦煌千佛洞的管理研究以及其他连带的几个问题》（上、中、下），《大公报（重庆版）》1942 年 12 月 27 日、28 日、30 日，第 3 版。

304 向达：《记敦煌石室出晋天福十年写本〈寿昌县地境〉》，《图书季刊》1944 年第 4 期，第 1-57 页。

305 向达：《西征小记》，《国立北京大学国学季刊》1950 年第 1 期，第 1-27 页；《敦煌艺术概论》，《文物》1951 年第 4 期，第 37-45 页；《莫高、榆林二窟杂考》，《文物》1951 年第 5 期，第 76-95 页。

306 石璋如：《敦煌千佛洞遗碑及其相关的石窟考》，《国立中央研究院历史语言研究所集刊（故院长胡迪先生纪念文集）上册》，1962 年，第 37-99 页。

《敦煌壁画》（*Frescoes of Tunhuang*）[307]等文章。

　　除西北史地考察外，史语所与博物院此一时期还对云南丽江么些族进行了考察。考察工作由李霖灿负责，主要对么些族文字、民俗、神话等进行考察研究。文字方面，对么些象形文字的创字原理、字源及其演变进行研究，完成有《象形文字初步工作报告》一编、《么些字源考》一编以及《么些象形文字字典》等，《字典》一书于 1944 年在李庄由李霖灿写于石印纸上付印出版，全书共计 200 余页，共记录么些象形文字 2120 字，分为 18 类，后附有汉文索引、音标索引。民俗方面，根据象形文字经典的记载，参证木氏谱系及正史，探明么些族历史源流；考察多巴教的来源、历史演变及与佛教的关联；调查么些族情死、抢婚等习俗、祭天仪式、男女社会地位等；调查永宁一带母系社会及公田制度；采集么些民俗标本。此外亦对么些经典进行翻译与整理，翻译包括"经典"、"诗歌"两种，"经典"方面注重么些宗教神话、故事的系统，如洪水故事、占卜起源等，译有《创世记》（或称《人类之由来》）、《顶宝神罗本纪》（《么些多巴教主事迹之概略》）、《格库护法传》《大鹏金翅鸟与龙王之争斗》《都案苏案》《怒煞阿突列传》《阿义都奴列传》《高力趣列传》八种，另附由藏文经典中翻译之《密拉兰巴与多巴教主之斗法》；"诗歌"方面，译有么些牧歌、挽歌以及媒歌等，另附金沙江上汉文情歌数百首。"整理"经典 600 余册，各作提要，记录并校正经典注音。[308]

3. 考古学组合作机构的"在地"研究

　　上述为有史语所参与之调查活动，此外有一些在四川的调查活动并未与史语所直接相关，或是由中央博物院筹备处、营造学社等团队开展，但当时这些机构与史语所在人员配置、学术活动方面多有交叉，在此亦对其做简要回顾。这些调查活动主要有三方面，一是对四川手工业的调查与采集；二是西南建筑调查；三是自然标本的采集。

　　首先来看对四川手工业的调查。该项活动主要是由博物院的谭旦冏负责完成，据他回忆，博物院筹备处于 1941 年新设置了手工业调查研究部，是为其后成立工艺馆做准备。该项调查的意义在于：第一，对于日常生活中，发生数千年关系的旧有手工业，应有科学的记录，用以文化史料的补充；第二，采

---

307 劳干：《劳干学术论文集甲编上册》，艺文印书馆，1976 年。

308 谭旦冏：《中央博物院廿五年之经过》，中华丛书编审委员会出版，1960 年，第 140-142 页。

集各地特种土产，加以整理考据，为将来系统陈列，使一般民众能于一处遍览衣食住行等需用物品的来源，做常识的灌输；第三，将旧有手工业制造程序所用工具材料及实物汇集一处，以做研究改良创办新工业者的参考。在考察对象的选择方面，有七条原则：第一，该种手工业，与日常生活有密切关系；第二，在历史上有重要价值；第三，在最近有消失的可能；第四，在将来生产制度上或工具改良上，有莫大借镜者；第五，品质有特殊之处，而他处没有；第六，在调查路线内，有顺便调查的机会；第七，有关博物陈列的需要。在调查方法方面，则主要有填表、记录、摄影、绘图、实物收集、仿制模型六种。[309]

从以上记录来看，当时谭旦冏对四川手工业展开调查的目的、标准、方法等一目了然，从中可以详细地窥见当时的学者在四川手工业调查方面的步骤、程度、范围以及态度，其一方面为还原四川当时社会经济情况的真实面貌提供了材料上的帮助，这样的材料是丰富多元的，包括了文字记录（含问卷）、摄影（含绘图）以及实物模型等；另一方面亦可从中探知该研究方法在其后四川手工业研究中是否有所体现。该调查从 1941 年 7 月开始，一直持续到 1946 年复员南京。1941 年，谭旦冏主要在李庄、江安、长宁、硐底、芙蓉山、古宋、梅硐、叙永、泸县等地考察，对当地竹簧、竹筷、竹器、草纸、竹料、竹筏、烧石灰、煤炭运输、采煤、砂锅、粗碗、篾扇、编席、编藤、打铜、打铁、倒锅、制伞、酿酒等手工业做了详细的记录与研究；1942 年，考察路线在川南、川西一带，以四川特产之糖、盐、夏布、织锦、造纸等为调查中心，尤其是对成都地区织锦、刺绣、银器以及弓箭等做考察，绘图 42 张、摄影 82 张、采集标本 577 件；其后几年除了部分制糖业调查外，考察对象主要集中在自贡自流井的制盐工业。

由此观之，从谭旦冏对四川手工业调查所持的观念以及方法来看，可以看到他对民间工艺的重视，且将其与博物馆的工作相链接，从这一点来说，可将其研究视为中国学人对非物质文化遗产的早期关注与实践。联系"非遗"的发展历史，自 1972 年《世界遗产公约》提出"世界遗产"的概念，再到 2003 年中国政府开始启动对民族民间文化保护工程以及由此转换的全国性非物质文化遗产保护工作[310]这两个时间节点看来，中国学人在 20 世纪 40 年代用较为科学的方法对民间工艺文化进行考察与研究，其记录为后世学者的研究提供

309 谭旦冏：《中央博物院廿五年之经过》，中华丛书编审委员会出版，1960 年，第 142-144 页。

310 乌丙安：《非物质文化遗产保护：由来与发展》，参见乌丙安：《非物质文化遗产保护理论与方法》，文化艺术出版社，2015 年，第 4 页。

了可供历史还原的较为可靠的材料。

其次是中央博物院筹备处委托营造学社做西南建筑之调查活动。1942 年两机构组织"建筑史料编纂委员会"，由营造学社刘敦桢负责调查工作，其调查范围包括四川、西康、云南、贵州、广西五省，"位于此面积内之建筑，依其结构式样，大体可别为中国式与西藏式二类"，"西藏式建筑，随藏族之繁衍，与喇嘛教之传播，约占西康省之大部，与四川、云南二省之西北部"，其它范围的建筑则都隶属于中国建筑系统之内[311]。就川康来说，调查了四川范围的29 个市县，以及西康 2 县[312]。调查对象涉及民居、庭园、商店、会馆、衙署、寺、观、祠庙、塔、幢、牌坊、城堡、桥梁、闸、壩、坟墓、碑、阙、壁画、雕刻、塑像、家具以及金铸物等 23 类，共计 180 余处。制有四川绵阳平阳府君阙、渠县冯焕阙（四川诸阙代表）、四川彭山嘉定之崖墓、四川宜宾花台寺白塔（宋单层多檐式砖塔代表作品）、四川宜宾旧州坝石墓（宋墓精品）、四川蓬溪鹫峰寺大殿（明南方木建筑代表作品）以及四川灌县珠浦桥（清竹索桥代表作品）的建筑模型表。此间，四川之汉阙、崖墓，以及梁以来的摩崖造像，为中国文化史中的重要遗迹。

最后是中央博物院筹备处与中研院动植物研究所合作的自然标本采集，主要是就川康一带的鸟类与哺乳动物等标本的采集。

4. 考古学组"在地"研究类型

李庄时期，史语所考古学组的研究成果可以分为两类，一类是对搬迁李庄以前所进行的研究的继续研究；一类是基于李庄时期新开展的考察活动的研究。如李济出版了《远古石器浅说》（1943），书中围绕人类器具使用的历史、早期人类的生存环境、石器的制作与演进以及中国石器发展情况等六部分对远古石器展开了论述，这本书的出版，诚如李济在引言中所言，"中国人应读中国历史"，"人应读人类的历史"[313]。另外李济亦与曾昭燏共同编著了《博物

---

311 "然同为中国式建筑，复因地理、气候、材料、风俗及其他背景之殊别，产生各种大同小异之作风，每一作风，又随时代之递嬗，发生若干变化"。参见谭旦同：《中央博物院廿五年之经过》，中华丛书编审委员会出版，1960 年，第 171 页。

312 调查的具体地点为四川成都、重庆、巴县、南溪、宜宾、乐山、峨眉、夹江、眉山、仁寿、彭山、新津、郫县、灌县、新都、广汉、德阳、绵阳、梓潼、昭化、广元、阆中、蓬安、渠县、乐池、南充、蓬溪、潼南、大足、合川；西康的雅安、芦山。

313 李济：《远古石器浅说》，国立中央博物院筹备处第一次专题展览会，内部印行，1943 年，第 1 页。

馆》（1943）[314]一书，主要讨论了博物馆的组织、管理、建筑、设备、收藏、保存、研究、教育、法令等内容，可以说为如何科学建设博物馆之讨论。发表论文有《古物》《小屯地面下的先殷文化层》[315]等。

此一时期董作宾继续从事殷墟甲骨研究，获得了重大进展，主要是根据甲骨文资料研究殷代的年历，其研究成果《殷历谱》（1945）由他本人手写清稿石印出版。据裘锡圭介绍，董作宾在学术上最为重要的贡献即"建立了殷墟甲骨文断代学说"。在《殷历谱》中，董作宾提出了分派学说，作为分期学说的补充，亦"大量使用把见于同一片和不同片甲骨上的很多有关卜辞按占卜日期排列起来进行综合研究的排谱方法，并从'新派'的卜辞中整理出了商王按照严格规定的日程逐个祭祀先王、先妣的'五种祀典'（后来的研究者或称为'周祭'）的制度"[316]，这些论点与研究确为甲骨文、甲骨文断代以及礼制等方面的研究起到了推进作用。论文方面，有《敦煌写本唐大顺元年残历考》《从"高宗谅阴"说到武丁父子们的健康》《殷代的羌与蜀》《殷文丁时卜辞中一旬间之气象纪录》《敦煌纪年》《春秋经传史日丛考》《么些象形文字字典序》[317]等，内容涉及甲骨学、古文字学、殷商考古与文化、古历法、古代艺术以及语言学等。此外，董作宾亦与梁思永合著《城子崖》（1941），为中国第一本大型田野报告实录，在李庄石印出版。

展览方面，史语所与博物院筹备处在重庆及李庄举办了多次展览，内容涉及甲骨、石器、铜器、民族、民俗等方面，具体信息如下：1941 年在李庄举办展览会与演讲会，由董作宾负责，展品则有殷墟甲骨、殷墟人头骨、善本图书等。1942 年在重庆举办展览，分为两个主题，第一为石器类，即人类初有文化时之遗存，由李济、曾昭燏负责；第二为铜器类，即继承石器时代再进一步

---

314 曾昭燏，李济编著：《博物馆》，正中书局，1943 年。

315 李济：《古物》，《社会教育季刊》1943 年第 2 期，第 47-86 页；《小屯地面下的先殷文化层》，《学术汇刊》1944 年第 2 期，第 1-15 页。

316 裘锡圭：《董作宾先生小传》，参见刘梦溪主编，裘锡圭，胡振宇编校：《中国现代学术经典董作宾卷》，河北教育出版社，1996 年，第 3-5 页。

317 董作宾：《敦煌写本唐大顺元年残历考》，《图书月刊》1941 年第 1 期，第 7-8 页；《从"高宗谅阴"说到武丁父子们的健康》，《中国青年》1942 年第 2/3 期，第 5-51 页；《殷代的羌与蜀》，《说文月刊》1942 年第 7 期，第 104-116 页；《殷文丁时卜辞中一旬间之气象纪录》，《气象学报》1943 年第 C1 期，第 1-3 页；《敦煌纪年》，《说文月刊》1943 年第 10 期，第 84-99 页；《春秋经传史日丛考》，《说文月刊》1943 年第 11 期，第 9-49 页；《么些象形文字字典序》，《说文月刊》1945 年第 3/4 期，第 51-107 页。

之文化，由郭宝均负责。1944 年，在李庄举办了 4 场展览，分别为"贵州夷苗衣饰展"、"汉代十三种车制展"、"中国历代建筑图像展"、"云南丽江么些族文化展"。1945 年，在李庄举办了"中国历代铜镜展"，将铜镜按照时代做了系统的陈列，并附以说明；同年，参加印度孟买扶轮社举办的"国际文化展览会"，提供图片共计 14 张[318]，并配有拓片、墨画、彩画以及中英文说明等。

5. 人类学组"在四川"

史语所在四川的民族调查与研究主要是由人类学组负责，而人类学组是直到 1934 年才增设于史语所的，其前身可以追溯至 1928 年中研院成立时所设之社会科学研究所民族学组，该组组长由院长蔡元培兼任，凌纯声就是此一时期受蔡院长之聘请，成为了该组研究员，并由此开始了他终身从事的民族学研究事业，亦成为中国学者采用科学系统的方法开展民族调查之发端[319]。

1937 年随着抗战的爆发，史语所逐渐内迁。迁往李庄驻地后，史语所便与其它机构先后合作组织了川康古迹考察团、川康民族考察团以及西北史地考察团等团组与活动。不过"川康民族考察团"并非史语所在川的首次民族考察，据王明珂教授回顾，史语所"最早的边疆民族调查，应是该所助理员黎光明（及其友人王元辉）1929 年的川西民俗考察"[320]，此次考察的报告《川西民俗调查记录 1929》[321]于 2004 年出版。为何这调查报告迟迟未见出版，王明珂教授认为主要的原因是该报告不符合学界对于"'民族'和'民族学'的典范知识"，亦即"学术规范"的认知。[322]

---

318 图片有"史前彩陶"、"史前黑陶"、"殷墟甲骨"、"殷代石刻"、"西周铜器"、"晚周铜器"、"汉代铜镜"、"汉代石阙"、"云冈北魏石刻"、"敦煌唐代壁画"、"五代王建墓雕"、"宋代山水画"、"明代瓷器"、"北平清故宫"。参见谭旦同：《中央博物院廿五年之经过》，中华丛书编审委员会出版，1960 年，第 201-204 页。

319 即指凌纯声对东北赫哲族的调查研究。1930 年，时为民族学组专任研究员的凌纯声和专任编辑员的商承祖共赴东北地区，调查赫哲族，其"在松花江下游，自依兰以至抚远一带实地考察该民族生活状况与社会情形，历时三月，所得材料及标本颇多。携归后研究整理，两经寒暑，始成此书"。参见凌纯声：《〈松花江下游的赫哲族（上册）〉序言》，民族出版社，2012 年，第 1 页。

320 王明珂：《寻访凌纯声、芮逸夫两先生的足迹史语所早期中国西南民族调查的回顾》，《古今论衡》2008 年第 18 期，第 19 页。

321 黎光明，王元辉著，王明珂编校：《川西民俗调查记录 1929》，中央研究院历史语言研究所，2004 年。

322 王明珂：《〈川西民俗调查记录 1929〉导读》，参见王铭铭：《中国人类学评论第 7 辑》，世界图书出版公司北京公司，2008 年，第 66 页。

　　"川康民族考察团"为 1941 年史语所与中央博物院筹备处合作组成，由凌纯声任团长，芮逸夫与马长寿为专员。考察团的目的是为了调查川康各民族的政治与经济情况、社会与生活状况，以及宗教、语言等情形，对各民族的历史文化、风俗制度以及宗教信仰等问题进行研究，并收集当地的民族标本与物品等。调查范围在四川的西北、西康的东北，包括了马尔康、汶川、小金、松潘、康定、丹巴等县以及梭摩、卓克基、党坝、绰斯甲、巴底及巴望等土司地，涉及的民族有羌族、彝族、藏族等。[323]

　　此次考察后，凌纯声、芮逸夫撰写了大量的论述文章，其中虽未有人类学民族志的专门书写，但亦是以川康民族考察作为研究的基础之一，再结合他们多年的民族学、人类学治学经历而完成的成果。如凌纯声撰写了《中国边疆文化》《中国边政之盟旗制度》《中国边政之土司制度》[324]等论文；芮逸夫撰写了《西南少数民族虫兽偏旁命名考略》《中华国族解》《西南民族的语言》《西南民族的语言问题》《中华国族的支派及其分布》《再论中华国族的支派及其分布》《西南边民与缅甸民族》[325]等文章。此外一同考察的马长寿亦撰写了不少论述文章，且对康藏地区进行了持续性的研究。当时马长寿仍为中央博物院筹备处研究专员，不久后他受到西迁至华西坝上的金陵大学社会学系之聘请，担任该系教授一职。

　　"川康民族考察团"的工作结束后，史语所亦在四川开展了新的民族调查，其中需要特别说明的是芮逸夫等人的川南苗族调查，据王明珂教授介绍，

---

323 《历史语言研究所二十九年度至三十年度报告》《历史语言研究所三十年三月至三十一年二月工作报告》《历史语言研究所三十一年度工作报告》，见《中央研究院档案》393-1373，参见王建民：《中国民族学史上卷（1903-1949）》，云南教育出版社，1997 年，第 229-230 页。

324 凌纯声：《中国边疆文化》，《边政公论》1942 年第 9/10 期，第 4-11 页；第 11/12 期，第 58-66 页；《中国边政之盟旗制度》，《边政公论》1943 年第 9/10 期，第 4-15 页；《中国边政之土司制度》，《边政公论》1943 年第 11/12 期，第 4-17 页；1944 年第 1 期，第 8-17 页；1944 年第 2 期，第 6-16 页。

325 芮逸夫：《西南少数民族虫兽偏旁命名考略》，《国立中央研究院历史语言研究所人类学集刊第 2 卷》，南天书局有限公司，1941 年，第 125-147 页；《中华国族解》，《人文科学学报》1942 年第 2 期，第 133-139 页；《西南民族的语言》，《边疆研究通讯》1942 年第 1 期，第 3-4 页；《西南民族的语言问题》，《民族学研究集刊》1943 年第 3 期，第 44-54 页；《中华国族的支派及其分布》，载于中国民族学会编：《中国民族学会十周年纪念论文集》，1944 年；《再论中华国族的支派及其分布》，《民族学研究集刊》1946 年第 5 期，第 29-40 页；《西南边民与缅甸民族》，《边政公论》1945 年第 1 期，第 18-26 页。

"由 1934 年与云南省政府合作的民族考察，到 1941 年的川康考察，这八年中凌纯声、芮逸夫等人可说只是'走马看花'式的探访，并未有深入的民族学、人类学研究。当史语所在川南李庄驻定后，1942 年 12 月至 1943 年 5 月，芮逸夫与胡庆钧到川南的叙永进行苗族考察——这是芮逸夫、凌纯声在 1933 年的湘西苗族考察之后，史语所学者另一次较具人类学意义的一次田野考察"[326]。其田野调查成果有文章《川南民族的悬棺问题——僰人悬棺乎？僚人或仡佬悬棺乎？》[327]，以及专著《川南鸦雀苗的婚丧礼俗资料之部》[328]等。

在《川南鸦雀苗的婚丧礼俗资料之部》"自序"中，芮逸夫详细交待了他们前往川南调查苗族的经过，通过书中对"鸦雀苗"婚丧礼俗仪式的田野调查方法记录，以及对当地苗族系谱的梳理、原典的翻译、语汇的抄录等，可以清晰地看到他们当年在田野点是如何开展工作的。该书原本是分为两册出版，一册为"资料之部"，一册为"解说之部"。"资料之部"是关于"鸦雀苗"婚丧礼俗的几个实例记录和一些原语翻译的研究资料；"解说之部"则是对这些婚丧礼俗的解说，以及对川南"鸦雀苗"一般生活的描述、苗人历史的考证。对此芮逸夫指出："要使读者了解一族（民族或部族）社群文化的真相，似应先把完全客观而可靠的记录资料提供出来，而后再作精审的分析和严格的归纳，并参证有关资料，综合出一个自己认为具有较大正确性的描述和结论或假设来，求正于有兴趣于此的读者。"[329]这种研究方法正体现了乔健在回忆芮逸夫时所指出，芮逸夫在学术上比较偏向于以博厄斯（Boas）为代表的美国学派。

对于此一时期史语所的边疆调查与研究，正如前文在讲华西坝上的人类学研究时所指出，当时对边疆的日益关注以及边政研究受到愈加重视的原因不仅仅是学术的旨趣，更是因其直接与社会现实问题相连[330]。凌纯声、芮逸夫

---

326 王明珂：《寻访凌纯声、芮逸夫两先生的足迹史语所早期中国西南民族调查的回顾》，《古今论衡》2008 年第 18 期，第 28 页。

327 芮逸夫：《川南民族的悬棺问题——僰人悬棺乎？僚人或仡佬悬棺乎？》，《中央周刊》1947 年第 11 期，第 12 页。

328 芮逸夫，管东贵：《川南鸦雀苗的婚丧礼俗资料之部》，中央研究院历史语言研究所单刊甲种之二十三，1962 年。

329 芮逸夫，管东贵：《川南鸦雀苗的婚丧礼俗资料之部》，中央研究院历史语言研究所单刊甲种之二十三，1962 年，第 3-4 页。

330 顾颉刚在《我为什么要写〈中华民族是一个〉》文中所作的解释或可代表当时学界的一种普遍心态，他说："我个人耕作的园地一向在高文典册之中，为什么这几年中要轶出原定的围范而注意到边疆问题，讨论这现实社会？讨论这'民族'名词？这不是我的贪多务得，冒失从事，也不是我的忽发奇想，见异思迁，而完全出于

所关心讨论的"中国边疆"、"中华国族"等议题，皆与当时学术界所关注的"中国文化起源问题"、"中国人的起源问题"息息相关，如凌纯声在《中国边疆文化》一文中将"中华民族文化"分为"汉藏系"、"金山系"、"南亚系"、"伊兰系"以及"古亚系"五类加以论述，认为自孙中山提出"三民主义"之"民族主义"后，"民族"二字即引起国人的注意，随之边疆民族文化的研究在国内亦逐渐发展，这些边疆文化的研究为"夷汉同源之说"找到了科学根据，证明"夷汉"等为同宗异支的兄弟；又"中华民族"的形成，并非仅由汉族的独自发展，实为边疆各族的涵化加入，日渐扩大，共存共荣。[331]

芮逸夫则在文章《中华国族解》中对"中华国家"、"中华民族"以及"中华国族"几词进行了释名，他说："民族为社会学及民族学或文化学上的名词，国家为政治学及法律学上的名词。换句话说，即由社会的及文化的观点来说，应称中华民族；由政治的及法律的观点来说，应称中华国家。而中华国族则为兼由社会的，文化的及政治的，法律的种种观点而称说的名词。"在芮逸夫看来，现代民族学者所采用的民族分类准则是基于"文化说"而非"血统说"，"民族"是以体现文化特征的生活、习俗、语言、宗教、文物、制度等为基础的。[332]

由凌、芮二先生的这些撰述来看，虽然此一时期在川康的民族调查并未出现像之前东北、湘西民族考察后的大部头民族志作品，用王明珂教授的话来说，"这些著作，乍看来虽与'人类学'或'民族学'无关"，但事实并非如此，从文章的表述中可以发现他们"多年来从事民族调查与研究的一种最终关怀——建构中华国族之内涵，并刻划其边缘"[333]。在川康民族调查之前，史语所人类学组于1940年接受当时国民政府行政院的委托，考订了《改正西南少数民族命名表》[334]，此举的意义正在于"过去在旧帝国之下受歧视的、被视为非

时代的压迫和环境的引导。"参见顾颉刚：《我为什么要写〈中华民族是一个〉》，《西北通讯（南京）》1947年第2期，第1页。

331 凌纯声：《中国边疆文化》，《边政公论》1942年第9/10期，第4-11页；第11/12期，第58-66页。

332 芮逸夫：《中华国族解》，《人文科学学报》1942年第2期，第133-139页。

333 王明珂：《寻访凌纯声、芮逸夫两先生的足迹史语所早期中国西南民族调查的回顾》，《古今论衡》2008年第18期，第31页。

334 当时颁布的训令称："案查关于边疆同胞，应以地域区分，称为某地人，禁止沿用苗、夷、蛮、猺、猓、獞等称谓。其西南边地有少数民族，若专为历史及科学研究便利，应将原有名词一律予以改订，以期泯灭界限，团结整个中华民族。"参见《国民政府改正西南少数民族名称训令》，陈心传续编：《五溪蛮图志》，岳麓书社，2012年，第220页。

人的边缘'蛮夷'，被转化为国族内具有国民人格之'少数民族'"，凌、芮二先生的系列撰述即成为其后"'科学化'中国民族分类、识别的先声"[335]。

（二）与华西坝的"在地"互动

作为当时最大的和最重要的科研机构"中研院"的组成部分，史语所在内迁李庄后，不仅因地制宜地调整其研究计划，而且亦和华西坝学人展开合作、广泛交流，一个以成都为据点，一个以李庄为驻地，一南一北通力合作，不仅显示出特殊历史时期国家与地方学术的在地互动情形；还共同上演了此一时期人类学在地传播与发展的"双城记"[336]。是时，史语所与华西坝的在地互动表现在诸多方面，这里以考古发掘以及体质人类学调查两方面为例，检视其具体情形。

彭山考古期间，史语所吴金鼎与时任四川博物馆馆长的冯汉骥一同前往广汉考察，调查了城西北太平场附近的"黑将军墓"；参观了月亮湾遗址（三星堆遗址）；在慧灯寺附近发现了一处有着三层文化层堆积的遗址。[337]此外，史语所与华西坝合作开展的一项较为重要的考古工作即琴台王建墓的发掘整理，签订《协助四川博物馆整理琴台办法》以及《组织细则》，"予以人员及技术上之协助"[338]。其成果整理有《王建墓发掘报告初稿大纲》，内容有四，第一章为发掘经过、第二章为墓之地位及形制、第三章为墓内包含、第四章为结论；附录有三，一为记载卡片引得、二为照像底版引得、三为绘图目录。共六万余言，照片三百余张，绘图六十余张。[339]据冯汉骥回忆，当时王建墓发掘第一阶段，即后室发掘的报告是由他本人撰写；第二阶段前室与中室的发掘报告由吴金鼎编写，"吴先生的报告……仅留下草稿，既未配图，亦未对出土物进行复原和考订……系一种发掘经过的叙述（原稿现存四川省博物馆档案室）"，"吴金鼎先生对王建墓的发掘，用力至多，报告内容之有今日者，亦全仗其发

---

335 王明珂：《寻访凌纯声、芮逸夫两先生的足迹史语所早期中国西南民族调查的回顾》，《古今论衡》2008年第18期，第31页。

336 成都博物馆：《双城记:〈无问西东〉也曾在四川上演》，https://www.cdmuseum.com/xinwen/202011/1780.html，2019-01-01。

337 参见《学术界消息：彭山考古之重要发见》，《图书季刊》1943年第1/2期，第202-203页；谭旦同：《中央博物院廿五年之经过》，中华丛书编审委员会出版，1960年，第124-138页。

338 谭旦同：《中央博物院廿五年之经过》，中华丛书编审委员会出版，1960年，第174-177页。

339 谭旦同：《中央博物院廿五年之经过》，中华丛书编审委员会出版，1960年，第178页。

掘之科学与记录之详实"[340]。

除考古学组外，史语所人类学组亦与华西坝展开合作。如当时在人类学组从事体质人类学研究的专家吴定良，曾被闻宥聘请为中国文化研究所研究人员。其时人类学组除了考察边地民族历史、语言、文化外，还在另外一项工作中有所建树，即体质人类学知识体系的建立。比如李济于1926年在山西介休从事的体质人类学调查实践[341]。对于李济的体质人类学以及考古学研究，学者王道还分析认为："李济一生的学术，可以用民族史三字概括，'体质人类学'只不过是治民族史的工具……考古学对李济而言，也不过是一种方法罢了。"[342]此外，人类学组吴定良从事的边区体质人类学调查研究，亦显示出此一时期人类学在地研究中的整体性。在吴定良之前，早年间曾有加拿大学者莫尔思（W. R. Morse）在川边进行过民族体质人类学测量工作。

莫尔思是华西协和大学医科的创始人之一，亦为华西边疆研究学会的成员。他多次深入藏、羌、彝、苗等地区，针对这些地区的少数民族进行体质人类学的调查与测量，在学会杂志上发表相关研究成果，如《关于藏东部落成员人类学数据记录》（*Anthropological Data on Tribesmen of Eastern Thibet*）[343]、《华西族群体质人类学观测记录表》（*Schedule of Physical Anthropological Measurements and Observations on Ethnic Groups of West China*）[344]等。在考察与记录中，莫尔思采用体质人类学研究方法，诸如形态观察法、人体测量法、统计学方法、生理学方法等，对33名藏东部落成员的分布地区、性别、年龄、身高、最大跨距、坐高、头部、面部、鼻部、口部、脸颊、手部、足部、肤色、头发、胡须、眼部、唇部等47个项目做了详细测量与记录；在第二份体质人

340 冯汉骥：《〈前蜀王建墓发掘报告〉后记》，文物出版社，2002年，第89页。

341 即李济以驻扎城内的士兵和警察为样本所进行的人类学体质测量活动。

342 王道还：《史语所的体质人类学家李济、史禄国、吴定良、杨希枚、余锦泉》，参见杜正胜、王汎森主编：《新学术之路（上册）》，中央研究院历史语言研究所，1998年，第170页。

343 （加）莫尔思：《关于藏东部落成员人类学数据记录》（*Anthropological Data on Tribesmen of Eastern Thibet*），参见四川大学博物馆整理：《华西边疆研究学会杂志整理影印全本》（*Journal of the West China Border Research Society*），中华书局，2014年，第93页。

344 （加）莫尔思：《华西族群体质人类学观测记录表》（*Schedule of Physical Anthropological Measurements and Observations on Ethnic Groups of West China*），参见四川大学博物馆整理：《华西边疆研究学会杂志整理影印全本》（*Journal of the West China Border Research Society*），中华书局，2014年，第1835页。

类学测量研究中，莫尔思指出这份报告针对华西地区十个少数民族族群，且花费了他一年的时间进行资料的采样与整理。与前述表格相比，此次记录表格在形式上更加完整，在分类上更加清晰，且人群涉及面更广、采录人数更多。

此外，1935 年至 1936 年间莫尔思带领中国学者杨振华等人进行了三次体质人类学考察，其后杨振华在学会杂志上发表了《四川各民族的血型》（*Blood Groups of Various Races in Szechwan*）[345]一文，文章从血型历史，中国血型，四种血型，血型技术，四川各民族血型的分布，基于一千名四川人血型与性别、年龄、地域以及族属关系的调查，血型与遗传七个部分进行了体质人类学生理学方面的研究。

追溯莫尔思的学术背景可知，他早年就学于加拿大著名大学阿卡迪亚大学、麦吉尔大学，获得文学学士、医学博士、法学博士学位，后又赴英美研究人种学、解剖学。在他的求学过程中，应当是了解过 18 世纪中后期英国学者诸如大卫·休谟（David Hume）、威廉·罗伯特森（William Robson）、亚当·弗格森（Adam Ferguson）、亚当·斯密（Adam Smith）、亨利·霍姆（Henry Home）以及法国"百科全书派"等学派的思想及研究成果；受到了人类学进化学派、传播学派以及历史学派的影响。与莫尔思几乎同时代的美国哈佛大学体质人类学家恩斯特·虎顿（Earnest Hooton）即为李济在哈佛大学的指导老师，恩斯特·虎顿在英国牛津大学跟随马雷特（R. R. Marett）学习人类学，其师承渊源可以追溯至英国进化论学派人类学家泰勒（Edward Burnett Tylor）。

与李济、莫尔思相比，吴定良的学术渊源有所不同[346]。1935 年吴定良回

<hr />

345 杨振华：《四川各民族的血型》（*Blood Groups of Various Races in Szechwan*），参见四川大学博物馆整理：《华西边疆研究学会杂志整理影印全本》（*Journal of the West China Border Research Society*），中华书局，2014 年，第 3085 页。

346 追溯吴定良的学术背景可知，他于 1916 年进入江苏第五师范学校学习；1920 年考入南京高等师范学堂学习教育心理学；1924 年毕业后留校任助教；1926 年获得"乡村教育"官费留学名额，赴美国哥伦比亚大学心理学系攻读统计学；1927 年转学至英国伦敦大学文学院继续学习统计学，师从英国著名统计学与人类学家卡尔·皮尔逊（Karl Pearson）；1928 年获得统计学博士学位；1929 年 12 月发表了重要的统计学成果《相关率显著性查阅表》（*Tables for Ascertaining the Significance or Non-Significance of Association Measured by the Correlation Ratio*）；同年北京周口店猿人头盖骨化石的发现成为吴定良转向人类学研究的契机，他申请到中华教育文化基金董事会的研究补助费，留在英国继续跟随皮尔逊教授学习人类学，期间发表了 50 余篇学术论文，这些文章或与导师，或与师兄莫兰特（G. M. Morant）合作，或由其单独完成。其中影响较大的有《依据头盖骨的尺寸对亚洲人种的初步分析》（*A Preliminary Classification of Asiatic Races Based on Cranial*

国后，接受了蔡元培聘请，担任北京大学统计学教授与中央大学教授；不久后去到史语所第四组人类学组任组长，主持体质人类学研究工作。在迁往李庄以前，吴定良在体质人类学方面的研究成果有《原始人的生活及其演进》《爱佛雷脱（Everett）中间插补法》《人体测量学的应用》《汉族锁骨之研究（根据小屯与绣球山标本）》《人类面骨扁平度之研究》[347]等。值得提出的是此一时期由其总编辑的《中国人类学志》（Anthropologia Sinica），作为史语所人类学组不定期推出之刊物，专载体质人类学之长篇研究。其中就有美籍学者许文生（Paul Huston Stevenson）所著之《华北平原中国人之体质测量》（Detailed Anthropometric Measurements of the Chinese of North China Plain）[348]以及付印本两种，一为丁文江的遗著《中国人体质之初步研究》，一为吴定良本人的《隋唐时代中国人头骨之研究》。[349]在其与师兄莫兰特（G. M. Morant）合作的《依据头盖骨的尺寸对亚洲人种的初步分析》一文中，他们探讨了亚洲地区的族群分类问题，其中就涉及到"中国人起源"的分析论述，而此前直接涉及该问题的体质人类学研究，可能只有当时北京协和医学院的解剖学教授步达生（Davidson Black）[350]，他发表了《甘肃史前人种说略》[351]，由李济翻译。

Measurements）、《对人的面部骨骼扁平度的生物统计学的研究》（A Biometric Study of the Flatness of the Facial Skeleton in Man）以及《人体内特有骨骼的形态测量学特点的进一步调查》（Further Investigation of the Morphometric Characters of the Individual Bones of the Human Skull）等。1934年吴定良获得牛津大学人类学博士学位。参见吴小庄：《深切怀念我的父亲吴定良教授》，吴定良著，吴小庄编：《吴定良院士文集》，知识产权出版社，2013年，第661-662页。

347 吴定良：《原始人的生活及其演进》，《播音教育月刊》1936年创刊号，第52-59页；《爱佛雷脱（Everett）中间插补法》，《计政学报》1937年第3期，第1-5页；《人体测量学的应用》，《广播周报》1937年第130期，第18-19页；《汉族锁骨之研究（根据小屯与绣球山标本）》，《国立中央研究院历史语言研究所人类学集刊》1938年第1期，第1-57页；《人类面骨扁平度之研究》，《民族学研究集刊》1940年第2期，第13-31页。

348 （美）许文生：《华北平原中国人之体质测量》（Detailed Anthropometric Measurements of the Chinese of North China Plain），商务印书馆，1938年。

349 参见《图书季刊》1940年第3期，第531页，是由署名为"均"的学者为许文生书所撰写的书讯。

350 王道还：《史语所的体质人类学家李济、史禄国、吴定良、杨希枚、余锦泉》，参见杜正胜、王汎森主编：《新学术之路（上册）》，中央研究院历史语言研究所，1998年，第173页。

351 （加）步达生：《甘肃史前人种说略》，李济译，《地质专报》1925年甲种，第50-53页。

1940 年史语所迁李庄后，吴定良继续从事体质人类学研究，发表了《黔省水西苗调查记要》《国族融合性在人类学上之证明》《中国颅骨学之发展》《边区人类学调查法》[352]等论文。从研究内容来看，此一时期他所关注的体质人类学考察对象由"中原"转向了"边地"。

1941 年，吴定良与当时还是助理员的吴汝康一道前往贵州调查各民族的体质与文化，历时 4 月，调查范围包括了平坝、安顺、镇宁、普定、织金等地所下辖之少数民族村寨 60 余处，考察的民族包括了"青苗、坝苗、补陇苗、水西苗、仲家、龙家、打牙仡佬、披袍仡佬八种"[353]，其考察内容发表在文章《黔省水西苗调查记要》中，不过该文内容大多是对族群历史、社会生活以及风俗习惯等的描述，体质调查内容在文章结尾处有交待，但信息不多。1943 年发表的文章《国族融合性在人类学上之证明》则根据 9 组材料的分析比较，阐明其认为中国各族体质混合之成分及其融合性的论断，这些材料分别为：汉族华北、华中、华南 3 组材料；满族材料；蒙族材料；回族材料；藏族材料；苗族与仲家材料。此种观点的提出亦为纠正当时"边民血统源自西方"[354]等说法提供科学的论据。

吴定良对边地族群体质测量的研究理论与方法集中体现在《边区人类学调查法》一文中。文章开篇陈述了边区体质人类学调查研究的重要性，"盖研究国族之起源，为人类学者之基本工作，亘数千年，国内人口之迁移，政治经济与文化之影响，致使各宗族互相混杂，其体质型（Physical Type）之演进如何，类似程度如何，血统上相对之关系如何，均为吾人所急欲了解之问题"；文章第二部分详细介绍了体质人类学的田野调查法，"本文所讨论者，为边区调查之普通方法"，共有七项：抽样法、工作进行法、履历记录法、观察法、生理试验法、测量法、采取指掌纹及他项材料。[355]这篇文章从不同方面对边地体质人类学研究的方法进行了总结。

---

352 吴定良：《黔省水西苗调查记要》，《学术汇刊》1942 年第 1 期，第 179-181 页；《国族融合性在人类学上之证明》，《康导月刊》1943 年第 7/8 期，第 58-60 页；《中国颅骨学之发展》，《学术汇刊》1944 年第 2 期，第 15-30 页；《边区人类学调查法》，《民族学研究集刊》1944 年第 4 期，第 6-20 页。

353 吴定良：《黔省水西苗调查记要》，《学术汇刊》1942 年第 1 期，第 179 页。

354 吴定良：《国族融合性在人类学上之证明》，《康导月刊》1943 年第 7/8 期，第 58 页。

355 吴定良：《边区人类学调查法》，《民族学研究集刊》1944 年第 4 期，第 6-7 页。

吴定良一直致力于将中国人起源的问题作为中国体质人类学研究的基石，并将其纳入整个人类起源的世界性格局之中，以建立起独立的中国体质人类学研究体系。为此他在加入史语所人类学组时便开始积极筹备，1944 年中研院评议会通过了设立体质人类学研究所筹备处之决议，由其担任筹备处主任，遗憾的是抗战复员后即停止了体质人类学研究所的筹备工作，无奈之下吴定良于 1945 年离开史语所前往浙江大学担任史地系教授。

如上所述，中研院史语所李庄时期的在地研究，既是抗战时期人类学在地研究的重要组成，亦在与华西坝的在地互动中，共同推进了人类学在中国的在地传播和本土化发展进程。

四、中国西南民族研究学会

回顾历史，值得注意的是，虽然20世纪上半叶形成的人类学学科随着1952年的院系大调整而经历了取消或解体，但实际上有一部分研究内容在民族学当中被保留下来得以承续。据李绍明先生回忆，随着 1952 年的全国院系大调整，"华大取消了社会学系，但保留了民族学专业。民族学专业的师生被调整到四川大学，置于历史系，成为其中的一个专业"[356]，相较于华西大学社会学系的社会学组，民族学组还算是得以完整地保留，社会学组则"被拆散塞进了不同的系科里面"[357]。民族学组被调整到四川大学历史系后，"民族学体系从此受到苏维埃民族学派以及历史学的改造，苏联民族学、通史和民族史的课程都加得很重"[358]。华西大学社会学系民族学组并入四川大学历史系后不久，该专业的学生们又在政府的号召下离开了川大，转而进入西南民族学院新设立的民族问题研究班。李绍明先生说正是在这里他"开始接触到民族问题理论和民族政策，并系统地接受了马克思主义民族观的教育"[359]。

---

356 李绍明：《我的治学之路》，《中华文化论坛》1997 年第 3 期，第 27 页。

357 伍婷婷：《多重情境下的西南民族研究：基于李绍明的民族学史考察》，中国社会科学出版社，2018 年，第 54 页。

358 据李绍明介绍，大学三年级时他所学习的课程有"西南民族史"，授课老师有任乃强、陈宗祥、陈可由、杨在龙、谭英华等人；"考古学"，授课教师冯汉骥；"普通语言学"、"语音学"，授课教师闻宥；"原始社会史与人类学通论"，授课教师胡鉴民；以及徐中舒讲授的"先秦史"、缪钺的"魏晋南北朝史"、蒙文通的"唐宋史"。参见李绍明：《我的治学之路》，《中华文化论坛》1997 年第 3 期，第 27 页；伍婷婷：《多重情境下的西南民族研究：基于李绍明的民族学史考察》，中国社会科学出版社，2018 年，第 60-64 页。

359 李绍明：《我的治学之路》，《中华文化论坛》1997 年第 3 期，第 27-28 页。

（一）人类学的承续

中国西南民族研究学会的成立从某种意义上来讲，是对 20 世纪上半叶中国人类学研究的部分承续。这一点从学会的两个重要成员——李绍明、童恩正的学术经历上可见一斑。

据李绍明先生自述，他是新中国培养的第一批民族学大学生，在 1952 年全国院系大调整以前，他在四川华西大学社会学系学习了两年，这两年的学习基本上接受的是西方的民族学教育体系[360]。正是这两年多的系统学习[361]，李绍明基本上掌握了西方人类学的理论与方法，不仅如此，他还在两年暑假期间参与了川西、川南的民族访问团，去到阿坝以及小凉山民族地区调查，这是他开始接触民族研究与民族实践的发端。可以说，李绍明在华西大学的这两年多的学习经历，在他其后的治学道路中，至少是形成了一种"观念"，以及奠定了一些"基础"。"观念"即为他强调的"人类学"四大部，而并非仅仅局限于"文化人类学"，这从他之后提出要打破"民族学即少数民族学"[362]的误解，以及重新由华西边疆研究学会的人类学研究来谈中国人类学派的问题，皆可看到这种"观念"对其治学思路的影响。"基础"则是基于他在大学二年级选择了社会学系的民族学组，从此开启了对"民族"，尤其是中国西南民族的关注与研究。

不过，随着李绍明先生离开川大，进入西南民族学院民族问题研究班以后，其知识结构又发生了新的变化。具体说来，在民族问题研究班的学习中，李绍明一方面继续接受关于民族史以及民族调查等课程内容，比如吴泽霖讲授的"民族志"、"民族博物馆概论"以及与玉文华一起开设的"西南民族情况"；再如任乃强开设的"康藏史专题"这类带有专题研究性质的民族史课程。另一

---

360 "当时西方民族学体系（在欧洲大陆叫民族学，在英美叫文化人类学）与现今的不同。人类学包括四大部类的学科，即体质人类学、文化人类学（也称民族学）、史前考古学、语言学等"。参见李绍明：《我的治学之路》，《中华文化论坛》1997年第3期，第27页。

361 具体来看，当时华西大学为社会学系大一新生授课的教师主要也是华西边疆研究所的成员，虽说当时李安宅、于式玉、谢国安、刘立千诸位前辈学者跟随十八军入藏了，不过当时留在华西大学社会学系的教师队伍阵容还是相当强大的，比如代理系主任一职的蒋旨昂，以及担任专业课教师的冯汉骥、罗荣宗、玉文华、陈宗祥诸位。参见伍婷婷：《多重情境下的西南民族研究：基于李绍明的民族学史考察》，中国社会科学出版社，2018年，第49页。

362 李绍明：《关于完善中国民族学学科体系问题》，《广西民族学院学报（哲学社会科学版）》1996年第1期，第17页。

方面则是对有关马克思主义民族问题理论、民族政策课程的学习，如张汉诚讲授的"马克思主义民族问题理论与民族政策"[363]。

从李绍明先生大学时期的求学经历来看，他从华西大学社会学系到四川大学历史学系，再到西南民族学院民族问题研究班，三所学校体现了三种不同的学科体系与教学模式，其中所展现出来的既是时代的变革，亦是变革的时代[364]。

和李绍明先生不同的是，童恩正先生于 1956 年考入四川大学历史系。此时李绍明已经从四川大学历史学系离开，且已从西南民族学院民族问题研究班毕业，毕业后李绍明先是被分配到阿坝州筹建民族干部学校，并从事关于民族问题理论的教学工作，其后又参加了全国性的少数民族社会历史大调查。童恩正则直接就读于四川大学历史系的"考古专门化"，成为考古专门化第一届毕业生[365]。对于在大学期间所接受的专业训练以及所受的前辈影响，童恩正在其重要论集《中国西南民族考古论文集》的"编后记"中有过自述："我曾有幸师事中国当代几位有名的史学家徐中舒先生、蒙文通先生、缪钺先生以及人类学家冯汉骥先生，在治学方法上受到他们较大的影响。"不过他也说："我曾经企图采诸家之所长，走自己的道路。"[366]这种"走自己的道路"[367]的治学特

---

[363] 对于马克思主义这部分学习内容，李绍明说："这一方面是在华西也没学过，川大也没学过。在西南民院有一个很大的收获，就是知道了共产党如何理解民族问题和如何制定民族政策。"参见李绍明口述，伍婷婷等记录整理：《变革社会中的人生与学术》，世界图书出版公司北京公司，2009 年，第 131-134 页。

[364] 对此，李绍明总结得十分到位："在前后四年多的学习时间里，我基本上掌握了民族学、民族史、语言学、民族问题理论这四个方面的知识。这四个方面至今依然是民族研究的几个学科支柱。作为新中国第一批学习民族学的大学生，我的知识结构的形成，与当时的时代环境是分不开的。能够通过三个学校基本补齐必备的学科基础，从而比较完整地建立起自己的基本知识结构，实在也是一种机遇。"参见李绍明：《我的治学之路》，《中华文化论坛》1997 年第 3 期，第 28 页。

[365] 罗开玉：《童恩正先生的学术贡献》，《南方民族考古》2014 年第 10 辑，第 2 页。

[366] 童恩正：《中国西南民族考古论文集》，文物出版社，1990 年，第 300 页。

[367] 关于童恩正的治学方式，有学者将其总结为："无不涉猎，广采博收"，"虽然攻读文科，又对自然科学甚感兴趣，地质、生物、天文、物理、电子技术"。参见范勇：《童恩正先生与西南考古》，《四川文物》2000 年第 5 期，第 56 页。李绍明将其概括为"师从冯师，学宗人类，求是创新，继往开来"，参见李绍明：《童恩正对民族学的重大贡献》，《农业考古》1997 年第 3 期，第 290 页。张光直认为："童先生的老师是冯汉骥先生，从冯先生那里童先生受得的教育是广泛的，是人类学的，但是童先生比起他的老师来，做了进一步的质的突破。"参见童恩正：《童恩正文集·学术系列人类与文化》，重庆出版社，1998 年，第 1 页。刘兴诗评价其科幻创作"十分注重科学性，充分表现文学性，二者兼容并包，高度有机统一，

色在童恩正其后的学术实践中多有体现，其中就包括了考古学、人类学以及科幻文学创作等领域。

大学在读期间，童恩正先生也参与到实地的考古调查之中，如1959年跟随冯汉骥赴三峡忠县㽏井沟遗址考察新石器时代文化遗存；以及去往巫山大溪参与新石器时期墓葬的发掘[368]，这些实地考察经验不仅为童恩正开启了考古研究的大门，亦为他的科幻文学创作提供了灵感与素材，如取材于巫山大溪考古的文学作品《古峡迷雾》[369]在当时产生了很大的社会影响，正是通过对这种"考古小说"[370]的尝试与实践，使得"考古"这个在当时还相当冷门的专业逐渐被青少年所认识。也正是因为这个缘故，童恩正才在毕业后有了一段在峨眉电影制片厂担任编剧的工作经历。此后在冯汉骥的坚持下，童恩正又回到了四川大学，从"1963年被指定作为冯师的助手，直至1977年冯师逝世为止，一直在冯师指导下从事考古学、民族学教研"[371]。

（二）"学会"与"西南"

基于上述对李绍明和童恩正两位先生学术经历的回顾和分析，可以看到他们知识结构对20世纪上半叶人类学的承续。以此再来看他们在20世纪80年代初期组织筹建的"中国西南民族研究学会"以及在"学会"基础上开展的中国西南地区跨省民族考察与学术研究，就会发现人类学在20世纪前后两个发展时期的内在学理关联。虽然"中国西南民族研究学会"正式成立的时间是在1981年，但是关于这个"学会"的酝酿却是在更早以前，其源头来自于实际工作中所产生的关联。据李绍明口述，"学会"的成立不仅与民族学重建以及"中国民族学研究会"（"中国民族学学会"）的成立有关，也与西南各地区基于具体工作实践而建立起的密切联系有关，如对于凉山彝族奴隶制的研究，就是一个必须要跨越省界来进行的研究[372]。前面在讲李绍明的求学经历时提

是恩正的科幻作品的精髓"。参见刘兴诗：《悼吾友——代序》，童恩正：《童恩正文集·文学系列来自新大陆的信息》，重庆出版社，1998年，第3页。

368 罗开玉：《童恩正先生的学术贡献》，《南方民族考古》2014年第10辑，第2页。
369 这本小说最初的版本是由上海少年儿童出版社于1960年推出的。
370 施劲松：《考古学家的小说情怀——童恩正"考古小说"释读》，《南方民族考古》2013年第9辑，第195页。
371 李绍明：《童恩正对民族学的重大贡献》，《农业考古》1997年第3期，第290页。
372 李绍明：《学术与学会的里程——著名民族学家李绍明先生谈中国西南民族研究学会的发展》，参见彭文斌主编：《人类学的西南田野与文本实践海内外学者访谈录》，民族出版社，2009年，第39页。

过，毕业后他先是在阿坝州民族干部学校教书，后又参与到民族大调查中，而当时他正是被分配去调查的彝族和羌族。李绍明说那个时候调查彝族的主要任务之一就是要搞清楚他们的社会性质，为此他做了不少学科知识结构方面的补足与调整。可见这种对于西南民族研究应该突破省界的意识是在他50年代中后期至60年代的西南民族调查实践过程中就开始逐渐形成的。

关于"学会"名称中的"西南"二字，李绍明作过十分详细地解读，他认为此"西南"应是指"广大的南方"，并用"大西南"的概念来界定这一广大的区域。他指出这个"西南"范围的界定并非出自于他的想法，而是他在学生时期所接受的教育中"西南"的概念就是如此。为此，他举出梁钊韬在华西大学时期所绘制的一幅地图为例，说明那时的"西南"实际上是包括了广西、广东、海南、湖南以及甘肃、青海南部的一些区域。[373]

对于李绍明先生提出的"西南"概念，至少可以从两方面去解读，第一点是李绍明为"西南"加了一个前缀，将"西南"变为了"大西南"，可以看到，虽然李绍明为他所指的"西南"概念找到了原来的"出处"，但他还是要使用一个"大"字以示区别，说明在其提出"西南"应为"大西南"之时，那时的"西南"概念已经与原来的不同，因此李绍明才提出想要恢复原来对"西南"的用法与界定。其原因为何呢？这就涉及到解读信息的第二点，即李绍明想要在中国民族学领域建构起来的整体观，因为建立"学会"的目的并非局限于西南民族的研究，其宏旨在于整个中国民族学领域[374]。以此看来，无论是出于实际工作需要，还是出于对中国民族学研究的宏观目标，将"西南"的概念恢复或改变为"大西南"，才符合李绍明对于"学会"建设以及后续工作开展的设想与初衷。

此外，对于"西南"的认识，李绍明先生除了溯源学界的认识史外，还交待了这一概念的发展演变史，即1949年伴随着新中国的成立，"西南"的概念

---

373 李绍明：《学术与学会的里程——著名民族学家李绍明先生谈中国西南民族研究学会的发展》，参见彭文斌主编：《人类学的西南田野与文本实践海内外学者访谈录》，民族出版社，2009年，第40页。

374 对此李绍明的看法是"要做好中国的民族研究，中国的西部占据了很大的分量。西部有两块，一个西北、一个西南。我本人处在西南，在四川、云南、贵州和西藏都搞过调查研究。所以就觉得想要做好西南的民族研究，需要把这几个地方的力量联合起来，做更大范围的区域研究"。参见李绍明：《学术与学会的里程——著名民族学家李绍明先生谈中国西南民族研究学会的发展》，彭文斌主编：《人类学的西南田野与文本实践海内外学者访谈录》，民族出版社，2009年，第40页。

有了相应的变化，"西南"从一个"地理概念变成一个行政区划概念"[375]；改革开放后，随着国家的宏观调控与政策变化，又将"西南"称为"五省七方经济协作区"，这样"西南"就有了经济区划的概念；20世纪末21世纪初随着西部大开发战略的逐步实施，"西南"的范围又随之产生新的变化。

关于"西南"，童恩正先生也有过许多的论述与研究[376]。在《中国西南的旧石器时代文化》一文中，童恩正将"西南"这一概念置于地理位置、行政区划、自然环境等不同角度加以审视和界定[377]，不仅将"西南"视为中国之重要组成，更是将之与毗邻地区以及全球地理相链接。可以看到，童恩正对"西南"的界定说明了他的眼光不仅停留在中国层面，更在于借助"西南"连接亚洲以至整个世界[378]。

---

375 李绍明先生指出，新中国将四川、云南、贵州、西康、西藏五省以及重庆市划为西南地区，且先后成立西南军政委员会、西南行政委员会作为管理机构。参见李绍明：《西南民族研究的回顾与前瞻》，《贵州民族研究》2004年第3期，第50-51页。

376 如文章《人类可能的发源地——中国西南地区》《中国西南的旧石器时代文化》《我国西南地区青铜剑的研究》《我国西南地区青铜戈的研究》《近年来中国西南民族地区战国秦汉时代的考古发现及其研究》《试论我国从东北至西南的边地半月形文化传播带》《中国西南地区的奴隶社会》。这些文章都收录于童恩正的专著《中国西南民族考古论文集》，文物出版社，1990年。

377 童恩正先生对"西南"的界定为：中国的西南地区，位于亚洲大陆的南部，包括四川、云南、贵州三省和西藏自治区。其西部为西藏高原，南部为云贵高原，北部为四川盆地。全境海拔高度相差悬殊，动植物的垂直分布差异很大，故而品种繁多，物产丰饶，十分适宜于原始人类的繁殖生息。从地理位置上看，本地区北接黄河流域，南与印度、不丹、缅甸、老挝、越南等国为邻，是连接亚洲大陆腹地与印巴次大陆及中南半岛的枢纽。参见童恩正：《中国西南的旧石器时代文化》，参见童恩正：《中国西南民族考古论文集》，文物出版社，1990年，第16页。

378 这种眼光在童恩正阐释其治学方法时就已体现："当我们研究考古学遗物时，就应该在充分掌握器物特征的基础上，将器物放在一定的社会背景和生态环境中去考察，放在世界其它类似的文化的比较中去考察。"对于童恩正的西南研究，张光直也提出了他的看法，他认为"中国西南确是研究中国民族学、民族史的宝库"，但是若想充分发挥出中国西南民族史研究的"潜在意义"，就还得做出一系列学术上的准备，一是要具备科学研究的方法；二是"要把中国的西南作为更大的一个文化区的一部分来研究，而不是把现代的国界当做古代文化的疆界"；三是需要各有关学科的相互合作。许倬云亦指出："对外而言，中国西南地区，上通草原，下达缅越。在缅甸方面，中国西南地区可以与印度洋地区交接；而在越南方面，又与华南及南海相通。""童恩正的理念，可与苏秉琦先生文化区系类型的观念互相发明。"参见童恩正：《中国西南民族考古论文集·编后记》；张光直：《中国西南民族考古论文集·序》，二文载于童恩正：《中国西南民族考古论文集》，文物出版社，

（三）调查与推进："六江流域"与"走廊学说"

"六江流域"[379]考察是中国西南民族研究学会的一项具有重大意义的考察活动。"六江流域民族综合科学考察"分为了两期，第一期是针对雅砻江下游的试点考察，于 1982 年 5 月 27 日开始，同年 7 月 8 日结束，考察的成果形成了三本调查报告，即李绍明、童恩正主编的《六江流域民族综合科学考察报告之一雅砻江下游考察报告》（1983），以及蔡家麒、杨毓骧主编的《独龙族社会历史综合考察报告》（1983）、《滇藏高原考察报告》（1984），皆以内部出版的形式相继问世；第二期则是对雅砻江上游地区的试点考察，时间从 1984 年 7 月 16 日开始，各专业组根据自身情况分别于同年 8 月、9 月结束考察任务，成果集结为《六江流域民族综合科学考察报告之二雅砻江上游考察报告》（1985）内部出版。2008 年，民族出版社将李、童二先生主编的两份考察报告综合在一起，以《雅砻江流域民族考察报告》为名正式出版。

在李绍明先生看来，无论是"六江流域"还是"横断山脉"，实际上和费孝通先生提出的"藏彝走廊"所指的都是同一区域。对于中国西南民族研究学会的"六江流域"考察活动，费孝通给予了多次的关注和指导[380]。经过梳理可知，在 80 年代中后期，李绍明还使用"六江流域"这个概念作为主标题来阐

1990 年，第 1-2 页、第 300 页；又参见许倬云：《人类与文化：童恩正学术文集·再版序》，载于童恩正：《人类与文化：童恩正学术文集》，重庆出版社，2004 年，第 1-2 页。

[379] 关于"六江流域"的概念，在 1983 年内部出版的第一份考察报告的"前言"中有着详细的介绍，它"是指川、藏、滇边境横断山脉区的怒江、澜沧江、金沙江、雅砻江、大渡河、岷江等六条由北南流的大江及其主要支流分布的地带。包括藏东高山峡谷区、川西高原区、滇西北横断山高山峡谷区和滇西高原区"。事实上对于将这个区域的名称统摄在"六江流域"之下，李绍明是不太满意的，虽然这个概念由他本人提出，也同马曜等先生商讨过，但他始终认为这个词同"横断山脉"一样，都是地理学上的名词，不过是换了一种说法而已，对于这种命名是否能真的涵盖这一区域所涉及的全部研究内容，李绍明也持一种保留态度。参见李绍明，童恩正主编：《六江流域民族综合科学考察报告之一雅砻江下游考察报告》，中国西南民族研究学会印，1983 年，第 1 页。

[380] 对此李绍明说，"严格说来，费先生对'藏彝走廊'并没有做过实际的田野工作"，但他"一直关心这个事情，而且在全国宣传，并在很重要的地方讲过五次话。我们调查、研究的主要成果都汇报到费先生那儿去了"。参见李绍明：《学术与学会的里程——著名民族学家李绍明先生谈中国西南民族研究学会的发展》，参见彭文斌主编：《人类学的西南田野与文本实践海内外学者访谈录》，民族出版社，2009 年，第 49 页。

述他的民族考察活动[381]；新世纪以后，在其后续研究中，则主要以"走廊"、"藏彝走廊"、"民族走廊"作为关键词并展开论述[382]，如在 1994 年刊布的一篇文章《西南丝绸之路与民族走廊》中，李绍明先生为"民族走廊"这个概念进行了较为明确的定义[383]。

不过，在 2005 年发表的《"藏彝走廊"研究与民族走廊学说》一文中，李绍明先生又进一步指出原来对民族走廊所下的定义还存在着不足与问题，需要继续对其进行修改和完善[384]。在另一篇文章《藏彝走廊研究中的几个问题》当中，李绍明更是明确地将他所遇见的问题总结为八个方面，即"民族走廊"理论、"藏彝走廊"范围、考古学、民族史、民族语言、民族文化、生态与民族的关系、民族经济发展[385]，以此作为深化讨论"民族走廊"学说以及"藏彝走廊"的研究途径与问题取向。2007 年李绍明又发文论述了"藏彝走廊"研

---

381 李绍明：《六江流域民族考察述评》，《西南民族学院学报（社会科学版）》1986 年第 1 期，第 38-43 页。

382 李绍明关于"藏彝走廊"以及"民族走廊"问题讨论的文章基本上都收在了《藏彝走廊民族历史文化》这一论文集中，另外还有李绍明与石硕的《藏彝走廊这条走廊》以及李绍明的《论武陵民族区与民族走廊研究》等。参见李绍明：《藏彝走廊民族历史文化》，民族出版社，2008 年；李绍明，石硕：《藏彝走廊这条走廊》，《西藏旅游》2004 年第 1 期，第 10-13 页；李绍明：《论武陵民族区与民族走廊研究》，《湖北民族学院学报（哲学社会科学版）》2007 年第 3 期，第 1-3 页。

383 李绍明先生对"民族走廊"所下的定义是：民族走廊指一定的民族或族群长期沿着一定的自然环境如河流或山脉向外迁徙或流动的路线。在这条走廊中必然保留着该民族或族群众多的历史与文化的沉淀。对民族走廊的研究，不仅对于民族学、民族史上的许多问题的解决有所助益，而且对于该民族当前的发展亦有现实的意义。参见李绍明：《西南丝绸之路与民族走廊》，文章原载《中国西南的古代交通与文化》，四川大学出版社，1994 年版；后收入《尤中教授从事学术活动 40 周年纪念文集》，云南大学出版社，1995 年版。此处引文参见李绍明：《藏彝走廊民族历史文化》，民族出版社，2008 年，第 43 页。

384 具体而言，在使用"民族走廊"这一概念时应当注意以下几点：第一点是"走廊原本是建筑学的一个概念，指一种通道式的建筑形式；后借用到地理学中成为一种地理学概念……但地理学或民族学在借用此词时必须加上地理或民族的前置词加以限制，以免与建筑学所指的原本概念相混淆"；第二点是"民族走廊虽是一个民族学概念，但它必须与地理学有关的概念有所挂钩或有所对应方能成立……某一或某些民族长期迁移的路线必须在特定的自然地理的走廊环境中，始可称之为民族走廊。否则，举凡民族的任何迁移路线皆称之为民族走廊，实际上否定了民族走廊的概念，故泛民族走廊的说法是不可取的"。参见李绍明：《"藏彝走廊"研究与民族走廊学说》，《藏学学刊》2005 年第 2 辑，第 6 页。

385 李绍明：《藏彝走廊研究中的几个问题》，《中华文化论坛》2005 年第 4 期，第 5-8 页。

究之中族群互动、文化多样性以及各民族和谐共处[386]等问题。

经由上述，李绍明在相关讨论中对"民族走廊"以及"藏彝走廊"这两个概念的认识在不断深化与发展，其中既有对费孝通提出的"藏彝走廊"学说的补足，亦有对自身观念的修订。不仅如此，李绍明在"走廊学说"的研究中提出的问题也得到了同时代以及其后学人的关注和讨论，直至当下讨论之声亦持续不断。

就李绍明提出的关于"藏彝走廊"称谓与内涵的问题，学界的回应与推进有"藏羌彝走廊"概念的提出。有关于此的详情徐学书在文章《"藏羌彝走廊"相关概念的提出及其范畴界定》中作了介绍。徐学书指出这一新提法得以提出的缘由之一是上世纪 80 年代孙宏开对这一区域语言的研究，孙宏开在《川西民族走廊地区的语言》中对尔苏语（多续语、栗苏语）、纳木义语、史兴语、木雅语（弥药语）、贵琼语、尔龚语、扎巴语七种语言材料和藏、彝、羌、普米、嘉绒等语言进行对照比较，证明这七种语言在语音、词汇、语法方面皆和羌、普米、嘉绒等语言相对接近，而与藏、彝语较远，因此孙宏开得出结论"这些语言应属藏缅语族羌语支，而不应归入藏语支或彝语支，更不应该是景颇语支"[387]，此后孙宏开又发表多篇论文[388]深入讨论他的这一论点，使得这一观点"逐渐获得语言学界的普遍认同而成为主流观点"[389]。除语言因素外，徐学书亦指出在历史学、考古学、民俗学以及文献学等领域的研究也为"藏羌彝走廊"的提出提供了学理上的有力支撑。

另外，就李绍明先生提出的"民族走廊"的内涵"必须以地理学概念的走

---

386 李绍明，李锦：《藏彝走廊族群互动、文化多样及和谐共处问题》，文章原发表于《民族》杂志 2007 年第 1 期。此处引文参见李绍明：《藏彝走廊民族历史文化》，民族出版社，2008 年，第 66-70 页。

387 孙宏开：《川西民族走廊地区的语言》，参见中国西南民族研究会编：《西南民族研究》，四川民族出版社，1983 年，第 443 页。

388 孙宏开：《试论"邛笼"文化与羌语支语言》，《民族研究》1986 年第 2 期，第 53-61 页；《论藏缅语族中的羌语支语言》，《语言暨语言学》（Language And Linguistics）2001 年第 1 期，第 157-181 页；《古代羌人和现代羌语支族群的关系》，《西南民族大学学报（人文社会科学版）》2011 年第 1 期，第 1-7 页；《羌语支在汉藏语系中的历史地位》，《云南民族大学学报（哲学社会科学版）》2011 年第 6 期，第 133-138 页；《再论西南民族走廊地区的语言及其相关问题》，《西南民族大学学报（人文社会科学版）》2013 年第 6 期，第 29-39 页。

389 徐学书：《"藏羌彝走廊"相关概念的提出及其范畴界定》，《西南民族大学学报（人文社会科学版）》2016 年第 7 期，第 10 页。

廊通道为前提"[390]的看法，在徐新建教授所阐释的"横断走廊"概念中得到了综合与发挥。关于"横断走廊"这一说法的由来，据徐新建教授自述：

> 2001 年，借着四川大学"文学与人类学研究所"新设课题的名义，我联合历史系的石硕教授等在四川大学发起主办了"藏彝走廊人类学论坛"。我们用费孝通先生在 20 世纪 80 年代初期提出的"走廊"概念为跨越西部诸省的一个特定文化区域命名。与此相关，人们曾提出过诸如"茶马古道"、"南方丝绸之路"等许多不同的名称，也多次争论，不断折腾。现在我知道，即便使用"横断走廊"的称谓，也还会遇到问题，但至少在族群地理和生态史观的意义上，它能超越行省、突破中心，而且可以把文化与自然连接起来，从而对理解古往今来这个地区民族文化的复杂多样有所助益。[391]

这是徐新建在论著《横断走廊高原山地的生态与族群》的"后记"中所记叙的内容，实际上在正文部分他还提及了一个缘由，即使用"横断走廊"这一称谓还可以"避免在族群称谓上的年代局限"[392]。这本书是由徐新建主编的"中国民族文化走廊丛书"中的一本，另外两本是叶舒宪的《河西走廊西部神话与华夏源流》以及彭兆荣、李春霞合著的《岭南走廊帝国边缘的地理与政治》。

从地理意义来看，"横断走廊"和"藏彝走廊"讨论的是相同的区域，而该丛书有了"河西走廊"以及"岭南走廊"的并入，则又是在更广泛的民族区域文化研究中对"民族走廊"学说的相互观照与发明。徐新建对此有如下评述，对这三大文化走廊的重新审视与解读，"力图突破'中原中心观'对多源历史的扭曲与局限"；"如今我们从文学和人类学路径走进它们，是为了趁这些重要的文化空间还未被完全遗忘之际，通过考古发掘、文献梳理以及亲历行走和田野图像，使其重新呈现出一些立体的片段，并至少能在文本世界里留下一条返回的通道和接着叙说的余音"[393]，这些观点与论说即是从文学与人类学的学科新视野出发，对"藏彝走廊"以及"民族走廊"学说的新阐发与新推进。

---

390 李绍明：《"藏彝走廊"研究与民族走廊学说》，《藏学学刊》2005 年第 2 辑，第 6 页。

391 徐新建：《横断走廊高原山地的生态与族群》，云南教育出版社，2008 年，第 168 页。

392 徐新建：《横断走廊高原山地的生态与族群》，云南教育出版社，2008 年，第 4 页。

393 徐新建：《文化是走出来的（代总序）》，参见彭兆荣，李春霞：《岭南走廊帝国边缘的地理和政治》，云南教育出版社，2008 年，第 2 页。

中国西南民族研究学会除了对"走廊学说"本身展开了大量研究外，同时也在"走廊学说"的研究之中生发出了多项新的研究。根据李绍明的叙述，可以大概将这些新的研究归为以下几个方面：第一，西南丝绸之路研究，"是从'六江流域'考察当中派生出来的"，"这是我和童恩正提出来的"，"以前没有人承认'西南丝绸之路'"；第二，"藏彝走廊"各民族语言研究，如藏缅语族研究、苗瑶语族研究、壮侗语族研究、南亚语族研究等；第三，"藏彝走廊"的诸多专题研究[394]；第四，由"藏彝走廊"发展出来的新领域与新学科研究，如"藏学"、"康巴学"、"彝学"、"壮学"、"苗学"、"傣学"、"纳西学"、"东巴学"、"哈尼学"等。[395]

中国西南民族研究学会的成立及其展开的研究，既承接"前学"，又体现出时代赋予的新意涵。它不仅体现了李绍明、童恩正等前辈学人在中国西南民族研究实践中所践行的跨学科、跨区域、跨国界的研究范式，更代表着人类学在经历了 20 世纪上半叶以及 50 年代的不同阶段后，其在中国本土化进程中的又一重要阶段。这一阶段的人类学，将 20 世纪与 21 世纪连通，成为当下讨论人类学本土化以及人类学跨学科、交叉学科相关议题时需要重点关注的内容。就本书而言，如果说华西坝的人类学研究是在人类学的兴起与传播层面提供了本土传统的论域，那么中国西南民族研究学会的这段历史则为本书探讨人类学在地发展这一问题提供了学理源流的经脉。

---

394 如"四川学术界的康巴文化研究、金沙江文化研究、牦牛经济与文化研究、禹羌文化研究、岷江上游考古发掘与研究、彝族毕摩文化研究；西藏牵头的茶马古道研究、昌都地区研究；云南学术界的纳西东巴文化研究、三江并流区域自然与文化研究、卡瓦格博雪山区域生态与人文研究"等。参见李绍明：《"藏彝走廊"研究与民族走廊学说》，《藏学学刊》2005 年第 2 辑，第 4-5 页。

395 详细的研究与成果情况参见李绍明：《"藏彝走廊"研究与民族走廊学说》，《藏学学刊》2005 年第 2 辑，第 4-5 页；《藏彝走廊民族历史文化》，民族出版社，2008 年，第 9-11 页；《学术与学会的里程——著名民族学家李绍明先生谈中国西南民族研究学会的发展》，参见彭文斌主编：《人类学的西南田野与文本实践海内外学者访谈录》，民族出版社，2009 年，第 42-48 页。